Collection folio junior

dirigée par
Jean-Olivier Héron
et Pierre Marchand

William Golding est né en 1911 dans un village de Cornouailles, au sein d'une famille qui croyait « au progrès ».
Après des études à l'école de Marlborough et à Oxford, il choisit d'être professeur comme son père. Il se marie en 1939, est mobilisé en 1940 dans la marine et participe au débarquement sur la côte française.
De 1945 à 1962, il est professeur d'anglais à Salisbury. Il se passionne pour le grec et l'archéologie.
Auteur de six romans, William Golding s'est retiré depuis 1962 à la campagne dans les environs de Salisbury et se consacre à ses travaux littéraires.

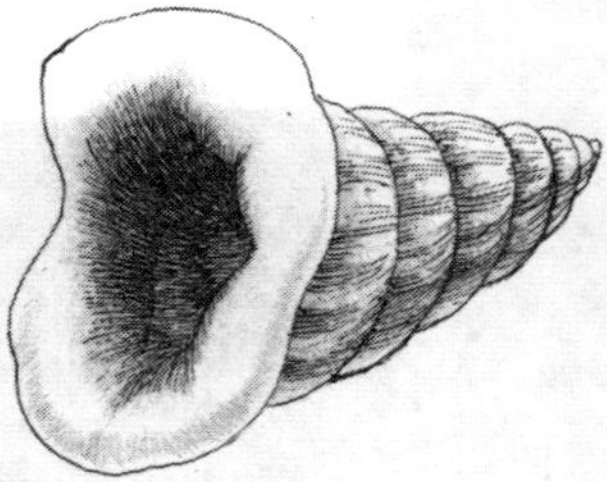

Claude Lapointe a dessiné non seulement la couverture de *Sa Majesté des Mouches*, mais aussi les illustrations intérieures. Professeur à l'école des beaux-arts de Strasbourg, il travaille pour de nombreux éditeurs. Pour « Folio Junior », il a illustré, entre autres, *Le Roi Mathias Ier* de Janusz Korczak, *Grabuge et l'Indomptable Amélie*, d'Elvire de Brissac, *La Guerre des boutons* de Louis Pergaud et *Les Aventures de Tom Sawyer* de Mark Twain.

Titre original :
Lord of the Flies

William Golding

Sa Majesté des Mouches

Traduit de l'anglais par
Lola Tranec-Dubled

Illustrations de Claude Lapointe

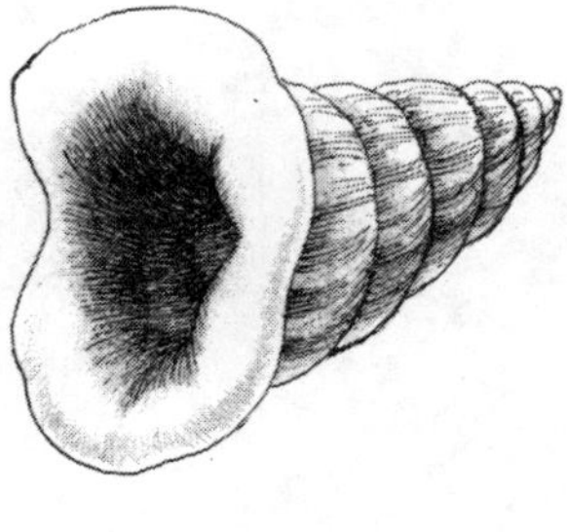

Gallimard

I
L'appel de la conque

Le garçon blond descendit les derniers rochers et se dirigea vers la lagune en regardant où il posait les pieds. Il tenait à la main son tricot de collège qui traînait par terre ; sa chemise grise adhérait à sa peau et ses cheveux lui collaient au front. Autour de lui, la profonde déchirure de la jungle formait comme un bain de vapeur. Il s'agrippait péniblement aux lianes et aux troncs brisés, quand un oiseau, éclair rouge et jaune, jaillit vers le ciel avec un cri funèbre ; aussitôt, un autre cri lui fit écho :

– Hé ! attends une minute, dit une voix.

La végétation à la limite de la déchirure frémit et mille gouttes de pluie s'égrenèrent sur le sol.

– Attends un peu, répéta la voix, je suis accroché.

Le garçon blond s'arrêta et se débarrassa de ses chaussettes d'un geste machinal. L'espace d'une seconde, son geste évoqua le cœur de l'Angleterre et la jungle fut oubliée.

- Je peux à peine bouger...

La voix se fit entendre à nouveau.

– Je peux à peine bouger avec toutes ces espèces de lianes.

Celui qui parlait sortit à reculons des broussailles et des brindilles s'accrochèrent à son blouson graisseux. A la pliure des genoux, des épines mordaient sa peau nue et grassouillette. Il se baissa, les enleva soigneusement et se retourna. Plus petit que le blond et très gras, il s'avança en cherchant les endroits où poser les pieds et il leva les yeux derrière ses lunettes à verres épais.

– Où est l'homme au micro ?

Le blond secoua la tête.

– Nous sommes dans une île. Ou, du moins, il me semble. C'est un récif en pleine mer. Il n'y a peut-être pas de grandes personnes ici.

Le gros eut l'air interloqué.

– Il y avait le pilote. Mais il n'était pas dans la cabine des passagers, il était au poste de pilotage, devant.

Le blond examinait le récif d'un regard attentif.

– Et tous les autres gosses, continua le gros. Il y en a sûrement qui s'en sont sortis. Tu crois pas, hein ?

Le blond se dirigea vers le bord de l'eau d'un air aussi désinvolte que possible. Il affichait l'indifférence et ne voulait pas paraître s'intéresser à la question, mais le gros courut après lui.

– Il n'y a pas de grandes personnes du tout ?

– Je ne crois pas.

Le blond avait répondu d'un ton solennel ; mais tout à coup la joie d'une ambition réalisée l'envahit. Au milieu de la déchirure de la jungle, il se mit debout sur la tête et regarda en riant le gros garçon qu'il voyait sens dessus dessous.

– Pas de grandes personnes !

Le gros réfléchit un moment.

— Ce pilote.

Le blond retomba sur ses pieds et s'assit sur la terre brûlante.

— Il a dû nous laisser ici et repartir. Il ne pouvait pas atterrir ici. Pas avec un avion à roues.

— On a été attaqués.

— Oh ! il reviendra.

Le gros secoua la tête.

— Quand c'est qu'on descendait, j'ai regardé par une fenêtre et j'ai vu l'autre morceau de l'avion. Y avait des flammes qui en sortaient.

Il observa de haut en bas la déchirure de la jungle.

— Ça, c'est la carlingue qui l'a fait.

Le blond tendit la main et tâta le bord déchiqueté d'un tronc. Il prit l'air intéressé un moment.

— Qu'est-ce qu'elle est devenue, la carlingue ? Où est-elle passée ?

— Cet orage l'a entraînée dans la mer. C'était rudement dangereux avec tous ces troncs d'arbres qui dégringolaient. Il devait encore y avoir des gosses à l'intérieur.

Il hésita un instant, puis reprit :

— Comment que tu t'appelles ?

— Ralph.

Le gros attendit qu'on lui demandât aussi son nom, mais il dut renoncer à cette avance ; le blond nommé Ralph eut un sourire vague, se leva et reprit sa marche vers la lagune. Le gros le suivit résolument.

— Je pense qu'on est plusieurs, dispersés par là. Tu n'en as pas vu d'autres, hein ?

Ralph secoua la tête et hâta le pas. Mais il se prit le pied dans une branche et s'étala de tout son long.

Le gros resta planté près de lui, respirant fortement.

— Ma tante m'a dit de ne jamais courir, expliqua-t-il. Rapport à mon asthme.

— Ton as... quoi ?

— Mon asthme. Peux pas respirer. J'étais le seul à l'école à avoir de l'asthme, dit le gros avec un peu d'orgueil... Et puis, je porte des lunettes depuis que j'ai trois ans.

Il enleva ses lunettes et les tendit à Ralph, clignant des yeux et souriant, puis il se mit à les essuyer sur son blouson sale. Une grimace de souffrance et de concentration intérieure déforma les contours flous de son visage. Il barbouilla ses joues de sueur et chaussa prestement ses lunettes.

— Ces fruits !

D'un rapide coup d'œil, il inspecta les alentours.

— Ces fruits, répéta-t-il. Je crois que...

Il ajusta ses lunettes, s'écarta de Ralph et s'accroupit dans le sous-bois touffu.

— Attends, j'en ai pour une minute...

Ralph se dégagea des lianes avec précaution et se faufila entre les branches. Quelques secondes plus tard, il laissait derrière lui le gros garçon gémissant et se hâtait vers l'écran de végétation qui le séparait encore du lagon. Il escalada un tronc brisé et sortit de la jungle.

La côte était couverte de palmiers. Les troncs s'élevaient dans la lumière, bien droits ou inclinés, et leurs palmes vertes s'étalaient tout en haut des troncs. Ils poussaient sur un talus couvert d'herbe drue, saccagée par la chute des arbres, parsemée de noix de coco pourrissantes et de plants de palmiers. Au-delà c'était la zone dense de la forêt, sabrée par la déchirure. Ralph se tenait appuyé contre un tronc gris, plissant les yeux pour regarder la surface miroitante de l'eau. A quelque distance du bord, l'écume blanche zébrait un récif de corail, et au large l'eau était d'un bleu profond. Dans l'enceinte irrégulière de l'atoll, le lagon, calme comme un lac de montagne, étalait ses eaux

aux teintes bleues variées, mêlées de vert ombreux et de pourpre. La plage, entre la terrasse de palmiers et le bord de l'eau, s'incurvait en mince arc de cercle, apparemment sans limites, car, sur sa gauche, Ralph voyait les palmiers, la plage et l'eau s'étendre à l'infini ; partout, toujours sensible, régnait la chaleur.

Il sauta au bas de la terrasse. Ses chaussures noires s'enfoncèrent dans le sable épais et la chaleur le frappa brutalement. Soudain conscient du poids de ses vêtements, d'un seul mouvement brusque il enleva chaussures et chaussettes. D'un bond il remonta sur le talus, retira sa chemise et se tint entre les noix de coco en forme de crânes, la peau moirée par les ombres vertes des palmiers et de la forêt. Il défit sa boucle de ceinture, enleva prestement sa culotte et son caleçon et resta nu, le regard fixé sur l'étendue éblouissante de sable et d'eau.

A douze ans passés, il n'avait plus le ventre proéminent de l'enfance, mais l'adolescence ne le marquait pas encore de gaucherie. Large de carrure, il pouvait faire un futur boxeur, mais la douceur de sa bouche et de ses yeux garantissait un manque de méchanceté. Du plat de la main, il flatta doucement un tronc de palmier ; enfin persuadé de la réalité de son entourage, il eut un rire ravi et se mit debout sur la tête. Puis il reprit son équilibre, sauta sur la plage, s'agenouilla et, des deux bras, empila un tas de sable contre sa poitrine. Enfin, il s'assit et fixa sur la mer un regard brillant d'expectative.

– Ralph...

Le gros garçon se laissa tomber au bas du talus et s'assit avec précaution sur le bord, les pieds dans le sable.

– C'est pas ma faute si je suis resté si longtemps. Ces fruits...

Il essuya ses lunettes et les ajusta sur son nez minuscule. La monture y avait laissé une empreinte rose en forme de V. Son regard critique détailla le corps doré de Ralph et revint sur ses propres vêtements. Il saisit la fermeture Eclair de son blouson.

— Ma tante...

Puis il ouvrit la fermeture Eclair d'un geste décidé et enleva son blouson.

— Voilà !

Ralph lui lança un regard de côté sans rien dire.

— Il faudrait savoir leurs noms, dit le gros garçon, et en faire une liste. Et puis il faudrait faire une réunion.

Ralph n'eut pas l'air de saisir, aussi le garçon continua-t-il sur un ton confidentiel :

— Ça m'est égal comment on m'appelle, pourvu qu'on m'appelle pas comme à l'école.

Ralph manifesta un commencement d'intérêt.

— Comment on t'appelait ?

Le gros garçon lança un coup d'œil par-dessus son épaule, puis il se pencha vers Ralph.

Dans un murmure, il dit :

— On m'appelait : « Piggy[1]. »

Ralph rit aux éclats. Il bondit sur ses pieds.

— Piggy ! Piggy !

— Oh ! Ralph, je t'en prie !

Piggy se tordait les mains de désespoir.

— Je t'ai dit que je ne voulais pas...

— Piggy ! Piggy !

Ralph se mit à danser de joie dans l'air chaud qui couvrait la plage, puis il fonça sur Piggy, les bras étendus pour imiter un avion et il fit semblant de le mitrailler.

— Ta-ra-ra-ra...

1. Piggy : porcinet.

Il tomba en piqué dans le sable, aux pieds de Piggy, et resta étendu, secoué de rire.

— Piggy !

Piggy eut un sourire forcé, content quand même d'obtenir ce semblant d'intérêt.

— Tant que tu ne le dis pas aux autres...

Ralph étouffa son rire dans le sable. L'expression de souffrance et de concentration revint sur le visage de Piggy.

— Attends un peu...

Il retourna en courant dans la forêt. Ralph se releva et partit vers sa droite.

La plage s'interrompait brusquement devant le carré massif d'un vaste plateau de granit rose que formait le paysage à cet endroit. Il se frayait un passage d'autorité à travers la forêt et la terrasse, le sable et le lagon, pour former une jetée surélevée d'environ un mètre de haut. Elle était recouverte d'une mince couche de terre et d'herbe drue, et ombragée par de jeunes palmiers. Les arbres n'y avaient pas assez de terre pour croître en hauteur et, dès qu'ils atteignaient six à huit mètres de haut, ils s'affaissaient sur le sol en un fouillis de troncs qui fournissaient des sièges très pratiques. Ceux qui restaient debout formaient une voûte verte, à l'intérieur moiré par les reflets frémissants du lagon. Ralph se hissa sur le plateau, trouva agréables la fraîcheur et l'ombre qui régnaient, ferma un œil et décida que les reflets sur son corps étaient vraiment verts. Il se fraya un chemin vers le bord du plateau qui surplombait la mer et la contempla. L'eau était si claire qu'on voyait le fond et les couleurs vives des coraux et des végétations tropicales. Un banc de poissons minuscules et scintillants se déplaçait par saccades. Ralph poussa une exclamation de plaisir sur un ton de basse :

— Pfuischt !

Plus loin d'autres délices s'offraient à lui. Un geste divin — un typhon peut-être, ou l'orage qui avait accompagné leur arrivée — avait entassé une digue de sable à l'intérieur du lagon, de sorte qu'un bassin profond et long s'étendait entre cette digue et le mur de granit rose. Ralph connaissait l'aspect trompeur des mares trop peu profondes au bord de la mer et il s'apprêtait à être déçu. Mais l'île tenait ses promesses et ce bassin providentiel — que la mer ne remplissait évidemment qu'à marée haute — offrait à l'une de ses extrémités la couleur vert foncé des grands fonds. Ralph examina soigneusement les trente mètres du bassin et plongea. L'eau était d'une température supérieure à celle du corps ; il avait l'impression de prendre son bain dans une immense baignoire.

Piggy le retrouva, s'assit sur le bord rocheux et regarda avec envie le corps blanc et vert de Ralph.

— Dis donc, qu'est-ce que tu nages bien !

— Piggy !

Piggy enleva ses chaussures et ses chaussettes, les rangea soigneusement sur le bord et trempa un orteil dans l'eau.

— C'est chaud !

— Eh bien ! qu'est-ce que tu croyais ?

— Je ne croyais rien. Ma tante...

— Zut pour ta tante !

Ralph fit un plongeon en surface et nagea sous l'eau, les yeux ouverts ; la digue de sable lui apparaissait comme le flanc d'une colline. Il se retourna en se pinçant le nez et une lumière dorée se brisa en éclats sur son visage. Piggy, l'air décidé, enlevait sa culotte. Il en émergea dans sa nudité blafarde et grasse. Il descendit sur la pointe des pieds dans le sable et resta assis, dans l'eau jusqu'au cou, en regardant Ralph avec un sourire fier.

– Tu ne veux pas nager ?

Piggy secoua la tête.

– Je ne sais pas nager. J'avais pas le droit. Mon asthme...

– Zut pour ton as-ticot !

Piggy supporta la moquerie avec une sorte d'humble patience.

– Dis donc, qu'est-ce que tu nages bien !

Ralph descendit le plan incliné en barbotant à reculons, plongea la tête sous l'eau, remplit sa bouche d'eau et la cracha en un long jet. Puis il releva le menton et parla.

– Je savais nager à cinq ans. C'est papa qui m'a appris. Il est capitaine de frégate. Dès qu'il aura une permission, il viendra nous tirer d'ici. Et ton père, qu'est-ce qu'il est ?

Piggy rougit.

– Mon père est mort, répondit-il trop vite. Et ma mère...

Il ôta ses lunettes et chercha vainement quelque chose pour les essuyer.

– Je vivais chez ma tante. Elle avait une confiserie. Qu'est-ce que je mangeais comme bonbons ! Autant que je voulais. Quand c'est que ton père viendra nous chercher ?

– Dès qu'il pourra.

Piggy sortit de l'eau ; nu et ruisselant, il se mit à essuyer ses lunettes avec une chaussette. Le seul bruit qui leur parvenait maintenant à travers l'air brûlant du matin était le grondement sourd des lames qui s'écrasaient sur les rochers.

– Comment qu'il saura qu'on est là ?

Ralph se prélassait dans l'eau. Une torpeur le gagnait, semblable aux mirages enveloppants qui rivalisaient d'éclat avec le lagon.

– Et comment qu'il sait qu'on est là ?

Parce qu'il le sait, pensa Ralph, comme ça, comme ça. Le grondement des vagues se fit plus lointain.

– On lui dira à l'aérodrome.

Piggy secoua la tête, remit ses lunettes étincelantes et abaissa son regard sur Ralph.

– Penses-tu. T'as pas entendu ce que disait le pilote ? Sur la bombe atomique ? Ils sont tous morts.

Ralph sortit de l'eau, se posta en face de Piggy et réfléchit à ce problème nouveau.

Piggy insista :

– On est sur une île, hein ?

– J'ai grimpé sur un rocher, répondit Ralph lentement, et je crois que oui.

– Ils sont tous morts, répéta Piggy, et on est sur une île. Personne sait qu'on est là. Ton père sait pas, personne sait...

Ses lèvres tremblaient et une brume obscurcit ses lunettes.

– On peut rester ici jusqu'à ce qu'on meure.

Sur ces mots, la chaleur leur parut s'alourdir, peser sur eux comme une menace et la splendeur aveuglante du lagon prit un air hostile.

– Donne-moi mes habits, murmura Ralph. Là...

Il traversa la plage au petit trot, supporta la morsure cruelle du soleil, traversa le plateau et reprit ses vêtements éparpillés. Il remit sa chemise grise avec soulagement. Il escalada le bord du plateau et trouva un tronc pour s'asseoir confortablement à l'ombre. Piggy se hissa à ses côtés, portant ses vêtements en tas sous le bras. Il s'assit avec précaution sur un tronc tombé au pied de la petite falaise qui surplombait le lagon ; le lacis de reflets le couvrit d'ombres dansantes.

Il parla enfin.

– Faut trouver les autres. Faut faire quelque chose.

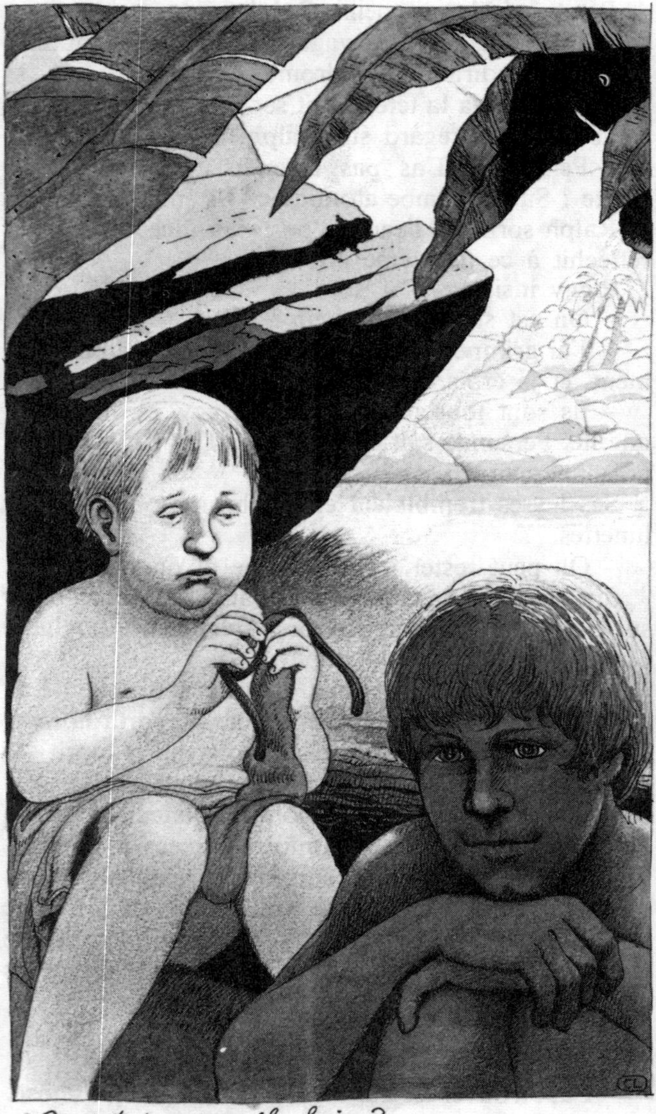
– On est sur une île, hein ?

Ralph ne disait rien. Ils étaient sur un atoll. A l'abri du soleil, n'écoutant pas les paroles inquiétantes de Piggy, il poursuivait un rêve agréable.

Mais Piggy insistait :

– Combien qu'on est ici ?

Ralph descendit aux côtés de Piggy.

– Je sais pas.

De temps à autre, des brises légères effleuraient la surface polie de l'eau sous la brume de chaleur. Lorsque ces brises atteignaient le plateau, les frondaisons des palmiers chuchotaient et des taches de lumière brouillées glissaient sur le corps des garçons ou voletaient dans l'ombre avec des ailes brillantes.

Piggy leva les yeux vers Ralph. Toutes les ombres se reflétaient à l'envers sur le visage du garçon : le vert des palmes, l'éclat des eaux du lagon. Une tache de soleil glissait dans ses cheveux.

– Faut faire quelque chose.

Ralph le regarda sans le voir. Enfin se réalisait son vieux rêve imprécis. Ses lèvres esquissèrent un sourire de ravissement et Piggy, le prenant pour une marque d'attention à son égard, rit de plaisir.

– Si c'est vraiment une île...

– Qu'est-ce que c'est que ça ?

Ralph ne souriait plus et désignait du doigt le lagon. Un objet couleur d'ivoire reposait parmi les herbes chevelues.

– Une pierre.

– Non, un coquillage.

Les paroles se bousculèrent soudain sur la langue de Piggy qui expliqua, non sans supériorité :

– Voui, c'est un coquillage. J'en ai déjà vu un comme ça. C'était pendu au mur chez quelqu'un. On appelait ça une conque. Quand le garçon soufflait dedans, sa mère arrivait. Ça a beaucoup de valeur...

Aux côtés de Ralph, un jeune palmier se penchait sur les eaux du lagon. Déjà, son poids arrachait une motte de terre au sol trop pauvre ; il ne tarderait pas à tomber. Ralph le déterra et l'agita dans l'eau, faisant fuir çà et là les poissons scintillants. Piggy se pencha imprudemment.

— Attention ! Tu vas le casser.

— La ferme ! dit Ralph d'un ton distrait. Il s'intéressait à ce coquillage : un joli jouet ; mais les fantasmagories vivaces de son imagination s'interposaient encore entre lui et cet intrus. Le petit palmier ploya et déplaça le coquillage dans les herbes. Ralph prit appui sur une main et, de l'autre, éleva jusqu'à la surface le coquillage ruisselant. Piggy s'en saisit.

Maintenant que le coquillage était à sa portée, Ralph se laissait gagner par l'animation de Piggy qui bavardait :

— ... une conque ; et ça a beaucoup de valeur. Je te parie que si tu voulais en acheter une, il faudrait payer des milliers et des milliers de francs. Ce garçon, il l'avait pendue sur le mur de son jardin, et ma tante...

Ralph prit la conque et quelques gouttes d'eau s'égrenèrent le long de son bras. La teinte ivoirine du coquillage s'ombrait par endroits de rose pâle. Entre la pointe, usée et percée d'un petit trou, et l'ouverture rose, le long coquillage se roulait légèrement en spirale couverte d'un délicat dessin en relief. Ralph le secoua et du sable sortit du fond du cornet.

— ... mugissait comme une vache, continuait Piggy. Il avait aussi des pierres blanches et un perroquet vert en cage. Il ne soufflait pas dans les pierres, bien sûr, mais il disait...

Piggy s'interrompit pour reprendre haleine et caressa le coquillage brillant que tenait Ralph.

— Ralph !

Ralph leva la tête.

— On pourrait s'en servir pour appeler les autres. Faire un meeting. Ils viendront s'ils nous entendent...

Il regarda Ralph d'un air rayonnant.

— C'est ça que tu voulais, hein ? C'est pour ça que tu as sorti la conque de l'eau ?

Ralph rejeta en arrière ses cheveux blonds.

— Comment faisait-il, ton ami, pour souffler dans la conque ?

— On aurait dit qu'il crachait. Ma tante voulait pas que je souffle par rapport à mon asthme. Lui, il disait qu'il fallait souffler de là.

Piggy posa une main sur son ventre proéminent.

— Essaye, Ralph. Appelle les autres.

L'air incrédule, Ralph porta l'extrémité pointue de la conque à sa bouche et souffla. Un son creux sortit de ses lèvres, mais la conque resta silencieuse.

— On aurait dit qu'il crachait.

Ralph arrondit les lèvres et envoya une giclée d'air dans le coquillage d'où sortit un bruit équivoque qui les fit rire aux éclats. Entre deux crises de fou rire, Ralph continuait à souffler.

— Il soufflait de là.

Ralph comprit et souffla en comprimant son diaphragme. Immédiatement la conque répondit. Une note sonore vibra sous les palmiers, parcourut les dédales de la forêt et son écho fut renvoyé par le mur de granit rose des montagnes. Des nuées d'oiseaux sortirent des arbres, quelque chose glissa dans les broussailles avec un cri perçant.

Ralph décolla ses lèvres de la conque :

— Formidable ! s'exclama-t-il.

Sa voix parut un murmure après le grondement de la conque. Il la reprit et, aspirant profondément, recommença à souffler. L'appel résonna de nouveau et, le souffle du garçon s'amplifiant, il monta d'une octave et prit un son strident qui portait encore plus loin. Piggy criait des mots incompréhensibles, l'air ravi, et ses lunettes lançaient des éclairs. Les oiseaux piaillaient et de petits animaux s'enfuyaient. Ralph s'arrêta, hors d'haleine ; le son retomba d'une octave, devint un gargouillis, puis un souffle.

La conque silencieuse n'était plus qu'un coquillage brillant. Ralph avait encore le visage empourpré par l'effort. L'air bruissait d'échos et de cris d'oiseaux.

– Je te parie que ça s'entend à des kilomètres.

Ralph reprit son souffle et la conque fit entendre une série d'appels brefs.

Piggy s'exclama :

– Tiens, en voilà un !

Un enfant s'avançait entre les palmiers, à une centaine de mètres de là. C'était un petit garçon de six ans environ, blond et trapu, les vêtements déchirés, le visage barbouillé de fruits. Il avait baissé sa culotte pour une raison évidente et ne l'avait remontée qu'à moitié. De la terrasse couverte de palmiers, il sauta dans le sable et sa culotte lui tomba sur les talons ; il s'en débarrassa d'un coup de reins et s'avança au petit trot vers le plateau. Piggy l'aida à grimper. Ralph continua ses appels jusqu'à ce que des voix se fissent entendre dans la forêt. Le petit garçon s'accroupit devant Ralph et leva vers lui un regard brillant. Rassuré par l'impression qu'il se passait là quelque chose d'utile, il glissa dans sa bouche son pouce rose, son seul doigt propre.

Piggy se pencha vers lui.

– Comment que tu t'appelles ?

– Johnny.

Piggy répéta le nom à mi-voix et le cria à Ralph qui n'y fit pas attention, car il ne cessait de souffler. Son visage était congestionné par l'ardent plaisir qu'il prenait à produire ce bruit stupéfiant et les battements de son cœur imprimaient des frémissements à sa chemise tendue sur sa poitrine. Les cris de la forêt se rapprochaient.

Des signes de vie se manifestaient sur la plage. Le sable moiré par l'air chaud dissimulait de nombreuses silhouettes éparpillées sur des kilomètres de plage. De partout des garçons convergeaient vers le plateau à travers le sable lourd et brûlant. Trois petits, pas plus âgés que Johnny, sortirent d'un endroit étonnamment proche où ils s'étaient gorgés de fruits. Un garçon aux cheveux noirs, à peine plus jeune que Piggy, écarta des broussailles, déboucha sur le plateau et sourit joyeusement à la ronde. Les nouveaux arrivants imitaient Johnny, inconscient de l'exemple qu'il donnait, et s'asseyaient sur les troncs tombés. Ralph continuait ses brefs appels. Piggy circulait entre les garçons et demandait leurs noms, les sourcils froncés pour essayer de se les rappeler. Les enfants lui obéissaient sans arrière-pensée, comme ils l'avaient fait devant les hommes aux micros. Les uns, tout nus, tenaient leurs vêtements dans les bras ; d'autres portaient des fragments d'uniforme de collégiens : vestons ou jerseys gris, bleus ou beiges. Les chaussettes et les chandails s'ornaient de rayures de couleur ou d'insignes. Les têtes se rapprochaient sous l'ombre verte des palmiers, des têtes aux cheveux châtains, blonds, noirs, bruns, d'un blond roux ou terne. Tous chuchotaient, murmuraient et gardaient les yeux fixés sur Ralph avec intérêt. Il se passait quelque chose.

Les enfants, qui approchaient par la plage, ne devenaient visibles qu'en sortant de la brume de chaleur des lointains. On remarquait d'abord une créature noire, semblable à une chauve-souris qui dansait sur le sable, et ce n'est qu'après que l'on comprenait : c'était l'ombre du garçon réduite par le soleil vertical à une tache rabougrie entre ses pieds qui se hâtaient. Tout en soufflant dans la conque, Ralph vit les deux derniers arrivants, côte à côte, dont la silhouette se doublait d'une ombre noire flottante. Les deux garçons, aux cheveux filasse sur une tête ronde comme une boule, se jetèrent par terre et restèrent étendus aux pieds de Ralph, souriant et haletant comme des chiens. C'étaient des jumeaux et l'œil avait peine à croire à une ressemblance aussi joyeusement arborée. Ils respiraient sur le même rythme et souriaient ensemble ; ils étaient trapus et pleins de vitalité. Ils levèrent vers Ralph leur visage aux lèvres humides ; comme ils ne semblaient pas avoir assez de peau pour eux deux, leur bouche restait toujours entrouverte et leur profil manquait de netteté. Piggy se pencha sur eux avec ses lunettes étincelantes et, entre les appels de la conque, on l'entendit qui répétait leurs noms : « Erik, Sam ; Erik, Sam. »

Il finit par s'embrouiller ; les jumeaux hochèrent la tête et se désignèrent mutuellement du doigt. Tout le monde rit.

Quand Ralph se tut et s'assit, il garda la conque à la main et inclina la tête sur ses genoux. L'écho se tut à son tour, puis les rires, et ce fut le silence.

Dans l'air brouillé et scintillant de chaleur, quelque chose de noir avançait en tâtonnant. Ralph fut le premier à le distinguer et l'insistance de son regard attira sur le même point les yeux des autres garçons. Quand la chose sortit de la zone imprécise des mirages, on vit que sa couleur noire provenait de ses vêtements. C'était un groupe de garçons qui marchaient à peu près au pas, sur deux files parallèles, accoutrés d'étrange façon. Ils portaient à la main leur linge et leurs habits, mais ils étaient coiffés de casquettes carrées noires ornées d'un insigne en argent. D'amples capes, noires également, marquées d'une grande croix d'argent sur le côté gauche de la poitrine et resserrées au cou par un collet plissé, dissimulaient leur corps. La chaleur des tropiques, la chute de l'avion, la nécessité de se nourrir et enfin cette marche sur la plage brûlante, leur donnaient un teint de prunes humides. Le garçon qui les conduisait portait le même accoutrement, mais l'insigne de sa casquette était doré. Lorsque le groupe fut à une dizaine de mètres du plateau, il donna un ordre et ils s'arrêtèrent, hors d'haleine, en nage, chancelant dans la lumière intense. Le chef se détacha du groupe, sauta sur le plateau, sa cape volant derrière lui, et fixa un regard ébloui sur cette zone d'ombre.

– Où est l'homme à la trompette ?

Ralph devina qu'il était aveuglé par le soleil et il lui répondit :

– Il n'y a pas d'homme avec une trompe. C'était moi.

Le garçon se rapprocha et cligna des yeux pour mieux voir Ralph. Ce qu'il vit : un garçon blond avec un coquillage blanc sur les genoux, ne parut pas le satisfaire. Il se détourna d'un geste prompt et sa cape noire voltigea autour de lui.

– Alors, il n'y a pas de bateau ?

Sous la cape ample, il paraissait grand, mince et anguleux ; sa casquette noire laissait dépasser des cheveux roux. Son visage fripé, couvert de taches de rousseur, accusait une laideur sans niaiserie ; des yeux bleus l'éclairaient où se lisaient maintenant la déception et une colère imminente.

– Mais il n'y a pas un homme ici ?

Ralph répondit à ce dos qu'on lui présentait :

– Non. Nous faisons un meeting. Venez avec nous.

Les garçons en noir se débandaient déjà. Mais le chef cria :

– La maîtrise ! Ne bougez pas !

La maîtrise obéit avec lassitude, reforma les rangs et resta debout à osciller sous le soleil. Quelques faibles protestations se firent entendre :

– Mais Merridew. S'il te plaît, Merridew... on pourrait pas ?...

A ce moment un des garçons s'affaissa dans le sable et les rangs se rompirent. Le garçon évanoui fut hissé sur le plateau par ses camarades et étendu à terre. Merridew, le regard fixe, essaya de sauver la face.

– Ça va bien. Pouvez vous asseoir. Laissez-le tranquille.

– Mais Merridew...

– Oh ! il s'évanouit tout le temps, lança Merridew. Il l'a déjà fait à Gib et à Addis ; et aux matines il est tombé sur le chef du chœur.

Cette indiscrétion sur leur vie de groupe fit ricaner les garçons de la maîtrise perchés comme des oiseaux noirs sur les troncs emmêlés et le regard fixé sur Ralph. Piggy ne demanda aucun nom. Intimidé par la supériorité de l'uniforme et l'autorité qui se dégageait au premier abord de la voix de Merridew, il se retira aux côtés de Ralph et se mit à frotter ses lunettes.

Merridew se tourna vers Ralph.

– Il n'y a pas de grandes personnes ?

– Non.

Merridew s'assit sur un tronc et lança un regard circulaire.

– Alors, il faudra se débrouiller tout seuls.

A l'abri de l'autre côté de Ralph, Piggy répondit timidement :

– C'est pour ça que Ralph a fait un meeting. Pour qu'on décide ce qu'on va faire. On a déjà des noms. Voilà Johnny. Ceux-là, c'est des jumeaux : Erik et Sam. Lequel c'est, Erik ? Toi ? Non, toi c'est Sam...

– C'est moi, Sam.
– Et moi Erik.
– Il faudrait connaître tous les noms. Je m'appelle Ralph.
– On les connaît presque tous. On vient de les dire, affirma Piggy.
– Des gosses ! laissa tomber Merridew. Pourquoi on m'appellerait Jack ? Moi c'est Merridew.
Ralph se tourna brusquement vers lui. Ce garçon-là savait ce qu'il voulait.
– Alors, continua Piggy, ce garçon... j'ai oublié...
– Tu parles trop, l'interrompit Jack Merridew. La ferme, le gros !
Des rires fusèrent.
– Il ne s'appelle pas le Gros, cria Ralph. Son vrai nom, c'est Piggy !
– Piggy !
– Piggy !
– Oh ! Piggy !
Ce fut un éclat de rire général auquel se joignirent même les plus petits. Pendant un bref instant il se forma un circuit fermé de sympathie dont Piggy était exclu. Celui-ci rougit, baissa la tête et s'absorba dans le nettoyage de ses lunettes.

Les rires s'apaisèrent enfin et l'on continua de se nommer. Il y avait Maurice, le plus grand de la maîtrise après Jack, mais rond et souriant. Il y avait un garçon mince, à l'air furtif, que personne ne connaissait et qui restait dans son coin avec l'air de tenir passionnément à ses secrets. Il marmonna qu'il s'appelait Roger et se tut. Il y avait aussi Bill, Robert, Harold, Henry ; le garçon qui s'était évanoui se releva et s'adossa à un tronc ; puis il sourit faiblement à Ralph et dit son nom : Simon.
Jack prit la parole.

— Il faut décider comment on pourra se faire secourir.

Un murmure s'éleva. Un des petits, Henry, dit qu'il voulait rentrer à la maison.

— La ferme, rétorqua Ralph sans conviction.

Il leva la conque en l'air.

— Moi, je trouve qu'il nous faudrait un chef pour prendre des décisions.

— Un chef ! Un chef !

— C'est moi qui devrais être le chef, déclara Jack avec une arrogance toute simple. Parce que je suis premier enfant de chœur et ténor de la maîtrise. Je monte jusqu'au *do dièse*.

Un autre murmure.

— Eh bien ! dit Jack, je...

Il hésita. Roger, le garçon taciturne, bougea enfin et prit la parole.

— Il n'y a qu'à voter.

— Oui !

— Elisons un chef !

— Allez, on vote !

Ce jeu du vote était presque aussi amusant que celui de la conque. Les protestations de Jack furent étouffées par une clameur qui se précisa dans le choix de Ralph comme chef. Nul n'aurait su donner les raisons de son choix. C'était Piggy qui avait fait preuve d'intelligence et Jack d'autorité. Mais une sorte d'immobilité faisait ressortir la personnalité de Ralph ; à cela s'ajoutaient sa taille et son air sympathique ; enfin, de façon plus obscure mais très puissante, agissait la conque. L'être qui avait soufflé dans cette conque et qui les avait attendus sur le plateau, assis sur un tronc, le fragile objet posé sur les genoux, cet être-là était différent des autres.

— Celui qui tient le coquillage.

— Ralph ! Ralph !

— Qu'il soit chef celui qui a l'espèce de trompette.

Ralph leva la main pour obtenir le silence.

— Parfait ! Qui vote pour Jack ?

Avec une docilité morne, toute la maîtrise leva la main.

— Qui vote pour moi ?

Tous les autres, sauf Piggy, levèrent la main. Puis ce dernier, comme à contrecœur, imita le mouvement général.

Ralph compta.

— Bon, c'est moi le chef.

Tous applaudirent, même la maîtrise. Sur le visage de Jack, les taches de rousseur disparurent sous une rougeur de vexation. Il se leva, puis se ravisa et resta à sa place pendant que résonnaient les applaudissements. Ralph le regarda, désireux de lui offrir quelque chose.

— La maîtrise est à toi, naturellement.

— Ça pourrait être l'armée...

— Ou les chasseurs...

— Ou bien, on pourrait...

Le visage de Jack reprit une teinte normale. Ralph agita la main pour obtenir le silence.

— C'est Jack qui commande la maîtrise. Il peut décider ce qu'il en fera. Qu'est-ce que tu veux, Jack ?

— Des chasseurs.

Jack et Ralph échangèrent un timide sourire de sympathie. Les autres commencèrent à bavarder avec animation.

Jack se leva.

— La maîtrise, vous pouvez enlever votre attirail.

Comme pour une fin de classe, les garçons se levèrent en bavardant et empilèrent leurs vêtements noirs sur l'herbe. Jack posa les siens sur le tronc, à côté de Ralph ; la sueur collait sa culotte grise à sa

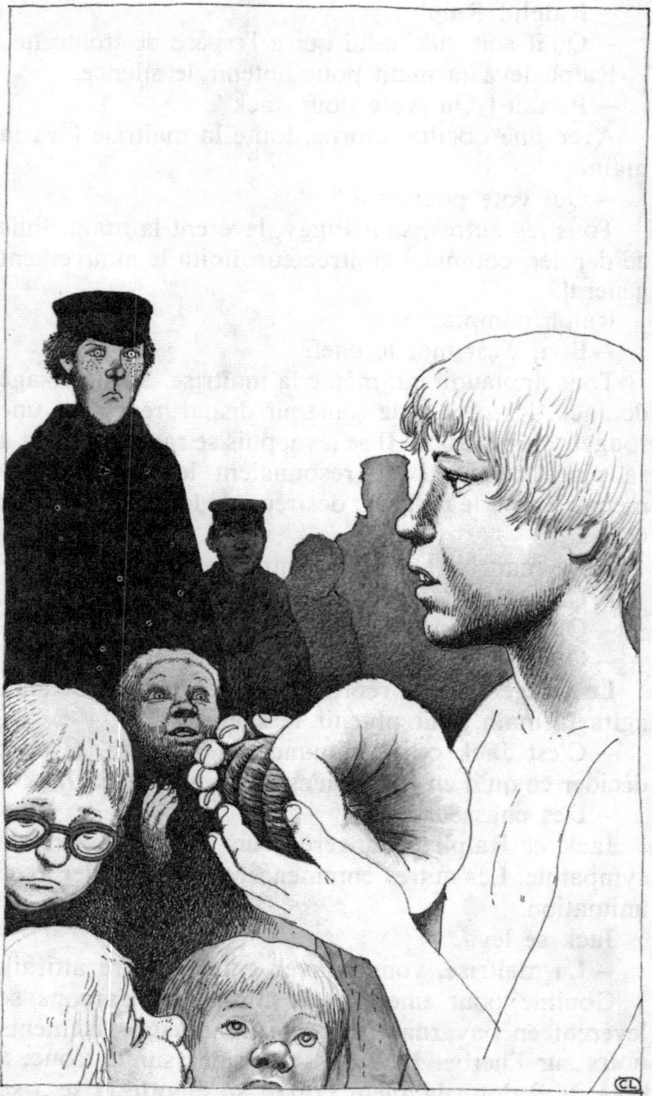

– Qui vote pour moi ?

peau. Ralph lui lança un regard admiratif et Jack expliqua :

— J'ai essayé de grimper sur cette colline pour voir s'il y avait de l'eau tout autour. Mais ta trompe nous a appelés.

Ralph sourit et leva la conque pour que les garçons se taisent.

— Ecoutez tous. Il me faut du temps pour réfléchir. Je ne peux pas décider comme ça sur le coup. Si on n'est pas sur une île, ce sera facile de nous tirer de là. Alors, il faut d'abord s'assurer de ça. Que personne ne s'éloigne, il faut rester ensemble. Nous partirons en exploration à trois — pas plus parce qu'on se perdrait les uns les autres — et nous verrons si c'est une île. Moi j'y vais et puis Jack et puis...

Il fit du regard le tour des visages ardents qui l'entouraient. Il ne manquait pas de choix.

— Et Simon.

Les voisins de Simon ricanèrent et celui-ci se leva en riant un peu. La pâleur de son évanouissement était dissipée. C'était un petit garçon maigre et très vivant dont le regard filtrait sous une masse de cheveux noirs, raides et indisciplinés, qui lui tombaient sur les yeux.

Il fit un signe d'assentiment à Ralph.

— Je viens.

— Moi aussi...

Jack saisit à sa ceinture un imposant coutelas de scout, le sortit de sa gaine et le lança dans un tronc. Un murmure s'éleva et retomba.

Piggy s'avança.

— Moi aussi je viens.

Ralph se tourna vers lui.

— Toi, tu ne servirais à rien dans un truc de ce genre.

— Quand même...

— On n'a pas besoin de toi, décida Jack, péremptoire. On est assez de trois.

Les lunettes de Piggy lancèrent un éclair.

— J'étais avec lui quand il a trouvé la conque. J'étais le premier avec lui.

Ni Jack ni les autres ne firent attention à lui. Tous se dispersaient déjà. Ralph, Jack et Simon bondirent au bas du plateau et, dans le sable, longèrent la piscine. Piggy les suivait en bourdonnant.

— Que Simon marche au milieu, dit Ralph, et on pourra parler par-dessus sa tête.

Les trois garçons se mirent au pas. Mais Simon devait faire un rapide entrechat de temps à autre pour garder la cadence. Enfin, Ralph s'arrêta et parla à Piggy.

— Ecoute !

Jack et Simon firent semblant de ne rien remarquer et poursuivirent leur chemin.

— Tu ne peux pas venir.

Les lunettes de Piggy s'embrumèrent... cette fois d'humiliation.

— Tu leur as dit. Pourtant, je t'avais bien demandé...

Son visage s'empourpra, ses lèvres commencèrent à trembler.

— Pourtant je t'avais bien dit que je ne voulais pas...

— Mais je ne comprends pas de quoi tu parles...

— Qu'on m'appelle Piggy. Je t'ai dit que tout m'était égal pourvu qu'on ne m'appelle pas Piggy. Je t'ai demandé de ne pas le dire, et toi la première chose que tu fais...

Le silence se creusa entre eux. Ralph regarda Piggy avec plus de compréhension et le vit cruellement blessé. Il hésita entre des excuses ou une autre insulte.

— Il vaut mieux encore Piggy que « le gros », dit-il

enfin carrément, en vrai chef. En tout cas, je regrette que tu en sois vexé. Mais retourne maintenant, Piggy, et relève les noms des autres. C'est ton travail. A tout à l'heure.

Il rattrapa les autres en courant. Piggy resta planté là, et le rouge de l'indignation s'effaça peu à peu sur ses joues. Il retourna au plateau.

Les trois garçons marchaient d'un pas vif sur le sable. La marée basse libérait une bande de sable jonchée d'algues aussi ferme que la terre. Ils baignaient dans l'éclat prestigieux du paysage et ils en éprouvaient un certain bonheur. Ils se parlaient d'une voix vibrante entrecoupée de rires, sans même écouter les réponses. L'air était lumineux. Ralph, qui sentait peser sur lui la responsabilité de traduire en mots leurs sensations, se mit debout sur la tête et tomba en avant. Quand les rires se furent apaisés, Simon se permit une timide caresse sur le bras de Ralph et les rires fusèrent à nouveau.

– Allez ! s'écria Jack enfin, on est des explorateurs.

–Allons jusqu'au bout de l'île, proposa Ralph, on verra ce qu'il y a de l'autre côté.

– Si c'est une île...

L'après-midi tirait à sa fin et les mirages diminuaient un peu. Ils trouvèrent l'extrémité de l'île bien réelle, dépouillée de toute fantasmagorie. D'épais blocs de roches se chevauchaient, un autre se prélassait seul dans le lagon, couvert d'oiseaux de mer.

– On dirait un gâteau rose glacé, dit Ralph.

– On ne peut pas faire le tour de cette extrémité, affirma Jack. D'ailleurs ce n'en est pas une. Ce n'est qu'une courbure de la côte. Et puis les rochers ont l'air impraticables...

De la main, Ralph protégea ses yeux et suivit du regard les rochers à pic dont la ligne déchiquetée montait à l'assaut de la montagne. Cette portion de la plage était toute proche de la montagne.

— C'est d'ici qu'il faudrait faire l'ascension, décida-t-il. Ce doit être le plus facile. Il y a moins de jungle et plus de rochers roses. Allez, on y va !

Les trois garçons commencèrent à grimper. Une puissance mystérieuse avait arraché et dispersé ces blocs, tombés de travers ou empilés les uns sur les autres en ordre décroissant. Le trait caractéristique du paysage était une falaise rose surmontée d'un roc de travers, d'où repartait un nouveau pan de falaise encore surmonté d'un roc, etc. L'ensemble rose formait une superposition de roches en équilibre qui saillaient entre les festons emmêlés des lianes tropicales. De la base des falaises roses montaient d'étroits sentiers sinueux. Ils pouvaient les suivre, collés au rocher, entièrement plongés dans la végétation.

— Je me demande qui a fait cette piste.

Jack s'arrêta et épongea son visage ruisselant de sueur. Ralph se tenait à ses côtés, tout essoufflé.

— Des hommes ?

Jack secoua la tête.

— Des animaux.

Ralph scruta la zone d'obscurité sous les arbres. La forêt bruissait légèrement.

— Venez !

La difficulté de l'ascension ne résidait pas tant dans la pente abrupte qui les obligeait à contourner de gros blocs rocheux que dans les brusques plongées à travers les broussailles qui interrompaient la piste. Les racines et les tiges des lianes y formaient un tel fouillis que les garçons devaient s'y couler comme des anguilles. Leur seul guide, mis à part le sol brun et les rares rayons de lumière qui filtraient entre les feuilles, était le sens de la pente qui leur faisait choisir tel trou, bien que bouché par un lacis de lianes, de préférence à un autre.

Ils progressaient tant bien que mal.

Prisonnier des lianes, au moment le plus difficile sans doute de leur ascension, Ralph se tourna vers les autres, les yeux brillants.

– Formidable !

– Epatant !

– Drôlement chouette !

Ils ne savaient pas au juste pourquoi ils étaient heureux. Ils étaient en nage, sales et fatigués. Ralph portait de profondes égratignures. Les lianes, épaisses comme leurs cuisses, ne se laissaient pénétrer que par d'étroits tunnels. Pour sonder la profondeur de la forêt, Ralph poussa un cri et ils prêtèrent l'oreille à l'écho étouffé.

– Ça c'est de la véritable explo, dit Jack. Je parie qu'on est les premiers à passer ici.

– Faudrait dresser une carte, proposa Ralph, mais on n'a pas de papier.

– On pourrait se servir d'une écorce, avec une pointe et du noir pour colorer, dit Simon.

Ce fut de nouveau entre eux la communion des yeux brillants dans la pénombre.

– Formidable !

– Epatant !

Il n'y avait pas de place pour se dresser sur la tête. Cette fois-ci, pour donner libre cours à l'intensité de ses émotions, Ralph fit semblant de se jeter sur Simon. Bientôt, ils ne formaient plus qu'une mêlée joyeuse dans l'obscurité.

Quand ils se furent séparés, Ralph parla le premier.

– Faut continuer.

La paroi de granit rose de la falaise suivante, dégagée de lianes et d'arbres, leur permit d'atteindre son sommet au trot. De là, ils s'engagèrent dans une forêt peu dense d'où ils voyaient la mer. Ils retrouvèrent le soleil qui sécha leurs vêtements humides de transpiration. Enfin, le sommet leur apparut, séparé d'eux par un passage de rochers roses à escalader, libres de toute végétation. Les trois garçons se frayèrent un chemin par les défilés et les éboulis.

– Regardez ! Regardez !

Au loin, à l'extrémité de l'île, les roches éparpillées dressaient leurs éboulis et leurs cheminées. Celle contre laquelle Jack s'appuyait faisait un bruit grinçant quand ils l'ébranlaient.

– Allez !

Mais cet « allez ! » ne concernait plus l'ascension. La montagne attendrait pendant que les trois garçons relevaient le défi de la roche, aussi grosse qu'une petite voiture.

– Han !

Un seul mouvement rythmé, un balancement d'avant en arrière.

– Han !

Plus large le balancement, plus marqué, encore, encore, en avant jusqu'à la dernière limite de l'équilibre, en avant, en avant.

– Han !

Le gros rocher hésita, oscilla sur l'extrême bord, puis décida de ne pas retomber en place et, filant dans le vide, par bonds successifs, se retourna plusieurs fois sur lui-même avec un sifflement avant de crever d'un grand trou le dôme de la forêt. Les oiseaux, les échos mêlèrent leur envol, une poussière blanche et rose s'éleva ; la forêt frémit, comme déchirée par le passage d'un monstre enragé ; puis ce fut le silence.

– Formidable !

– Comme une bombe !

– Houp-là !

Ils mirent plus de cinq minutes à s'arracher au spectacle de leur triomphe.

Ils atteignirent le sommet sans plus de difficulté. En gravissant les derniers mètres, Ralph s'arrêta.

– Mince alors !

Ils se trouvaient au bord d'un cirque, ou plutôt d'un amphithéâtre creusé dans le flanc de la montagne. Une plante des rochers, toute bleue, y poussait à profusion ; elle débordait de cette coupe et courait, somptueuse, sur le dais de la forêt. Un nuage de papillons voletait, ondulait çà et là, se posait et repartait.

Juste après le cirque se dressait le sommet carré de la montagne qu'ils ne tardèrent pas à atteindre.

Ils avaient bien deviné qu'ils étaient sur une île. Tant qu'ils avaient escaladé des rochers roses, avec un bras de mer de chaque côté, dans l'air cristallin des hauteurs, un instinct leur avait assuré que la mer les entourait de tous côtés. Mais il leur paraissait plus normal, avant de décider, d'atteindre le sommet et de voir l'eau à l'horizon, de tous côtés.

Ralph se retourna vers les autres.

– Dites donc, les gars, on est chez nous !

L'île avait à peu près la forme d'un bateau ; ramassée sur elle-même du côté où ils se tenaient, elle dévalait derrière eux vers la côte dans le désordre de ses roches. Des deux côtés, des rochers, des falaises, des sommets d'arbres et des pentes raides ; devant eux, sur toute la longueur du bateau, une descente plus douce, boisée, tachée de rose ; en bas, la jungle plate, d'un vert dense, mais s'étirant à l'autre bout en une traînée rose. Au-delà de leur île, touchant presque sa pointe, une autre île sortait de l'eau, un roc semblable à un fort qui leur faisait face, à travers l'étendue verte, défendu par un unique bastion rose et fier.

Les garçons observèrent ce cadre, puis regardèrent

la mer. Ils étaient sur une hauteur. L'après-midi tirait à sa fin. Aucun mirage ne brouillait la vue.

– Ça c'est un atoll. Un atoll de corail. J'en ai vu sur des images.

L'atoll encerclait un des côtés de l'île et débordait sur l'autre ; il s'étendait à plus d'un kilomètre d'elle, parallèlement à ce qu'ils appelaient maintenant en pensée « leur » plage. Le corail gribouillait des arabesques dans la mer comme si un géant s'était penché pour reproduire les contours de l'île d'un trait hâtif, mais s'était arrêté, interrompu par la fatigue. A l'intérieur, c'était une eau bleu paon, des roches et des algues visibles dans une clarté d'aquarium ; dehors, c'était le bleu foncé de la pleine mer. La marée entraînait l'écume, l'effilochait loin du récif, de sorte que les garçons eurent l'illusion, un moment, qu'ils se trouvaient sur un bateau en marche arrière.

Jack désigna un endroit.

– C'est là que nous avons atterri.

Au-delà des éboulis et des falaises, une déchirure se montrait dans les arbres : des troncs éclatés et une longue tranchée qui ne laissait qu'une frange de palmiers entre elle et la mer. Là, on distinguait le plateau en promontoire dans la mer, couvert de minuscules silhouettes mouvantes.

Ralph ébaucha du doigt un itinéraire qui zigzaguait depuis le sommet dénudé où ils se trouvaient, dévalait une pente, un ravin rempli de fleurs et aboutissait au rocher où commençait la déchirure.

– C'est le chemin le plus rapide pour rentrer.

Les yeux brillants, la bouche entrouverte, triomphants, ils savouraient leur droit de conquérants. Le même sentiment les enivrait, les liait : ils étaient amis.

– Il n'y a pas de fumée de village, pas de bateau,

– C'est là que nous avons atterri...

dit Ralph d'un ton avisé. Il faudra s'en assurer plus tard, mais je crois que c'est une île déserte.

— On va se trouver à bouffer, s'écria Jack. Chasser. Attraper des choses... Jusqu'à ce qu'on vienne nous chercher.

Simon les regarda tous les deux sans rien dire, mais en les approuvant de la tête, ses cheveux noirs volant dans sa figure illuminée.

Ralph détourna la tête du côté où il n'y avait pas de récif.

— Plus raide par là, dit Jack.

Ralph eut un geste coupant.

— Ce bout de forêt par là... c'est de la montagne.

Toute avancée de la montagne contenait des arbres — des fleurs et des arbres. A ce moment-là un bruit secoua la forêt et s'enfla en sonore coup de fléau. Les étendues de fleurs de rochers les plus proches frémirent et pendant presque une minute la brise rafraîchit leur visage.

Ralph écarta les bras.

— Tout ça est à nous.

Ils se mirent à rire et à se bousculer en criant sur la montagne.

— J'ai faim !

Sur cette exclamation de Simon, les autres prirent conscience de leur propre appétit.

— Allons, dit Ralph, on a trouvé ce qu'on voulait.

Ils se laissèrent glisser sur la pente rocheuse, sautèrent parmi les fleurs, et se frayèrent un chemin sous les arbres. Ils s'arrêtèrent et examinèrent les buissons autour d'eux avec curiosité.

Simon fut le premier à parler.

— On dirait des bougies. Des ciriers. Des ciriers bourgeonnants.

C'étaient des buissons à feuilles persistantes,

sombres et embaumés ; les nombreux bourgeons étaient d'un vert cireux et se recourbaient pour éviter la lumière. Jack en décapita un d'un coup de couteau et le parfum se répandit sur eux.

— Des ciriers en bourgeons.

— On ne peut pas les allumer, dit Ralph. C'est pas des vraies bougies.

— Des bougies vertes, appuya Jack méprisant. Ça ne se mange pas. On y va ?

Ils étaient à la lisière de la forêt épaisse, traînant leurs pieds las sur un sentier, lorsqu'ils entendirent des bruits — des cris de cochon — et un martèlement de sabots sur le sentier. Plus ils avançaient, plus les cris s'amplifiaient jusqu'à devenir frénétiques. Ils trouvèrent un petit cochon, prisonnier d'un rideau de lianes, qui se débattait dans ce filet élastique, affolé par la terreur. Sa voix insistante perçait le tympan. Les trois garçons se ruèrent en avant et Jack tira de nouveau son couteau avec un moulinet. Il leva le bras. Il y eut un moment d'arrêt, une hésitation ; le cochon continuait à crier, les lianes à remuer par saccades et la lame à briller au bout du bras maigre. La pause fut juste assez longue pour leur permettre de comprendre quelle énormité ils avaient failli commettre. Alors le petit cochon s'arracha aux lianes et s'enfuit dans le sous-bois. Leur regard passa de l'un à l'autre et se reporta sur le lieu du drame. Jack avait blêmi sous ses taches de rousseur. Il s'aperçut qu'il brandissait encore le couteau ; il baissa le bras et le replaça dans sa gaine. Enfin, tous trois eurent un rire honteux et ils reprirent leur ascension.

— Je repérais un endroit, expliqua Jack, et je n'avais pas encore décidé où j'allais le poignarder.

— Un cochon, ça s'égorge, affirma Ralph farouchement. On dit toujours « égorger un cochon ».

— On le saigne au cou pour le vider de son sang, renchérit Jack. Sans ça on ne peut pas manger la viande.

— Pourquoi tu n'as pas ?...

Ils savaient très bien pourquoi il n'avait pas terminé son geste. A cause de l'énormité de ce couteau frappant et coupant de la chair vivante ; à cause de l'insupportable idée du sang.

— J'allais le faire, répondit Jack.

Il marchait devant eux qui ne voyaient pas son visage.

— Je repérais un endroit. La prochaine fois...

Il sortit son couteau de la gaine et le planta dans un tronc d'arbre. La prochaine fois, pas de quartier. Il les regarda d'un air de défi. A ce moment, ils arrivèrent en zone découverte et ils se dispersèrent, cueillant et dévorant des fruits au soleil, sans cesser de suivre la tranchée qui les ramenait au plateau et au « meeting ».

II
Incendie sur la montagne

Quand Ralph eut fini ses appels de conque, le plateau s'était garni. Cette réunion ne ressemblait pas à celle du matin. Le soleil d'après-midi avait tourné, et la plupart des enfants, qui avaient senti trop tard sa brûlure, avaient remis des vêtements. La maîtrise, qui formait un groupe beaucoup moins cohérent, s'était débarrassée de l'uniforme.

Ralph s'assit sur un tronc tombé, le côté gauche exposé au soleil. A sa droite se trouvait la maîtrise presque au complet ; à sa gauche, les plus grands qui s'étaient connus avant l'évacuation ; devant lui, des petits étaient assis en tailleur dans l'herbe.

Tous se taisaient. Ralph porta à ses lèvres le coquillage rose et blanc et une brise soudaine éparpilla de la lumière sur le plateau. Se demandant s'il devait se lever ou rester assis, il lança un regard de côté sur sa gauche vers la piscine. Piggy, assis près de lui, n'offrait aucune suggestion.

Ralph s'éclaircit la voix.

— Eh bien !...

Il s'aperçut tout à coup qu'il savait parler sans hésitation et bien exprimer sa pensée. Il passa une main dans ses cheveux blonds et commença :

— Nous sommes dans une île. Nous avons atteint le sommet de la montagne et vu de l'eau tout autour. Il n'y avait pas de maisons, pas de fumée, pas de traces de pas, pas de bateaux et pas de gens. C'est une île déserte.

Jack l'interrompit.

— Malgré ça, il nous faut une armée... pour la chasse. La chasse aux cochons sauvages...

— Oui, on en a vu dans l'île.

Tous les trois à la fois essayèrent d'exprimer ce qu'ils avaient ressenti devant ce morceau de chair rose et vivante qui se débattait dans les lianes.

— On a vu...

— Il criait...

— Il s'est sauvé...

— J'ai pas eu le temps de le tuer... mais... la prochaine fois...

Jack planta son couteau dans un tronc et lança un regard de défi à la ronde.

La réunion reprit son cours.

— Alors vous comprenez, expliqua Ralph, on a besoin de chasseurs pour rapporter de la viande. Et d'autres choses encore.

Il posa la conque sur ses genoux et couvrit d'un regard circulaire les visages marbrés de soleil.

— Il n'y a pas de grandes personnes. Il faudra se débrouiller tout seuls.

Un murmure s'éleva et se tut.

— Autre chose encore. Tout le monde ne doit pas parler à la fois. Il faudra lever le doigt comme en classe.

Il éleva la conque à hauteur de son visage et regarda son ouverture.

– Et je passerai la conque à celui qui voudra parler.

– Qu'est-ce que c'est ?

– Conque, c'est comme ça qu'on appelle ce coquillage. Je donnerai la conque à qui voudra parler et il la tiendra.

– Mais...

– Ecoute...

– Et personne ne devra l'interrompre. Sauf moi.

Jack bondit sur ses pieds.

– On aura des règlements, s'écria-t-il avec enthousiasme. Des tas de règlements. Alors, ceux qui désobéiront...

– Pshshshsh !

– Coinc !

– Bzzzzzz !

– Drrrrrr !

Ralph sentit qu'on lui prenait la conque. Piggy, debout, tenait le coquillage blanc dans ses mains et les cris cessèrent. Jack resta indécis, le regard fixé sur Ralph qui lui sourit et tapota le tronc à ses côtés. Jack s'assit. Piggy retira ses lunettes et les essuya sur sa chemise tout en clignant des yeux.

– Vous empêchez Ralph de parler et de s'occuper de la chose la plus importante.

Il s'arrêta pour obtenir son effet.

– Qui sait qu'on est là ? Hein ?

– Ils le savaient à l'aérodrome.

– L'homme avec une espèce de trompette...

– Mon papa.

Piggy remit ses lunettes.

– Personne ne sait où qu'on est, affirma-t-il.

Il était pâle et son souffle se précipitait.

– Ils savaient peut-être où qu'on allait. Et encore...

Mais ils savent pas où on est parce qu'on est jamais arrivés là où on devait.

Il les regarda un moment, la bouche ouverte, puis oscilla sur ses pieds et s'assit. Ralph lui prit la conque des mains.

— C'est ce que j'allais dire, affirma-t-il, quand vous vous êtes tous mis à, à...

Son regard s'attarda sur leurs visages attentifs.

— L'avion s'est abattu en flammes. Personne ne sait où nous sommes. On va peut-être rester longtemps ici.

Le silence était tel qu'on pouvait entendre la respiration poussive de Piggy. De plus en plus obliques, les rayons dorés du soleil baignaient le plateau. Les zéphyrs, après avoir tournoyé au-dessus du lagon comme des chatons qui courent après leur queue, traversaient maintenant le plateau et s'engouffraient dans la forêt. Ralph repoussa les mèches de cheveux blonds emmêlées sur son front.

— Voilà, il se peut qu'on reste longtemps ici.

Tous se taisaient. Tout à coup il sourit.

— Mais c'est une île sympathique. On est montés au sommet de la montagne, Jack, Simon et moi. C'est formidable. Il y a à boire et à manger et...

— Des rochers...

— Des fleurs bleues...

Piggy, qui s'était un peu remis, désigna la conque dans les mains de Ralph. Jack et Simon se turent. Ralph poursuivit :

— En attendant, on pourra bien s'amuser ici.

Il commença à faire de grands gestes.

— C'est comme dans un livre.

Aussitôt, une clameur s'éleva.

— L'île au trésor...

— Robinson Crusoé...

— Robinsons Suisses...

Ralph agita la conque.

— Cette île est à nous. Elle est vraiment sympa. On s'amusera tant que les grandes personnes ne seront pas venues nous chercher.

Jack tendit la main vers la conque.

— Il y a des cochons, dit-il. Des choses à manger ; et on peut se baigner dans ce petit ruisseau en bas, et tout et tout, quoi ! Qui a encore trouvé autre chose ?

Il rendit la conque à Ralph et se rassit. Personne ne répondait.

Les grands remarquèrent le petit seulement quand il commença à se débattre. Un groupe d'autres petits insistait pour le pousser en avant et il se dérobait. C'était un enfant fluet, âgé de six ans environ, la moitié du visage marquée par une grosse tache de naissance lie-de-vin. Debout, il se contorsionnait sous la lumière trop crue de l'attention générale et, du bout du pied, il creusait la terre couverte d'herbe drue. Il marmottait et semblait au bord des larmes.

Les autres petits murmuraient entre eux d'un air sérieux ; ils le poussèrent vers Ralph.

— Bon, dit Ralph, avance.

Le petit garçon semblait aux abois.

— Allons, parle !

Le petit tendit les mains vers la conque et tous éclatèrent de rire ; il retira brusquement ses mains et se mit à pleurer.

— Qu'il prenne la conque, cria Piggy, qu'il prenne la conque !

Ralph parvint à persuader le petit qui prit la conque, mais déjà le rire général avait étouffé la voix de l'enfant. Piggy s'agenouilla devant lui, une main sur la conque, et répéta à haute voix ses paroles.

— Il veut savoir ce que vous allez faire au sujet de l'espèce de serpent.

Ralph et les grands rirent de nouveau. Le petit parut rentrer encore plus dans sa coquille.

— Parle-nous de cette « espèce de serpent ».

— Maintenant il dit que c'était une bêbête.

— Une bêbête ?

— Une espèce de serpent. Très gros. Il l'a vu.

— Où ?

— Dans les bois.

Le déclin du soleil ou les brises errantes firent passer un peu de fraîcheur sous les arbres. Les enfants la sentirent et s'agitèrent, pris de malaise.

— Une bêbête, ou une espèce de serpent ne pourrait pas exister dans une île aussi petite, expliqua Ralph gentiment. Ça n'existe que dans les grands pays, comme l'Afrique, ou l'Inde.

Des murmures ; de graves hochements de tête.

— Il dit que la bêbête est sortie dans le noir.

— Alors, il ne pouvait pas la voir !

Rires et hourras.

— Tu entends ça ? Il l'a vue dans le noir...

— Il dit qu'il l'a vue quand même. Elle est sortie et repartie et puis elle est revenue, elle voulait le manger...

— Il rêvait.

Tout en riant, Ralph quêta du regard l'approbation des autres, mais il ne la trouva que chez les grands. Çà et là, parmi les petits, les visages exprimaient un doute que les raisonnements ne suffiraient pas à effacer.

— Il a dû avoir un cauchemar. A cause de toutes ces lianes qui font trébucher.

Encore de graves hochements de tête. Les cauchemars, on connaissait ça.

— Il dit qu'il l'a vue, cette bêbête, cette espèce de serpent ; et il demande s'il reviendra ce soir.

— Mais puisqu'il n'y en a pas !

- Une espèce de serpent. Très gros. Il l'a vu.

— Il dit que le matin, la bêbête s'est transformée en ces machins qui pendent comme des cordes dans les arbres. Il demande si elle reviendra ce soir.

— Mais puisqu'il n'y a pas de bête !

On ne riait plus maintenant, mais on se regardait d'un air sérieux. Ralph passa ses deux mains dans ses cheveux et fixa sur le petit garçon un regard à la fois amusé et exaspéré.

Jack saisit la conque.

— Ralph a raison, naturellement. Il n'y a pas d'« espèce de serpent ». Mais s'il y en avait un, on le prendrait en chasse et on le tuerait. On va chasser les cochons pour que tout le monde ait à manger. Et en même temps, on cherchera le serpent.

— Mais il n'y en a pas !

— Eh bien ! on verra à la chasse si c'est vrai.

Agacé, dépourvu d'arguments, Ralph se trouvait en butte à des impondérables. Les yeux fixés sur lui étaient trop sérieux.

— Mais, enfin, il n'y a pas de bête !

Un sentiment qu'il ne connaissait pas grandit en lui, l'obligeant à insister avec vigueur.

— Mais je vous dis qu'il n'y a pas de bête.

On l'écouta en silence.

Ralph éleva la conque dans ses deux mains et retrouva sa bonne humeur en pensant à ce qui lui restait à dire.

— Bon, maintenant, voilà le point le plus important. J'y ai réfléchi. Je réfléchissais pendant que nous faisions l'ascension.

Il lança aux deux autres un sourire complice :

— Et sur la plage, tout à l'heure, j'y pensais aussi. Voilà : on veut s'amuser ; et on veut sortir d'ici.

L'approbation enthousiaste de l'assemblée le frappa comme une vague et il perdit le fil de ses idées. Il se ressaisit.

– Nous voulons sortir d'ici et nous serons sauvés, bien sûr.

Les bavardages fusèrent. Cette simple affirmation, que n'étayait aucun autre argument que l'autorité toute neuve de Ralph, apportait joie et soulagement. Ralph dut agiter la conque en l'air pour se faire entendre.

– Mon père est dans la marine. Il dit que les îles inconnues, ça n'existe plus. Il paraît que la Reine a une grande salle pleine de cartes et toutes les îles du monde y sont dessinées. Alors, la Reine a notre île sur ses cartes.

De nouveau l'auditoire manifesta qu'il reprenait sa gaieté et son courage.

– Un bateau finira bien par jeter l'ancre ici. Ce pourrait même être le bateau de mon papa. Alors, vous voyez que, tôt ou tard, on sera sauvés.

Il s'arrêta, ayant atteint son but. L'assemblée se sentit rassurée par ses paroles. Les garçons, qui l'aimaient déjà, le respectaient maintenant. Ils se mirent à battre des mains spontanément et le plateau résonna de leurs applaudissements. Ralph rougit, jeta un regard d'un côté pour voir l'admiration évidente de Piggy, et de l'autre vers Jack qui applaudissait avec affectation.

Ralph brandit la conque.

– Fermez ça ! Attendez ! Ecoutez !

Il continua dans le silence, porté par son triomphe.

– Autre chose. Nous pouvons les aider à nous trouver. Si un bateau approche de l'île, il ne nous verra peut-être pas. Alors, il faut faire de la fumée au sommet de la montagne. Pour ça, il faut du feu.

– Du feu ! On va faire du feu !

Aussitôt, la plupart des garçons bondirent sur leurs pieds. Au milieu du groupe, Jack criait, sans plus se soucier de la conque :

— Allez ! Suivez-moi !

Sous les platanes, ce n'était plus que vacarme et désordre. Ralph, debout, criait aussi, mais sans succès, pour obtenir le silence. D'un seul mouvement, le gros des enfants se porta derrière Jack vers l'intérieur des terres. Même les plus petits s'évertuaient à suivre, parmi les feuillages et les branches cassées. Ralph resta seul, la conque à la main, avec Piggy.

Piggy avait tout à fait retrouvé son souffle.

— Des gosses ! laissa-t-il tomber, méprisant. Et ils se conduisent comme des gosses !

Ralph lui jeta un regard perplexe et posa la conque sur le tronc d'arbre.

— Je te parie que l'heure du goûter est passée depuis longtemps. Qu'est-ce qu'ils vont fiche sur cette montagne ?

Il passa la main sur la conque d'un geste respectueux, puis leva brusquement la tête.

— Ralph ! Hé ! Où que tu vas ?

Ralph grimpait déjà dans les premiers remous de végétation qui marquaient la tranchée. Loin devant lui résonnaient des craquements et des rires.

Piggy le regardait d'un air dégoûté.

— Comme une bande de gosses...

Il soupira, se baissa et laça ses chaussures. Le bruit s'éloignait dans la montagne. Avec l'expression martyrisée d'un père qui doit supporter l'effervescence absurde de ses enfants, il ramassa la conque, se tourna vers la forêt et se fraya un chemin dans le bouleversement de la tranchée.

Sur le versant opposé de la montagne, la forêt s'étalait en plateau. Ralph se surprit à joindre le creux de ses mains en calice.

— Là, en bas, on trouvera autant de bois qu'on voudra.

Jack approuva d'un signe de tête et tira sur sa lèvre inférieure. A quelque trois cents mètres plus bas, sur le versant le plus abrupt, une réserve de bois semblait toute préparée pour eux. Des arbres à la croissance forcée par la chaleur humide, ne trouvant pas assez de terre pour atteindre leur maturité, s'écroulaient et pourrissaient sur place ; des plantes grimpantes les enserraient et des plants nouveaux cherchaient à percer.

Jack se tourna vers la maîtrise, prête à obéir. Les garçons portaient leur coiffure noire tirée sur l'oreille comme un béret.

– On va faire un tas de bois. Venez !

Ils choisirent la descente la plus facile et commencèrent à tirer sur les morceaux de bois mort. Les petits, qui venaient d'atteindre le sommet, se laissèrent glisser vers leurs aînés, et finalement tous, sauf Piggy, s'affairaient autour du bois. Les branches, presque toutes pourries, cédaient dans leurs mains et tombaient en une poussière où grouillaient des cloportes. Quelques troncs restèrent entiers. Les jumeaux, Erik et Sam, furent les premiers à trouver un tronc en bon état, mais ils ne parvinrent pas à l'ébranler avant que Ralph, Jack, Simon, Roger et Maurice aient réussi à s'y agripper. Petit à petit ils poussèrent l'énorme masse amorphe jusqu'au sommet du rocher et la basculèrent sur la pile. Par groupes, les autres apportaient leur contribution et la pile montait. Une fois, Ralph et Jack se trouvèrent ensemble à tirer sur le même tronc ; ils échangèrent un sourire pendant l'effort commun. Encore une fois, sous la brise et les rayons obliques du soleil sur la haute montagne, dans le bruit et les clameurs, ils furent baignés dans le même éclat prestigieux, dans le rayonnement invisible de l'amitié, de l'aventure et de la joie.

— C'est presque trop lourd.

— Pas pour nous deux ! répliqua Jack.

Ensemble, liés par l'effort, ils atteignirent péniblement le sommet ; ensemble, ils rythmèrent leur élan : « Un ! Deux ! Trois ! » et le tronc vint s'écraser sur la grande pile. Ils reculèrent, avec un rire de triomphe et de plaisir, et Ralph, ne pouvant plus y tenir, se mit sur la tête. En dessous d'eux, quelques garçons s'efforçaient encore d'agrandir la pile, mais plusieurs petits ne s'intéressaient plus à ce jeu et cherchaient des fruits sur ce nouveau terrain. Or, voilà que les jumeaux, faisant preuve d'une intelligence inattendue, arrivaient au sommet les bras pleins de feuilles sèches pour le feu. Un par un, les garçons, comprenant que le feu était prêt, cessèrent leur activité et se groupèrent au sommet de la montagne, dans le chaos de roches roses. Ils ne transpiraient plus et leur souffle s'apaisait.

Ralph et Jack échangèrent un regard dans l'attente générale. Une honte subite les saisit ; ils ne savaient pas comment révéler la vérité.

Rouge de confusion, Ralph parla le premier.

— Tu veux bien ?...

Il s'éclaircit la voix et continua :

— Tu veux bien allumer le feu ?

Maintenant le ridicule de leur situation devenait manifeste. Jack rougit aussi. Il marmonna vaguement :

— On frotte deux bouts de bois ensemble. On frotte...

Il regarda Ralph qui fut obligé de reconnaître publiquement son incompétence :

— Qui a des allumettes ?

— Il y a qu'à fabriquer un arc et faire tournoyer la flèche, proposa Roger.

Et il appuya sa phrase d'un geste de ses mains frottées l'une contre l'autre : « Psss. Psss. »

Une petite brise passa sur la montagne, et Piggy apparut, en short et en chemise, se frayant péniblement un chemin hors de la forêt, la conque sous le bras. Ses lunettes lançaient des éclairs au soleil couchant.

Ralph cria :

– Piggy ! T'as des allumettes ?

Les autres reprirent en chœur et la montagne résonna de leurs cris. Piggy secoua la tête négativement et les rejoignit.

– Oh ! la, la, vous en avez fait une grosse pile !

Tout à coup, Jack le montra du doigt.

– Ses lunettes ! Ça peut servir de lentille pour le feu !

On entoura Piggy avant qu'il ait le temps de reculer.

– Hé ! Laissez-moi !

Il poussa un cri perçant de terreur quand Jack arracha ses lunettes.

– Attention ! Rendez-les-moi ! Je n'y vois presque rien. Vous allez casser la conque !

Du coude, Ralph le repoussa de côté et s'agenouilla près du bûcher.

– Ne me faites pas d'ombre !

On se bouscula, on s'empressa. Ralph tourna les lunettes dans tous les sens jusqu'à ce que le soleil couchant se reflétât, pâle et brillant, sur un morceau de bois pourri. Presque immédiatement, un mince filet de fumée s'éleva et le fit tousser. Jack s'agenouilla aussi et souffla doucement sur le feu ; la fumée changea de direction et une petite flamme apparut. Quasi invisible d'abord sous les rayons du soleil, la flamme enlaça une brindille, grandit, prit de la couleur et atteignit une branche qui se fendit avec un claquement sec. La flamme bondit et les garçons poussèrent un hourra.

— Mes lunettes ! hurlait Piggy. Rendez-moi mes lunettes !

Ralph abandonna le feu et glissa les lunettes dans les mains tâtonnantes de Piggy. Celui-ci se mit à marmonner :

— Je vois plus que du vague. Je vois à peine ma main...

Les garçons dansaient autour du feu. Le bois, sec comme de l'amadou, s'abandonnait par branches entières aux flammes jaunes qui bondissaient en l'air et secouaient leur chevelure à cinq mètres du sol. Dans un vaste rayon autour du bûcher, la chaleur vous frappait comme un poing et la brise était devenue un torrent d'étincelles. Les troncs s'effritaient en poussière blanche.

Ralph hurla :

— Du bois ! Que tout le monde ramasse du bois !

Ce fut une course effrénée de vitesse avec le feu et les garçons se lancèrent à la recherche de bois comme si leur vie en dépendait. Maintenir une belle oriflamme de feu flottant sur la montagne, c'était l'objectif primordial et nul ne voyait plus loin. Même les plus petits, quand les fruits ne les accaparaient pas, venaient jeter sur le feu leur modeste morceau de bois. La brise s'intensifia, de sorte que les flammes s'incurvèrent et indiquèrent la direction du vent. D'un côté, il faisait frais, mais de l'autre le feu tendait un poing féroce et brûlant qui grillait les cheveux en une seconde. Ceux qui s'arrêtaient pour savourer la fraîcheur du vent sur leur visage en sueur sentaient brusquement leur fatigue et se couchaient dans des flaques d'ombre, entre les roches dispersées. La chevelure de feu retomba brusquement ; puis le bûcher s'affaissa avec un bruit sifflant amorti par les cendres et une colonne d'étincelles s'éleva, portée d'abord, puis dispersée par la brise. Etendus, les garçons haletaient comme des chiens.

Ralph avait posé sa tête sur ses bras. Il la releva pour dire :

– Ça n'a servi à rien.

Roger cracha en expert dans la poussière brûlante.

– Pourquoi ?

– Parce qu'il n'y avait pas de fumée. Seulement des flammes.

Piggy s'était installé dans un coin entre deux roches, la conque sur les genoux.

– Ce feu qu'on a fait, à quoi qu'il sert ? On pourrait pas l'entretenir, même si qu'on voulait.

– Pour ce que tu as essayé, toi, lança Jack dédaigneux. Tu n'as fait que rester assis.

– On s'est servi de ses lunettes, fit remarquer Simon en essuyant sa joue maculée de noir. Il a aidé comme ça.

– C'est moi qui ai la conque, s'indigna Piggy. Laissez-moi parler.

– La conque, ça ne compte pas sur la montagne, répliqua Jack. Alors, la ferme.

– J'ai la conque dans les mains.

– Il n'y a qu'à mettre des branches vertes, suggéra Maurice, c'est le meilleur moyen de faire de la fumée.

– C'est moi qui ai la conque...

Jack se retourna brusquement :

– La ferme, je te dis !

Piggy se recroquevilla sur lui-même. Ralph lui prit la conque des mains et son regard fit le tour du cercle.

– Il nous faudrait des responsables pour le feu. Un bateau peut arriver à n'importe quel moment – il désigna du bras la ligne droite de l'horizon – et si nous avons un signal, on viendra à notre secours. Et puis, il faudrait plus de lois. Là où se trouve la conque, on décide que ce sera une réunion. Ici, en haut, comme sur le plateau.

Ils acquiescèrent. Piggy ouvrit la bouche pour parler, rencontra le regard de Jack et la referma. Jack tendit les mains pour prendre la conque et se leva, tenant avec précaution dans ses mains noires le fragile objet.

– D'accord avec Ralph. Il nous faut des lois et de la discipline. Après tout, on n'est pas des sauvages. On est des Anglais, et les Anglais sont épatants en tout. Alors, on doit se conduire comme il faut.

Il se tourna vers Ralph.

– Ralph, je vais partager la maîtrise – enfin, je veux dire mes chasseurs – en groupes et nous serons responsables de l'entretien du feu...

Cette générosité fit éclater des applaudissements parmi les garçons ; Jack leur sourit, puis brandit la conque pour obtenir le silence.

– Laissons le feu s'éteindre maintenant. De toute façon, personne ne verrait la fumée la nuit. On pourra le rallumer quand on voudra. Les contraltos, vous serez de service cette semaine ; et les sopranos la semaine prochaine...

Les assistants approuvèrent gravement d'un signe de tête.

– C'est nous qui ferons les vigies. Si nous voyons un bateau, par là... – ils suivirent des yeux la direction de son bras osseux – nous mettrons des tas de branches vertes pour faire de la fumée.

Les regards scrutaient le bleu intense de l'horizon, comme s'ils s'attendaient à tout moment à y voir paraître une silhouette.

A l'ouest, le soleil n'était plus qu'une goutte d'or en fusion qui glissait rapidement vers le bord de l'univers. Tout à coup, les garçons sentirent que le soir les privait de chaleur et de lumière.

Roger prit la conque et jeta à la ronde un regard morne.

– Ça fait un moment que je regarde l'Océan. Pas vu l'ombre d'un bateau. Peut-être qu'on sera jamais sauvés.

Un murmure s'éleva et retomba. Ralph prit la conque.

– Je vous ai déjà dit qu'on serait sauvés un jour. Il n'y a qu'à attendre, c'est tout.

Rendu audacieux par l'indignation, Piggy saisit la conque.

– C'est exactement ce que j'ai dit. J'ai parlé des meetings et tout ça et vous m'avez dit « la ferme ! »...

Il prit un ton pleurard de vertueuse récrimination. Les autres s'agitaient et déjà des cris s'élevaient.

– Vous avez parlé d'un petit feu et vous avez construit un bûcher du tonnerre. Si je dis quelque chose, protesta Piggy avec un réalisme mêlé d'amertume, vous m'envoyez promener, mais si c'est Jack, ou Maurice, ou Simon...

Réduit au silence par le tollé général, il resta debout, les yeux fixés sur la pente hostile de la montagne et l'endroit pelé où ils avaient trouvé du bois mort. Puis il eut un rire si étrange que les garçons se turent et regardèrent, étonnés, l'éclair que lançaient ses lunettes. Tous les regards suivirent la direction du sien pour comprendre le sens de son amère plaisanterie.

– Eh ben, vous l'avez votre petit feu !

De la fumée rampait çà et là parmi les lianes qui ourlaient les arbres morts. Soudain, une langue de feu doubla une traînée de fumée et celle-ci devint plus épaisse. D'autres petites flammes frémirent autour d'un tronc d'arbre et rampèrent à travers les broussailles en se multipliant. L'une d'elles prit un fût d'assaut et grimpa au sommet comme un écureuil cha-

– Eh ben, vous l'avez votre petit feu !

toyant. La fumée augmentait, s'effilochait, s'éloignait par ondes. L'écureuil bondit sur les ailes du vent et s'accrocha à un autre fût demeuré debout qu'il dévora en descendant vers les racines. Sous le dais obscur de feuilles et de fumée, les flammes prirent possession de la forêt et se mirent à la ronger. De vastes nappes de fumée noire et jaune se déplaçaient régulièrement vers l'Océan. A la vue des flammes et de leur course irrésistible, les garçons surexcités poussèrent des cris aigus. Comme un jaguar qui rampe vers sa proie, les flammes rampaient vers une rangée de jeunes bouleaux qui garnissaient une crête de roche rose. Elles se jetèrent sur le premier arbre et les branches se garnirent d'un éphémère feuillage de feu. La masse des flammes franchit d'un bond souple l'espace entre les arbres, puis se déchaîna tout le long de la rangée. En dessous des garçons qui gambadaient, trois cents mètres carrés de forêt croulaient sous la furie des flammes et de la fumée. Les craquements se succédaient en un roulement de tambour qui semblait ébranler toute la montagne.

— Eh ben, vous l'avez votre petit feu !

Stupéfait, Ralph s'aperçut que les garçons se taisaient, pris d'une terreur naissante devant la force libérée par eux. La colère le saisit devant cette réaction.

— Oh, la ferme !

— J'ai la conque, répliqua Piggy l'air blessé. J'ai le droit de parler.

Les autres fixaient sur lui un regard vide et prêtaient l'oreille au grondement de l'incendie. Piggy baissa les yeux craintivement sur cet enfer et serra la conque contre lui.

— Il faut attendre que tout soit brûlé maintenant. Et c'était notre réserve de bois.

Il se lécha les lèvres.

— On peut rien contre ça. Faudrait quand même faire plus attention. J'ai la frousse...

Jack détourna à grand-peine les yeux de l'incendie.

— Tu as toujours la frousse. Hé, va donc... hé, gros père !

— J'ai la conque, s'obstina Piggy avec un sourire pâle.

Il se tourna vers Ralph.

— Hein, que j'ai la conque, Ralph ?

Ralph à son tour détourna les yeux lentement de l'affreux, du merveilleux spectacle.

— Quoi ?

— La conque. J'ai le droit de causer.

Les jumeaux étouffèrent un rire.

— On voulait de la fumée... Regardez...

Un rideau de fumée s'étendait sur des kilomètres au large de l'île. Tous les garçons, Piggy excepté, éclatèrent d'un rire nerveux qui dégénéra vite en fou rire.

Piggy se mit en colère.

— Moi j'ai la conque. Et vous autres vous devez m'écouter ! Il aurait fallu commencer par se construire des huttes sur la plage. Il a fait drôlement froid pendant la nuit. Mais il suffit que Ralph parle de feu pour que vous partiez comme des fous en gueulant sur c'te montagne. Comme des gosses !

On commençait à l'écouter.

— Comment voulez-vous qu'on soit sauvés si vous commencez pas par le bon bout et que vous vous conduisez pas comme il faut ?

Il enleva ses lunettes et voulut poser la conque ; mais la plupart des grands garçons firent un mouvement pour s'en saisir et Piggy changea d'avis. Il serra la conque sous son bras et s'accroupit sur un rocher.

— Puis vous vous amenez ici et faites un feu de joie qui ne sert à rien. Et maintenant, voilà que vous avez mis le feu à toute l'île. On aura l'air malins si l'île entière brûle. Des fruits cuits et du porc rôti, voilà ce qu'on aura à manger. Et il y a pas de quoi rire. Vous avez élu Ralph comme chef, mais vous lui donnez même pas le temps de réfléchir. Dès qu'il dit quelque chose, vous vous précipitez comme...

Il s'interrompit pour reprendre haleine et le grondement du feu monta vers eux.

– Et c'est pas tout. Les mômes. Les petits. Qui c'est qui s'en est occupé ? Qui sait combien qu'il y en a ?

Ralph fit un brusque pas en avant.

– Je te l'ai dit. Je t'ai dit de relever les noms !

– Et comment que j'aurais pu ? s'écria Piggy indigné. Tout seul ? Ils sont restés tranquilles deux minutes, puis ils sont partis se baigner, se promener dans la forêt ; ils se sont dispersés partout. Comment que j'aurais pu leur demander leurs noms ?

Ralph passa sa langue sur ses lèvres pâlies.

– Alors, tu ne sais pas combien on devrait être ?

– Comment ça, avec les mômes qui couraient partout comme des insectes ? Dès que vous êtes revenus, vous trois, et que vous avez parlé du feu, ils se sont tous sauvés et j'ai jamais pu...

– Ça suffit, coupa Ralph brusquement en s'emparant de la conque. Tu ne l'as pas fait, c'est tout.

– ... et puis vous grimpez tous ici, vous me chipez mes lunettes...

Jack lui lança :

– La ferme !

– ... et justement, les mômes, ils se baladaient là oùs' qu'il y a l'incendie. Et s'ils y étaient encore ?

Piggy se leva et désigna du doigt la fumée et les flammes. Un murmure s'éleva dans le groupe. Quelque chose d'insolite arrivait à Piggy qui étouffait.

Il haleta :

– Ce petit môme... celui qu'avait la figure marquée, je le vois pas. Où c'est qu'il est ?

Un silence de mort pesait sur les garçons.

– Celui qu'avait peur du serpent. Il était là, en bas...

Un arbre éclata comme une bombe. Des paquets de lianes montèrent dans les airs, tordues par l'agonie, puis retombèrent. Les plus petits des garçons poussèrent des cris.

– Des serpents ! Des serpents ! Regardez !

Personne ne regardait plus le soleil qui reposait au bord de l'horizon et baignait les visages de rouge par-dessous. Piggy tomba sur un rocher et s'y agrippa des deux mains.

– Ce petit qu'avait une tache sur la figure... où qu'il est... maintenant ? Je vous dis que je le vois pas.

Les garçons se regardaient effrayés, incrédules.

– ... où qu'il est maintenant ?

Ralph marmonna une réponse, comme s'il avait honte.

– Il est peut-être retourné au... au...

En dessous, sur le versant hostile de la montagne, le tambour continuait à battre.

III
Cabanes sur la plage

Jack était courbé en deux, les muscles bandés comme un coureur, le nez touchant presque la terre humide. Les grands troncs drapés de lianes s'estompaient dans une ombre verdâtre très haut au-dessus de sa tête ; le sous-bois l'enserrait de toutes parts. Ici, la piste devenait presque invisible : une brindille cassée et une marque qui ressemblait à l'empreinte d'une moitié de sabot. Il baissa la tête et scruta les indices comme s'il voulait les forcer à parler. Puis, à quatre pattes comme un chien, insensible à l'inconfort de sa position, il progressa de quelques mètres et s'arrêta. La nodosité d'une liane formant arceau laissait pendre une vrille polie par le passage des cochons sauvages.

Jack s'accroupit, le visage à quelques centimètres de cet indice, puis son regard se fixa devant lui, dans la demi-obscurité du sous-bois. Ses cheveux, d'un blond roux, avaient beaucoup poussé et pris une teinte plus claire ; de nombreuses taches de rousseur couvraient son dos nu où la peau pelait sous les coups de soleil. Il serrait dans sa main droite un épieu d'un mètre cinquante ; il ne portait qu'un short en lambeaux retenu à la taille par un ceinturon garni d'un coutelas. Il ferma les yeux, leva la tête et, les narines palpitantes, aspira doucement l'air chaud pour en tirer une indication. La forêt était aussi immobile que lui.

Enfin, il libéra son souffle en un long soupir et rouvrit des yeux très bleus. D'exaspération, ils semblaient lui sortir de la tête. Il lécha ses lèvres sèches et observa la forêt réticente. Alors, il reprit sa marche furtive, les yeux rivés au sol.

Le silence de la forêt l'oppressait plus que la chaleur ; à cette heure-là, on n'entendait même pas le vrombissement des insectes. Il fallut que Jack fît lever un oiseau multicolore d'un nid rudimentaire en brindilles pour que le silence fût brisé et l'écho réveillé par un cri strident qui semblait monter de la nuit des temps. Jack lui-même en fut impressionné et il en eut le souffle coupé ; l'espace d'une seconde, il cessa d'être un chasseur pour devenir une ombre furtive qui se glissait, tel un gorille, dans l'épaisse végétation. Mais déjà la piste et la rage du chasseur bredouille le reprenaient et il se remit à examiner le sol avidement. Près d'un arbre énorme au tronc gris couvert de fleurs pâles, il s'arrêta, ferma les yeux, et aspira de nouveau l'air chaud. Cette fois-ci, son souffle se précipita, le sang déserta brusquement son visage et y revint aussitôt. Il s'accroupit, ombre dans l'ombre de l'arbre, et inspecta la terre labourée par les sabots.

Les laissées étaient d'un vert olive, lisses. Encore chaudes, elles formaient sur la terre piétinée un petit tas d'où s'élevait une légère fumée. Jack leva la tête et fixa les yeux sur l'impénétrable rideau de lianes qui lui masquait la piste. Il saisit son épieu et se porta en avant avec précaution. Au-delà de ce rideau, la piste rejoignait une espèce de coulée formée par le passage constant des cochons sauvages. Le sol en était durci par les sabots. Au moment où Jack se relevait de toute sa hauteur, il entendit bouger. Il rejeta le bras droit en arrière et lança l'épieu de toutes ses forces. Sur la piste, il entendit le trottinement des sabots rapides : un air de castagnettes, aguichant, affolant. Il se précipita hors du couvert, à la poursuite de cette promesse de viande, et ramassa son épieu. Le trottinement s'éloignait déjà.

Jack restait immobile, ruisselant de sueur, maculé de terre brune, portant les traces de toutes les vicissitudes d'une journée de chasse. En jurant, il quitta la piste et traversa le sous-bois jusqu'à un endroit où il se clairsemait un peu ; au lieu de troncs nus supportant un toit obscur, il y avait là des troncs d'un gris plus clair aux frondaisons de palmes légères. Plus loin, c'était le scintillement de la mer et Jack entendait des voix. Ralph se tenait auprès d'un assemblage de feuilles et de tiges de palmiers : un abri grossier, ouvert face au lagon et qui semblait sur le point de crouler. Il n'entendit même pas que Jack lui parlait.

— Tu as de l'eau ?

Les sourcils froncés, Ralph leva les yeux de son ouvrage de feuilles. Il regarda Jack sans le voir.

— Dis donc, je te demande si tu as de l'eau ? J'ai soif.

Ralph cessa de penser à sa cabane et s'aperçut enfin de la présence de Jack.

— Oh ! bonjour. De l'eau ? Il y en a là, près de l'arbre. Il en reste, je suppose.

Jack saisit une noix de coco évidée et remplie d'eau

douce ; il y en avait plusieurs, groupées à l'ombre d'un arbre. Jack but en laissant l'eau retomber sur son menton, son cou et sa poitrine. Quand il eut fini, il respira bruyamment.

– J'en avais bien besoin.

On entendit la voix de Simon à l'intérieur de la cabane.

– Remonte un peu.

Ralph se retourna vers la cabane et souleva une branche recouverte d'un entrelacs de feuilles.

Les feuilles se défirent et jonchèrent le sable. Simon passa par le trou un visage désolé.

– Pas fait exprès.

Ralph regarda le désastre d'un air dégoûté.

– On n'y arrivera jamais.

Il se jeta par terre, aux pieds de Jack. Simon resta à l'intérieur, la tête passée par l'ouverture béante. Ralph expliqua :

– Ça fait des jours qu'on y travaille. Et voilà !

Deux cabanes étaient terminées, mais branlantes. La dernière n'était que décombres.

– Et les autres qui se sauvent tout le temps ! Tu te rappelles le meeting ? Tout le monde devait travailler dur pour finir les cabanes...

– Sauf moi et mes chasseurs.

– Oui, excepté les chasseurs. Oui, eh bien ! les petits sont...

Il se mit à gesticuler, cherchant ses mots.

– Ils sont impossibles. Quant aux grands, ils ne valent pas beaucoup mieux. Tu vois ? J'ai travaillé toute la journée, rien qu'avec Simon. Personne d'autre. Eux, ils se baignent, mangent ou jouent.

Avec précaution, Simon sortit un peu plus la tête.

– Tu es le chef. Tu n'as qu'à les attraper.

Ralph resta étendu à plat dos, le regard perdu dans les frondaisons des palmiers et le ciel.

– Les meetings... On en raffole. Tous les jours. Deux fois par jour. Et on parle.

Il se souleva sur un coude.

– Je te parie que si je soufflais dans la conque maintenant, ils rappliqueraient tous. Alors, tu sais comment ce serait : on ferait les importants et quelqu'un proposerait qu'on construise un avion à réaction, ou un sous-marin, ou un poste de télévision. Après le meeting, ils travailleraient pendant cinq minutes, puis tout le monde se disperserait ou ils iraient à la chasse.

Jack rougit.

– Il nous faut de la viande.

– Oui, eh bien on en a pas encore. Et il nous faut des cabanes. D'ailleurs, tes chasseurs sont revenus depuis des heures ; ils s'amusent dans l'eau.

– Moi, j'ai continué, protesta Jack. Je les ai laissés partir. Mais il fallait que je continue. Je...

Il essaya d'exprimer le sentiment qui l'avait poussé à traquer le gibier et à tuer.

– J'ai continué. Je pensais que tout seul...

L'expression égarée reparut dans ses yeux.

– J'ai pensé que je pourrais tuer.

– Mais tu n'as pas pu.

Une colère rentrée fit vibrer la voix de Ralph.

– Mais tu n'y es pas arrivé. Tu n'aurais pas envie de nous aider aux cabanes, par hasard ?

Sous la phrase anodine, le ton se chargeait de sous-entendus.

– Il nous faut de la viande.

– Et nous n'en avons toujours pas.

L'antagonisme devenait perceptible.

– Mais j'y arriverai ! La prochaine fois. Il faut que je fasse des barbelures à cet épieu. Un des cochons, on l'a blessé, mais l'épieu est ressorti. Il faudrait des barbelures...

— Et il nous faut des cabanes.

Soudain furieux, Jack cria :

— Est-ce que tu accuses...

— Je dis seulement que nous avons travaillé rudement dur. C'est tout.

Tous deux étaient devenus rouges et ils n'osaient plus se regarder. Ralph se roula sur le ventre et se mit à jouer avec l'herbe.

— S'il pleut comme le jour où on est tombés ici, il nous faudra vraiment des cabanes. Et puis, il y a autre chose. Il nous faut des abris parce que...

Il s'interrompit et tous deux en profitèrent pour maîtriser leur colère. Il continua sur ce terrain plus sûr :

— Tu as remarqué, n'est-ce pas ?

Jack posa son épieu et s'accroupit.

— Remarqué quoi ?

— Eh bien ! ils ont peur.

Il se retourna de nouveau et regarda le visage sale et farouche de Jack.

— Je veux dire qu'avec tout ça ils ont des cauchemars. On les entend. Tu ne t'es jamais réveillé la nuit ?

Jack secoua la tête.

— Ils parlent, ils crient. Les petits. Et même quelques-uns des autres. Comme si...

— Comme si on n'était pas sur une île sympathique.

Etonnés de l'interruption, tous deux regardèrent le visage sérieux de Simon.

— Comme si, continua Simon, comme si la bêbête ou l'espèce de serpent c'était vrai. Vous vous rappelez ?

Les deux garçons plus âgés firent la grimace en entendant ce mot qui leur faisait honte. On ne parlait pas de serpents, cela ne se faisait pas.

– *Est-ce que tu accuses...*

— Comme si ce n'était pas une île sympathique, répéta Ralph lentement. Tu as raison.

Jack s'assit et étendit les jambes.

— Ils sont toqués.

— Sinoques. Tu te rappelles notre explo ?

Ils échangèrent un sourire en évoquant l'éclat prestigieux de cette première journée. Ralph reprit :

— Alors, il nous faut des cabanes, pour faire un peu comme...

— A la maison.

— C'est ça.

Jack replia ses jambes, enserra ses genoux de ses bras et fronça les sourcils en s'efforçant de s'exprimer clairement.

— Oui, mais, dans la forêt, quand on chasse, pas quand on cherche des fruits, naturellement, mais je veux dire quand on est seul...

Il s'interrompit un moment, se demandant si Ralph allait le prendre au sérieux.

— Continue.

— Quand on chasse, il y a des fois où on a l'impression que...

Il rougit soudain.

— Bien sûr, ça ne tient pas debout, ce n'est qu'une impression. Mais on pense tout à coup qu'on n'est pas le chasseur, mais le gibier ; comme s'il y avait tout le temps quelque chose qui vous poursuivait dans la jungle.

Le silence retomba entre eux. Simon écoutait passionnément ; Ralph montrait une incrédulité doublée d'un soupçon d'indignation. Il se redressa et se frotta l'épaule de sa main sale.

— Tu crois ?

Jack bondit sur ses pieds et se mit à parler très vite.

— C'est ça qu'on sent dans la forêt. Je sais bien que ça ne veut rien dire. Seulement...

Il fit quelques pas rapides vers la plage, puis revint vers eux.

– Seulement, je comprends ce qu'ils sentent. Tu y es ? C'est tout.

– Le mieux, c'est d'organiser notre sauvetage.

Il fallut un moment de réflexion à Jack pour se rappeler ce que signifiait le mot sauvetage.

– Notre sauvetage ? Ah ! oui, bien sûr. Moi, j'aimerais d'abord attraper un cochon...

Il saisit son épieu et le planta dans le sol. Ses yeux reprirent leur expression égarée, fixe. Ralph le regarda d'un air réprobateur, sous ses cheveux blonds en broussaille.

– Tant que vous autres, les chasseurs, n'oubliez pas le feu...

– Toi et ton feu...

Les deux garçons descendirent en courant sur la plage et, arrivés au bord de l'eau, ils se retournèrent pour contempler les montagnes roses. Le filet de fumée faisait comme une traînée de craie dans le bleu compact du ciel ; il s'élevait bien droit et disparaissait ensuite. Ralph fronça les sourcils.

– Je me demande si ça se voit de loin.

– Oh ! des kilomètres.

– Il n'y a pas assez de fumée.

Comme pour répondre à leur regard, le mince filet s'épaissit, à la base, d'une pâleur ouatée qui gagna peu à peu toute la colonne.

– Ils viennent de remettre des branches vertes, murmura Ralph. Je me demande...

Clignant des yeux, il scruta l'horizon.

– Ça y est !

Jack cria si fort que Ralph sursauta.

– Quoi ? Où ? C'est un bateau ?

Mais Jack désignait du doigt les profondes déclivités qui dévalaient le flanc de la montagne jusqu'à la partie plate de l'île.

– Tiens ! Bien sûr ! C'est là qu'ils se cachent... sûrement, quand le soleil tape trop fort...

Ralph posa un regard stupéfait sur son visage ravi.

– ... Ils grimpent très haut. Très haut et à l'ombre ; ils se reposent pendant la grosse chaleur, comme les vaches chez nous...

– Je croyais que tu avais vu un bateau !

– On pourrait y grimper, – se peindre le visage pour se camoufler, – peut-être les encercler et alors...

Emporté par son indignation, Ralph s'exclama :

– Je parlais de fumée ! Tu n'as donc pas envie d'être sauvé ? Tu ne sais parler que des cochons ! Toujours les cochons !

– Mais il nous faut de la viande !

– Moi qui trime toute la journée avec seulement Simon pour m'aider et toi tu t'amènes et tu ne remarques même pas les cabanes !

– Moi aussi, j'ai trimé...

– Oui, mais toi tu aimes ça, hurla Ralph. Ça te plaît de chasser. Tandis que moi...

Ils s'affrontaient sur la plage ensoleillée, étonnés de leur antagonisme. Ralph fut le premier à détourner les yeux ; il fit semblant de s'intéresser à des petits groupés sur le sable. De l'autre côté du plateau leur parvenaient les cris joyeux des chasseurs dans la piscine. Au bord du plateau, Piggy, étendu à plat ventre, regardait l'eau brillante au-dessous de lui.

– On ne trouve pas beaucoup d'aide dans la vie.

Il essayait d'expliquer qu'à son avis les autres n'étaient jamais exactement tels qu'on se les figurait.

– Simon. Lui, il aide.

Il désigna les cabanes du doigt.

– Les autres, ils ont tous filé. Lui, il a travaillé autant que moi. Seulement...

— Simon est toujours prêt à aider.

Ralph retourna vers les cabanes, accompagné de Jack.

— Je vais t'aider un peu, marmonna Jack, avant d'aller me baigner.

— C'est pas la peine.

Mais Simon n'était plus là. Ralph passa sa tête dans le trou de la cabane, puis la retira et se tourna vers Jack.

— Il s'est barré.

— Il en avait marre, dit Jack. Il a dû aller se baigner.

Ralph fronça les sourcils.

— Il est bizarre. Un peu marteau.

Jack acquiesça d'un signe de tête, plutôt pour approuver qu'autre chose. D'un accord tacite, ils tournèrent le dos aux cabanes et s'en furent à la piscine.

— Alors, dit Jack, quand j'aurai pris un bain et mangé un morceau, j'irai sur l'autre versant de la montagne pour voir s'il y a des traces. Tu viens ?

— Mais le soleil est presque couché !

— J'aurai peut-être le temps quand même...

Ils marchaient d'un même pas, mais isolés dans leurs univers d'expériences et de sentiments différents et incapables de communiquer entre eux.

— Si seulement je pouvais attraper un cochon !

— Je vais retourner travailler à la cabane.

Ils échangèrent un regard déconcerté, à la fois violemment attirés et repoussés l'un par l'autre. Il fallut l'atmosphère de la piscine, son eau tiède et salée, les cris, les rires et les éclaboussements pour les rapprocher de nouveau.

Simon ne se trouvait pas à la piscine, contrairement à ce qu'ils avaient pensé.

Quand les deux garçons étaient descendus jusqu'au

bord de l'eau pour regarder les montagnes, il les avait suivis un peu. Puis il s'était arrêté, les sourcils froncés, devant un petit tas de sable où quelqu'un avait essayé de construire une sorte d'abri. Après quoi, il avait tourné le dos d'un mouvement délibéré pour se diriger vers la forêt avec assurance. C'était un petit garçon maigre au menton pointu, aux yeux si brillants que Ralph, se méprenant sur leur éclat, avait cru Simon très gai et même espiègle. Sa chevelure noire retombait en désordre sur son front large et bas qu'elle dissimulait presque complètement. De son short il ne restait que des lambeaux et il était pieds nus, comme Jack. D'un teint naturellement bronzé, Simon était, de plus, basané par le soleil qui moirait sa peau couverte de sueur.

Il monta dans la tranchée, dépassa la grande roche où Ralph avait grimpé le premier matin, puis il tourna à droite entre les arbres. Il marchait comme un habitué à travers les arbres chargés de fruits où l'être le moins énergique pouvait trouver à se nourrir de façon suffisante, sinon satisfaisante. Fleurs et fruits poussaient à profusion et voisinaient sur le même arbre ; partout flottait un parfum de fruit mûr et la forêt résonnait du bourdonnement de milliers d'abeilles affairées à butiner. Là, les petits qui l'avaient vu le rattrapèrent. Ils parlaient, poussaient des cris inintelligibles et le tiraient vers les arbres. Plongé dans le bourdonnement des abeilles et le plein soleil d'après-midi, Simon cueillit pour eux les fruits qu'ils ne pouvaient atteindre, choisissant les plus beaux et les déposant dans des mains toujours tendues. Quand il les eut satisfaits, il s'arrêta et regarda autour de lui. Les petits l'observaient avec une expression indéchiffrable, les mains pleines de fruits mûrs.

Simon les laissa là et reprit le sentier à peine indiqué. Il se trouva bientôt en pleine jungle. D'étranges fleurs cireuses poussaient sur de grands troncs et les escaladaient jusqu'aux frondaisons bruissantes d'insectes. L'obscurité régnait et les lianes se laissaient tomber comme des gréements de navires naufragés. Les pieds de Simon laissaient des empreintes dans le terreau et les lianes frémissaient sur toute leur longueur quand il s'y cognait.

Il arriva enfin dans un endroit plus ensoleillé. Avec moins d'espace à parcourir pour trouver la lumière, les lianes avaient tissé une sorte de natte qui pendait à l'orée d'une clairière ; là un sous-sol rocheux affleurait presque en surface et il ne poussait que des fougères et des petites plantes. La clairière, tapissée de buissons foncés à la senteur aromatique, formait une coupe remplie de chaleur et de lumière. Un grand arbre, tombé dans un des coins, s'étayait sur ceux qui restaient debout et une plante grimpante l'éclaboussait de bas en haut de ramilles rouges et jaunes.

Simon s'arrêta. Il regarda par-dessus son épaule, comme Jack l'avait fait, la végétation dense derrière lui, puis il lança un rapide regard circulaire pour s'assurer qu'il était seul. Pendant un moment, ses gestes prirent une allure presque furtive. Il se courba et s'insinua au centre du rideau de lianes. Buissons et plantes grimpantes le serraient de si près qu'ils essuyaient sa sueur et se refermaient derrière lui. Parvenu au centre, il se trouvait à l'abri dans une petite cabine fermée par un écran léger de feuilles. Il s'accroupit, écarta l'écran et inspecta la clairière. Rien ne bougeait qu'un couple de papillons bariolés qui dansaient en rond dans l'air brûlant. Retenant son souffle, il prêta l'oreille aux bruits de l'île. Le soir allait tomber ; les cris des oiseaux multicolores et fantastiques, le vrombissement des abeilles, même les appels des mouettes revenant à leurs nids dans les rochers s'affaiblissaient. Vers le large, la mer qui se brisait sur la côte rocheuse ne produisait qu'un bruit de fond moins perceptible que le battement du sang dans les veines.

Simon laissa retomber l'écran de feuilles. Les rayons de soleil couleur de miel devenaient de plus en plus rasants ; ils glissaient sur les buissons, frôlaient les bourgeons verts en forme de bougies, remontaient vers les frondaisons, et l'ombre s'épaississait sous les arbres. La lumière, en disparaissant, éteignait les somptueuses couleurs ; la chaleur et l'animation décroissaient. Les bourgeons des arbres à cire frémirent. Leurs sépales verts s'écartèrent légèrement et les extrémités blanches des fleurs s'offrirent délicatement à l'air.

Maintenant le soleil avait déserté la clairière et disparu du ciel. L'obscurité se répandait partout, submergeait les espaces entre les arbres jusqu'à ce qu'ils paraissent imprécis et bizarres comme les profondeurs de la mer. Les fleurs de cirier s'ouvrirent largement, toutes blanches et scintillantes sous la lueur qui filtrait des premières étoiles. Leur parfum alourdit l'air et envahit l'île entière.

IV
Visages peints et cheveux longs

Le premier rythme auquel ils s'habituèrent fut la lente montée des jours depuis l'aube jusqu'au bref crépuscule. Ils acceptaient les plaisirs dispensés par le matin, son clair soleil, l'enveloppement de l'eau et la douceur de l'air ; ils savouraient alors la joie des jeux et de moments si bien remplis que l'espoir, devenu moins nécessaire, se laissait oublier. Vers midi, tandis que le soleil déversait ses flots en approchant du zénith, les couleurs nettes du matin s'estompaient dans l'opale et la nacre ; la chaleur croissante les frappait comme un poing qu'ils esquivaient en courant vers l'ombre où ils restaient étendus et parfois s'endormaient.

Au milieu de la journée, il se passait des choses bizarres. La mer étincelante s'enflait, se scindait en plans superposés d'une invraisemblance par trop criante ; l'atoll et les quelques palmiers rabougris qui s'accrochaient aux endroits les plus élevés s'envolaient et flottaient dans les airs où ils frémissaient un instant pour se désagréger et s'égrener comme des gouttes de pluie sur un fil métallique, ou se multiplier comme s'ils se reflétaient dans des miroirs bizarres. Quelquefois la terre apparaissait là où il n'y en avait aucune, mais elle s'évanouissait comme une bulle de savon pendant que les enfants la contemplaient. Piggy, très savant, méprisait ces « mirages » ; comme aucun de garçons ne pouvait atteindre l'atoll, séparé d'eux par un bras de mer infesté de requins, ils s'habituèrent à ces mystères et ne s'en occupèrent pas plus que des étoiles, miracle palpitant de la nuit. Dans l'après-midi, tous ces mirages se fondaient dans le ciel où le soleil dardait un œil courroucé. Vers le soir, il ne subsistait aucun mirage, l'horizon redevenait lisse et bleu, cisaillé par le soleil couchant. Il régnait alors une fraîcheur relative, mais gâtée par l'approche de l'obscurité. Quand le soleil basculait, la nuit tombait sur l'île comme un éteignoir et les abris bruissaient d'angoisse sous les étoiles lointaines.

Néanmoins, habitués par les traditions européennes à répartir leurs journées entre le travail, le jeu et les repas, les enfants ne parvenaient pas à s'adapter à ce rythme nouveau. Le petit nommé Percival n'avait pas tardé à se glisser dans un abri où, pendant deux jours, il avait parlé, chanté, ri et pleuré successivement. Légèrement amusés, les autres l'avaient cru « toqué ». Depuis lors, il avait les traits tirés, les yeux rouges et l'air malheureux ; c'était un petit qui jouait peu et pleurait souvent.

Les plus jeunes formaient une masse connue sous le terme générique de « les petits ». A partir de Ralph, les tailles suivaient une diminution graduelle ; bien que Simon, Robert et Maurice fussent difficiles à classer, pour les autres nul n'éprouvait de mal à distinguer les

« grands » des « petits ». Les plus petits, âgés de six ans environ, menaient une existence à part, mais très active. Ils passaient le plus clair de leurs journées à manger, cueillant les fruits à leur portée sans choisir les meilleurs, ni les plus mûrs. Ils s'étaient habitués à souffrir de coliques et d'une diarrhée chronique. Terrorisés par l'obscurité, ils se serraient les uns contre les autres la nuit. Entre le sommeil et la nourriture, ils trouvaient le temps de jouer, sans but précis, dans le sable blanc, au bord de l'eau limpide. Ils n'appelaient pas leur maman aussi souvent qu'on aurait pu le croire ; ils étaient bronzés et d'une saleté repoussante. S'ils obéissaient aux appels de la conque, c'était surtout parce que Ralph était assez grand pour assurer à leurs yeux un lien avec le monde des adultes et de l'autorité ; de plus, les réunions représentaient pour eux une distraction. Mais le reste du temps, ils ne s'occupaient guère des grands et menaient à part leur vie grégaire et primitive.

A l'embouchure de la petite rivière, ils s'étaient construit des châteaux de sable ornés de coquillages, de fleurs fanées et de galets curieux. Autour des châteaux courait un lacis de pistes, de traces, de murs, de lignes de chemins de fer qui ne prenaient un sens que si on les regardait en s'abaissant à leur niveau. Là, les petits jouaient et se trouvaient sinon heureux, du moins absorbés ; ils réussissaient parfois à jouer à trois ensemble.

Justement, il y en avait trois à ce moment-là. Le plus grand était Henry, un parent de ce petit au visage marqué par une tache lie-de-vin qu'on n'avait pas revu depuis le grand incendie. Mais Henry n'était pas assez grand pour comprendre tout cela, et si on lui avait raconté que le petit garçon était rentré chez lui en avion, il aurait accepté cette explication sans la moindre incrédulité ni protestation.

Henry était un peu le chef cet après-midi-là, parce qu'il jouait avec Percival et Johnny, les deux plus petits de l'île. Percival était un enfant terne que sa mère elle-même n'avait jamais trouvé très joli ; quant à Johnny, il était blond, bien bâti et d'un tempérament agressif. Pour le moment, il se montrait docile parce que le jeu l'intéressait ; les trois enfants, agenouillés dans le sable, étaient bien sages.

Roger et Maurice sortirent de la forêt. On venait de les relever auprès du feu et ils en profitaient pour aller prendre un bain. Roger piétina exprès les châteaux de sable, écrasant les fleurs et dispersant les galets choisis avec soin. En riant, Maurice le suivit et augmenta le désastre. Les trois petits interrompirent leur jeu et levèrent la tête. Comme la destruction avait épargné par hasard ce qui les intéressait le plus, ils ne protestèrent pas. Mais Percival, un œil plein de sable, se mit à pleurnicher et Maurice se sauva. Dans son monde d'autrefois, Maurice se souvenait d'avoir reçu une correction pour le même genre de méfait. Malgré l'absence de parents pour le punir, il éprouvait quand même le malaise d'avoir mal agi. De vagues excuses lui venaient à l'esprit. Il murmura quelques mots au sujet de sa baignade et courut plus vite.

Roger resta à regarder les petits. Il n'avait pas beaucoup bruni, mais la masse de cheveux noirs qui couvrait sa nuque et son front convenait à son visage renfrogné et changeait en expression inquiétante ce qui n'avait été qu'un air insociable. Comme les larmes avaient chassé le sable, Percival cessa de pleurnicher et retourna à ses jeux. Johnny fixait sur lui un regard de porcelaine bleue ; tout à coup il lui lança du sable en quantité et Percival se reprit à gémir.

Quand Henry en eut assez de son jeu, il s'éloigna sur la plage et Roger le suivit d'un air indifférent, sans quitter l'ombre des arbres. Henry ne recherchait pas l'ombre parce qu'il était trop petit pour penser à se protéger du soleil. Il descendit au bord de l'eau et commença à s'amuser. Sous la puissante impulsion de la marée montante, l'eau calme du lagon s'enflait et gagnait quelques centimètres sur la plage à intervalles réguliers. Dans ce petit réduit du Pacifique s'agitaient des créatures vivantes, des corpuscules transparents, que l'eau transportait sur le sable chaud et sec. Leurs organes sensoriels invisibles exploraient ce nouveau champ de recherches. Peut-être trouvaient-ils à se nourrir dans un endroit où leur dernière incursion était restée inutile : des fientes d'oiseaux, ou des insectes, ou des débris éparpillés provenant des créatures terrestres. Semblables à une myriade de minuscules dents de scie, ces organismes procédaient au nettoyage de la plage.

Henry trouvait leur activité passionnante. Il agitait l'eau du bout d'un bâton usé et blanchi par les vagues et il essayait de diriger les mouvements des corpuscules. Il creusait de petits fossés que la marée remplissait et cherchait à les peupler de cette vie grouillante. Il éprouvait un bonheur extraordinaire à diriger ainsi des existences. Il parlait à ces bêtes, les encourageait, leur donnait des ordres. Au fur et à mesure qu'il reculait devant la marée, ses pas laissaient des empreintes dans lesquelles l'eau s'engouffrait et retenait les bêtes prisonnières. Henry en tirait une sensation de toute-puissance. Il s'accroupit au bord de l'eau et se pencha tant que ses cheveux lui tombèrent dans les yeux. Le soleil à son zénith déversait sur lui ses flèches invisibles.

Roger attendait. Il avait commencé par se cacher

derrière un gros palmier, mais Henry était tellement absorbé qu'il ne risquait rien à se montrer. Il inspecta la plage. Percival s'éloignait en pleurant et Johnny régnait seul et triomphant sur ses châteaux. Il chantonnait à mi-voix et continuait à jeter du sable à un Percival imaginaire. Derrière lui, Roger apercevait le plateau et des gerbes d'éclaboussures brillantes qui marquaient les plongeons de Ralph, Simon, Piggy et Maurice dans la piscine. Il tendait l'oreille, mais entendait à peine leurs cris.

Une brise soudaine agita le feston de palmes, puis secoua les frondaisons. Près de deux mètres au-dessus de Roger, un bouquet de noix de coco – de grosses boules fibreuses de la taille d'un ballon de rugby – furent arrachées à leurs tiges Elles tombèrent autour de lui avec un bruit sourd, mais sans le toucher. Roger ne pensa même pas qu'il venait de l'échapper belle et son regard resta posé sur Henry pour revenir ensuite aux noix de coco.

Les palmiers se dressaient sur un monticule de sable ; des générations d'arbres successives avaient dispersé les galets qui couvraient autrefois une rive disparue. Roger se baissa, ramassa un galet et le lança sur Henry, mais non dans l'intention de l'atteindre. Le galet, ce gage d'une époque révolue, rebondit à cinq mètres à la droite d'Henry et tomba dans l'eau. Roger ramassa une poignée de galets et continua à le bombarder. Mais il laissait autour du petit garçon un espace d'environ six mètres de diamètre qu'il n'osait pas franchir. Là, invisibles mais puissants, dominaient les tabous de sa vie d'antan. Autour de l'enfant accroupi planait la protection des parents, de l'école, du gendarme et de la loi. Le bras de Roger était retenu par une civilisation qui ne se préoccupait aucunement de lui et tombait en ruine.

Là, invisibles mais puissants, dominaient les tabous de sa vie d'antan.

Surpris par les « flocs » successifs des galets dans l'eau, Henry délaissa ses bestioles silencieuses et tendit le nez comme un setter vers le centre des ronds qui s'élargissaient. Les galets continuaient de pleuvoir et Henry tournait chaque fois la tête pour chercher à voir d'où ils tombaient, mais trop tard. Enfin, il parvint à saisir des yeux le trajet d'un projectile. Il rit et chercha le copain qui le taquinait, mais Roger s'était prestement dissimulé derrière le gros tronc et il s'y appuyait, le souffle précipité, les paupières frémissantes. Henry finit par se désintéresser des galets et s'éloigna.

– Roger !

Jack se tenait sous un arbre, à quelques mètres de là. Quand Roger ouvrit les yeux et le vit, une rougeur se répandit sous sa peau basanée ; mais Jack n'avait rien remarqué. Très animé, impatient, il lui faisait signe d'approcher. Roger obéit.

A l'embouchure de la rivière s'étendait un petit étang, à peine plus qu'une flaque, engorgé de sable et rempli de nénuphars blancs et de joncs pointus. Erik, Sam et Bill s'y trouvaient. Abrité du soleil, Jack s'agenouilla au bord de l'eau et défit les deux grandes feuilles qu'il tenait à la main. L'une contenait de l'argile blanche, l'autre de la terre rouge. Il y avait aussi un morceau de charbon de bois sorti du feu.

Jack se mit à l'œuvre tout en expliquant à Roger :

– Ce n'est pas qu'ils me flairent. Je crois qu'ils me voient. Quelque chose de rose sous les arbres.

Il se barbouilla de terre.

– Si seulement j'avais du vert !

Il tourna vers Roger un visage à demi dissimulé par l'ombre et, voyant son regard perplexe, il expliqua :

– C'est pour la chasse. Comme à la guerre. Tu sais... les camouflages. Comme quand on veut cacher ce qu'on est et paraître autre chose...

Le besoin de se faire comprendre le secoua d'un frémissement.

— ... Comme des papillons sur un tronc d'arbre.

Roger comprit et approuva d'un signe de tête. Les jumeaux se dirigèrent vers Jack et élevèrent une protestation timide que celui-ci écarta d'un geste.

— La ferme.

A l'aide du charbon de bois, il traça des raies noires entre les taches rouges et blanches de son visage.

— Non. Vous deux, vous viendrez avec moi.

Il contempla son reflet dans l'eau et n'en fut pas satisfait. Il se pencha, prit au creux de ses paumes un peu d'eau tiédie par le soleil et se nettoya le visage. Taches de rousseur et sourcils d'un blond roux reparurent sous le barbouillage.

Roger sourit malgré lui.

— T'es drôlement dégoûtant !

Jack essaya un nouveau maquillage. Il peignit en blanc une joue et le tour d'un œil, puis il enduisit de rouge l'autre côté de son visage et barra le tout d'un trait de charbon de l'oreille droite à la mâchoire gauche. Il voulut contempler son reflet, mais la surface de la flaque était troublée par son souffle.

— Erik et Sam. Trouvez-moi une noix de coco vide.

Il restait agenouillé, un peu d'eau au creux de la main. Une tache de soleil tomba sur un visage et une lueur éclaira le fond de l'eau. Jack, stupéfait, regarda un reflet qui n'était plus le sien, mais celui d'un inconnu terrible. Il ouvrit les doigts, laissant l'eau s'écouler, puis il bondit sur ses pieds avec un rire fiévreux. Près de la flaque d'eau, son corps nerveux était surmonté d'un masque qui exerçait sur les autres une fascination mêlée d'effroi. Il se mit à danser et son rire se changea en un grognement de bête assoiffée de sang. Il sautilla vers Bill et le masque prit une sorte de vie autonome derrière laquelle Jack se cachait, libéré de toute honte et de toute gêne. Le visage couvert de rouge, de blanc et de noir, oscilla dans l'air et s'approcha de Bill. Celui-ci commença par rire, mais il se tut bientôt et se sauva dans les buissons.

Jack se précipita sur les jumeaux.

— Vous autres vous marcherez en file indienne. Venez !

— Mais...

— ... nous...

— Venez donc. Moi je ramperai et je les égorgerai...

Le masque les forçait à l'obéissance.

Ralph sortit de la piscine, remonta sur la plage et s'assit à l'ombre des palmiers. Il repoussa en arrière les mèches blondes collées sur ses sourcils. Simon faisait la planche et agitait les pieds. Maurice s'exerçait à plonger. Quant à Piggy, il errait çà et là, désœuvré, ramassant des objets pour les laisser retomber aussitôt. Les flaques dans les creux de rochers qu'il aimait tant observer étaient recouvertes par la marée ; il n'avait donc rien d'intéressant à faire avant que la marée baissât. Quand il aperçut Ralph sous les palmiers, il alla s'asseoir près de lui.

Devenu brun doré, le corps grassouillet de Piggy se dissimulait à peine sous des lambeaux de culotte, mais ses lunettes lançaient toujours des éclairs quand il tournait la tête. Il était le seul de tous les garçons dont les cheveux ne semblaient pas pousser. Les autres portaient de véritables tignasses, mais Piggy n'avait que des mèches rares comme si la calvitie était son état naturel et que ce maigre pelage dût bientôt disparaître tel le velours sur les bois d'un jeune cerf.

— J'ai pensé, commença Piggy, qu'on pourrait faire une horloge. Un cadran solaire, tu sais. Un bâton dans le sable et puis...

Incapable de s'expliquer en termes scientifiques, il fit quelques gestes.

– Pourquoi pas un avion et une télévision ? demanda Ralph aigrement, et aussi une locomotive à vapeur ?

Piggy secoua la tête.

– Non, pour ça il faut des tas de choses en métal, et on en a pas. Mais des bâtons, on en a.

Ralph se tourna vers lui avec un sourire involontaire. Piggy était un raseur ; son as-ticot, ses formes rondouillardes, ses idées pratiques, tout en lui provoquait l'ennui. Mais on pouvait toujours s'amuser en le faisant enrager, même par hasard.

Piggy prit le sourire pour une marque d'amitié. Parmi les grands, une conviction s'était formée tacitement : non seulement par l'accent, – ce qui importait peu, – mais à cause de son embonpoint, de son « as-ticot », de ses lunettes et de son inaptitude au travail manuel, Piggy était différent d'eux. Mais ce dernier se réjouissait d'avoir obtenu un sourire de Ralph et il se hâta d'en profiter.

– On a des tas de bâtons ; alors, on pourrait se faire chacun un cadran solaire. Comme ça, on saurait quelle heure qu'il est.

– Ça nous ferait une belle jambe !

– Tu as dit qu'il fallait agir. Pour notre sauvetage.

– Oh ! la ferme !

D'un bond il fut sur pied et courut vers la piscine au moment même où Maurice ratait un plongeon. Quand le nageur reparut à la surface, Ralph s'écria :

– Plat ventre ! Plat ventre !

Maurice sourit à Ralph qui plongea d'un mouvement aisé. De tous les garçons, c'était lui le meilleur nageur ; mais ce jour-là, irrité par des paroles futiles, gratuites, au sujet de leur sauvetage, il ne trouvait pas la paix, même dans les profondeurs glauques de l'eau où dansaient les paillettes dorées du soleil. Au lieu de s'attarder à jouer dans l'eau, en quelques brasses vigoureuses il passa sous Simon et surgit à l'autre extrémité de la piscine pour s'étendre au soleil, le corps lisse et fumant comme un phoque. Avec sa gaucherie coutumière, Piggy se leva et se rapprocha de lui. Mais Ralph s'étendit sur le ventre et fit semblant de ne pas le voir. Les mirages s'étaient dissipés. Maussade, il parcourut des yeux la ligne bleue et nette de l'horizon.

Tout à coup il bondit sur ses pieds et se mit à crier :

– Une fumée ! Une fumée !

Simon essaya de s'asseoir dans l'eau et but un bouillon. Maurice, qui s'apprêtait à plonger, reprit son équilibre, se rua vers le plateau, puis changea brusquement de direction et retourna vers le tertre herbu sous les palmiers. Là, il enfila sa culotte déchirée, pour être prêt à toute éventualité.

Ralph, debout, serrait un poing et de l'autre écartait les cheveux de ses yeux. Piggy nettoyait ses lunettes avec sa culotte et louchait vers la mer. Maurice avait mis deux pieds dans la même jambe de sa culotte... Ralph seul ne bougeait pas.

– Moi, j'vois pas la fumée, moi j'vois pas la fumée, répétait Piggy d'un ton incrédule. Ralph... où qu' c'est ?

Ralph ne répondit pas. Maintenant c'était des deux poings qu'il retenait ses cheveux blonds sur son front. Il se penchait en avant et le sel séchait en traînées blanches sur son corps.

– Ralph, où est le bateau ?

Simon se tenait à ses côtés, portant ses regards de son compagnon à la mer. La culotte de Maurice rendit l'âme avec un soupir et, abandonnant ce dernier vestige de ses vêtements, il se précipita vers la forêt pour revenir aussitôt sur ses pas.

A l'horizon, la fumée formait une petite boule compacte qui se déroulait lentement au-dessus d'un point minuscule qui pouvait être une cheminée. Tout pâle, Ralph se parla à mi-voix :

— Ils verront notre fumée.

Piggy regardait enfin dans la bonne direction.

— C'est pas grand-chose.

Il se retourna et inspecta la montagne. Ralph continuait à observer passionnément le navire. Son visage reprenait des couleurs. Simon se tenait à ses côtés, silencieux.

— J'sais bien que j'y vois pas beaucoup, suggéra Piggy, mais c'est-y qu'on a d'la fumée ?

Sans détourner le regard, Ralph eut un geste d'impatience.

— J'veux dire notre fumée sur la montagne.

Maurice accourut et regarda fixement l'horizon. Mais Simon et Piggy ne voyaient plus que la montagne. Piggy grimaçait d'attention, mais Simon poussa un cri comme s'il s'était fait mal.

— Ralph ! Ralph !

Le ton de sa voix fit pivoter Ralph sur lui-même.

— Ben, dis-moi, demanda Piggy anxieusement. C'est-y qu'il y a un signal ?

De la fumée qui se dispersait à l'horizon, les yeux de Ralph se portèrent sur la montagne.

— Dis, Ralph, y a-t-il un signal ?

Simon toucha Ralph d'une main timide ; mais celui-ci se mit à courir ; pataugeant dans l'eau peu profonde à l'extrémité de la piscine, il traversa le sable chaud et blanc et s'engagea sous les palmiers. Une seconde après, il se débattait dans la végétation qui avait déjà envahi la tranchée. Simon courut après lui, puis Maurice. Piggy criait :

– Ralph ! Ecoute... Ralph !

Lui aussi prit ses jambes à son cou ; il trébucha sur la culotte abandonnée par Maurice et traversa le plateau. Derrière les quatre garçons, la fumée glissait doucement le long de l'horizon. Sur la plage, Henry et Johnny jetaient du sable à Percival qui pleurait de nouveau : ces trois-là étaient totalement étrangers à l'affolement général.

Avant même d'avoir atteint l'extrémité de la tranchée qui mordait dans les terres, il perdait son souffle précieux à pousser des jurons, il maltraitait sans égards son corps nu que les branchages fouettaient et zébraient de rouge. A l'endroit où la montée devenait pénible, il s'arrêta. Maurice n'était qu'à quelques mètres derrière lui.

– Les lunettes de Piggy ! cria Ralph. Si le feu est éteint, on en aura besoin...

Il se tut et trébucha. On commençait seulement à voir Piggy qui montait péniblement de la plage. Ralph regarda l'horizon, puis la montagne. Fallait-il redescendre et prendre les lunettes de Piggy ? Mais si le bateau était parti ? Et s'ils continuaient à grimper et qu'ils trouvaient le feu complètement mort ? Alors, il faudrait regarder la lente ascension de Piggy et la lente disparition de cette fumée à l'horizon... Torturé par l'indécision dans ce moment de besoin suprême, Ralph gémit :

– Oh ! mon Dieu, oh ! mon Dieu !

Simon, le souffle court, le visage contracté, luttait contre les buissons. Ralph se rua en avant, à l'aveuglette, s'écorchant partout. Le filet de fumée poursuivait sa course à l'horizon.

Le feu était mort. Ils le virent tout de suite ; ils virent ce qu'ils avaient compris en réalité tout à l'heure sur la plage, quand le salut leur était apparu avec cette fumée. Oui, le feu était mort et bien mort ; il ne fumait même plus. Les gardiens avaient disparu, laissant une pile de bois préparée sur place.

Ralph se tourna vers le large. L'horizon s'étirait, redevenu indifférent et vierge de toute trace, si ce n'était un faible restant de fumée. Ralph courut en trébuchant sur les pierres et s'arrêta à temps à l'extrême bord de la falaise rose. Il hurla dans la direction du navire :

– Revenez ! Revenez !

Il courait de long en large sur le bord de la falaise et sa voix prenait des intonations hystériques :

– Revenez ! Revenez !

Simon et Maurice le rejoignirent, mais Ralph les fixa sans ciller. Simon se détourna, et d'un revers de main essuya ses joues mouillées. Ralph puisa au fond de son être le mot le plus grossier qu'il connût :

– Ce bon Dieu de feu ; ils l'ont laissé mourir !

Son regard descendit vers la pente hostile de la montagne où Piggy arrivait, hors d'haleine, gémissant comme un petit. Ralph serra les poings et devint très rouge. L'intensité de son regard, l'amertume de sa voix guidèrent l'attention des autres.

– Les voilà !

Un cortège avançait dans les éboulis roses proches du bord de l'eau. Quelques garçons portaient une casquette noire, mais la plupart étaient presque nus. Ils levaient leurs bâtons en l'air dès qu'ils atteignaient un passage d'accès plus facile et ils rythmaient un chant qui avait trait au fardeau transporté avec soin par les jumeaux. Ralph reconnut facilement Jack, même de si loin, à cause de sa haute taille, de ses cheveux roux et de sa place à la tête de la colonne, naturellement.

Les regards de Simon allaient de Ralph à Jack comme ils étaient allés tout à l'heure de Ralph à l'horizon. Ce qu'il vit parut l'effrayer. Ralph ne disait plus rien, en attendant que la procession se rapprochât. La mélopée devenait plus nette, mais, à cette distance, on ne percevait pas encore les paroles. Derrière Jack, les jumeaux portaient sur leurs épaules un gros épieu d'où un cochon sauvage éventré se balançait lourdement au rythme de leur marche pénible sur le sol inégal. La tête du cochon pendait au bout de sa gorge fendue et semblait chercher quelque chose par terre. Enfin, les paroles de la mélopée leur parvinrent par-dessus le ravin rempli de cendres et de bois calciné.

– A mort le cochon. Qu'on l'égorge. Que le sang coule.

Au moment même où les paroles devenaient perceptibles, le cortège atteignait la partie la plus escarpée de la pente et le chant fit place au silence. Piggy renifla et Simon fit « chut » comme s'il avait parlé trop fort à l'église.

Jack, le visage barbouillé de terre, parut le premier au sommet et, tout excité, salua Ralph de son épieu levé.

– Regarde, on a tué un cochon... on les a surpris... et puis cernés...

Des voix l'interrompirent.

– Oui, on les a cernés...

– On a rampé...

– Le cochon a crié...

Les jumeaux portaient la carcasse qui se balançait entre eux et laissait tomber des gouttes noires sur les pierres. Un seul sourire, satisfait et béat, semblait se partager entre leurs deux visages. Jack voulait tout raconter à la fois à Ralph. Il esquissa un pas de danse, mais, se rappelant sa dignité, il s'immobilisa avec un grand sourire. Baissant les yeux sur ses mains, il aperçut du sang et fit une grimace de dégoût. Il chercha quelque chose pour les essuyer et les frotta sur sa culotte. Puis il rit.

Ralph parla.

– Vous avez laissé crever le feu.

Jack vérifia d'un coup d'œil, vaguement irrité par ce changement de sujet, mais trop heureux pour se laisser démonter.

– On le rallumera. Tu as manqué quelque chose, tu sais, Ralph. C'était formidable. Les jumeaux se sont fait renverser...

– On a tapé sur le cochon...

– Et moi, je suis tombé dessus...

– C'est moi qui l'ai égorgé, dit Jack fièrement, mais non sans frémir. Je peux emprunter ton couteau, Ralph, pour faire une encoche sur le mien ?

Les garçons bavardaient entre eux et gambadaient. Les jumeaux continuaient à sourire.

– Il y a eu de ces giclées de sang ! Tu aurais dû voir ça !

Le sourire de Jack se doubla d'une grimace.

– On ira à la chasse tous les jours.

D'une voix rauque, Ralph reprit la parole. Il n'avait pas bougé.

– Vous avez laissé crever le feu.

Gêné par la reprise de cette accusation, Jack regarda les jumeaux, puis Ralph.

– On avait besoin d'eux pour la chasse, murmura-t-il. On n'aurait pas été assez de trois pour encercler le cochon.

Se sentant en faute, il rougit.

– Ça ne fait qu'une heure ou deux que le feu est éteint. On peut le rallumer...

Il s'aperçut enfin que le corps nu de Ralph était zébré d'égratignures et que les quatre garçons gardaient un silence pesant. Désireux de partager avec eux son bonheur, il chercha à leur faire prendre part à ses émotions. Les souvenirs se bousculaient dans sa mémoire : la révélation de la curée, leur sentiment de supériorité devant cette bête qui se débattait et à qui ils imposaient leur volonté, la volupté enfin de se gorger de sa vie comme d'une boisson longtemps attendue.

Il écarta les bras.

– Tu aurais dû voir comme ça saignait.

Les chasseurs, un peu calmés, furent de nouveau secoués par l'évocation du sang. Ralph rejeta ses cheveux en arrière. D'un bras tendu il désigna l'horizon vide. Sa voix forte et chargée de colère leur imposa le silence.

– Il y a eu un bateau.

Mis en face de terribles éventualités, Jack se déroba. Il posa une main sur sa proie et tira son couteau. Ralph laissa retomber son bras au poing serré et sa voix trembla.

– Il y avait un bateau. Là-bas. Vous aviez promis d'entretenir le feu et vous l'avez laissé mourir.

Il avança d'un pas vers Jack qui se retourna pour lui faire face.

– Ils nous auraient peut-être vus. On serait rentrés chez nous.

C'en était trop pour Piggy qui oublia sa timidité dans cette atroce déception. Il cria d'une voix pointue :

– Toi et ton sang, Jack Merridew ! Toi et ta chasse ! On aurait pu rentrer chez nous !...

Ralph repoussa Piggy.

– C'était moi le chef, vous deviez m'obéir. Mais tout ça c'est de la parlotte. Vous n'êtes même pas capables de construire des cabanes... Et puis vous partez à la chasse et vous laissez mourir le feu.

Il se détourna, un moment silencieux. Mais emporté par son indignation, il reprit :

– Il y a eu un bateau...

Un des plus jeunes chasseurs se prit à gémir. La

-Toi et ton sang, Jack Merridew !

terrible vérité se faisait jour dans tous les esprits. Jack devint très rouge tandis qu'il tailladait la carcasse.

– C'était trop dur. On avait besoin de tout le monde.

Ralph se détourna.

– Tu aurais pu avoir tout le monde, une fois les cabanes finies. Mais tu avais envie de chasser...

– On avait besoin de viande.

Jack se redressa, le couteau rougi à la main. Les deux garçons se firent face ; deux mondes s'affrontaient : celui de la chasse, avec ses tactiques, son exaltation farouche, son adresse ; celui de l'attente et du bon sens confondus. Jack changea son couteau de main et se barbouilla le front de sang en repoussant ses cheveux collés.

Piggy éleva la voix.

– T'aurais pas dû laisser éteindre le feu. T'avais promis de l'entretenir justement...

La réflexion de Piggy et les approbations gémissantes de quelques chasseurs poussèrent Jack à bout. Ses yeux bleus prirent un aspect trouble. Il fit un pas en avant et, heureux de pouvoir enfin frapper, il envoya un coup de poing dans l'estomac de Piggy. Celui-ci s'effondra avec un gémissement. Jack le dominait. D'une voix rendue cruelle par l'humiliation, il s'écria :

– Hein ! tu l'as voulu, le Gros !

Ralph amorça un geste, mais Jack frappa Piggy à la tête. Ses lunettes furent projetées sur les rochers. Affolé, Piggy hurla :

– Mes lunettes !

Il tomba à quatre pattes, tâtonnant sur les rochers, mais Simon les lui trouva. Des sentiments violents créaient des remous dans le groupe et fouettaient de leurs ailes funestes ce sommet montagneux.

– Y a un verre de cassé !

Piggy les lui arracha des mains et les mit. Il lança un regard noir à Jack.

– J'peux pas m'en passer de ces lunettes. Maintenant je n'y vois plus que d'un œil. Attends un peu...

Jack fit un mouvement vers lui, mais Piggy se réfugia derrière une grosse roche. Il passa la tête pardessus et son unique verre lança à Jack un éclair malveillant.

– Oui, j'y vois plus que d'un œil. Attends un peu...

Jack imita son ton pleurnichard et sa fuite.

– Attends un peu... Ouais !

L'original et l'imitation étaient si drôles que les chasseurs éclatèrent de rire. Encouragé, Jack continua sa mimique et ce fut un fou rire. Ralph sentit ses lèvres animées d'un frémissement involontaire.

Furieux de se laisser aller, il marmonna :

– C'était dégoûtant ce que tu as fait.

Jack interrompit ses singeries et se tint debout devant Ralph.

– Je regrette. Pour le feu. Tiens, je...

Il bomba le torse.

– ... Je fais mes excuses.

Cette noble conduite provoqua chez les chasseurs un murmure d'admiration. Ils pensaient certainement que Jack avait bien agi, avait mis le bon droit de son côté en présentant généreusement ses excuses ; par contrecoup, il leur semblait confusément qu'il mettait Ralph dans son tort. Ils attendaient de ce dernier une réponse à la hauteur.

Mais la gorge de Ralph s'y refusait. Il en voulait à Jack de cette ruse verbale qui aggravait sa mauvaise action. Le feu était mort, le bateau parti. Ne comprenaient-ils pas ? Au lieu d'une réponse dans le ton noble, ce fut la colère qui l'emporta.

– Oui, c'était dégoûtant !

Le silence pesa sur le sommet de la montagne tandis que les yeux de Jack reprenaient un instant une expression trouble.

La discussion fut close sur un grognement maussade de Ralph.

— Allez. Faut allumer le feu.

La nécessité d'une action précise diminua légèrement la tension. Impassible et muet, Ralph regardait le tas de cendres à ses pieds. Jack s'agitait à grand bruit. Il donnait des ordres, chantait, sifflotait, lançait des remarques à son camarade silencieux, des remarques qui ne demandaient pas de réponse et qui ne l'exposaient pas à se faire rabrouer. Mais Ralph se taisait. Personne, pas même Jack, ne voulait lui demander de se déplacer et les garçons durent finalement construire le bûcher à trois mètres de l'ancien emplacement, dans un endroit qui n'était pas aussi commode. C'est ainsi que Ralph assura sa position de chef et il n'aurait pas pu trouver de meilleur moyen, l'eût-il cherché pendant des jours. Jack restait impuissant devant cette arme et une rage sourde le secouait. Quand le bûcher fut construit, les deux garçons se trouvaient séparés par une imposante barrière.

Mais le feu une fois préparé, un autre problème se présenta : Jack n'avait rien pour l'allumer. Alors, à sa surprise, Ralph se dirigea vers Piggy et lui prit ses lunettes. Ralph lui-même ne se doutait pas qu'un lien venait de se rompre entre Jack et lui pour se créer ailleurs.

— Je vais te les rapporter.

— Attends, je viens avec toi.

Piggy se tenait derrière lui, isolé dans son îlot aux contours informes, tandis que Ralph, agenouillé, captait les rayons du soleil. Dès que la flamme jaillit, Piggy tendit les mains et s'empara de ses lunettes.

Devant ces fleurs fantastiques d'une incroyable beauté, pourpres, rouges et jaunes, l'hostilité diminua. Les garçons ne formaient plus qu'un cercle de camarades réunis autour d'un feu de camp, et même Piggy et Ralph se laissèrent un peu attirer. Bientôt, quelques garçons descendaient la pente en courant à la recherche de provisions de bois et Jack commençait à dépecer le cochon. Ils essayèrent de maintenir la bête entière au-dessus du feu, à l'aide d'un épieu, mais celui-ci brûlait avant que la viande rôtît. Ils finirent par présenter aux flammes des brochettes de morceaux de viande, mais là encore les garçons se brûlaient avant de faire bien cuire leur viande.

Ralph sentait l'eau lui venir à la bouche. Sa résolution de refuser la viande fondait après son régime prolongé de fruits et de baies, à peine agrémenté d'un crabe ou d'un rare poisson. Il accepta un morceau de viande à moitié crue et le rongea comme un loup.

Piggy, également l'eau à la bouche, protesta :

— Alors, et moi, c'est-y que je vais en avoir ?

Jack avait eu l'intention de le laisser dans l'expectative, simplement pour affirmer sa puissance ; mais sa réclamation provoqua chez Jack un redoublement de cruauté.

— Toi, tu n'as pas chassé.

— Ben, Ralph non plus, répliqua Piggy en bavant, et puis Simon non plus. Dans un crabe, il n'y a pas plus d'une demi-portion de viande.

Ralph s'agita, mal à l'aise. Assis entre les jumeaux et Piggy, Simon s'essuya la bouche et jeta son morceau de viande par-dessus les rochers en direction de ce dernier, qui s'en empara. Les jumeaux étouffèrent un fou rire et Simon, honteux, baissa la tête.

Alors, Jack bondit, découpa un grand lambeau de viande et le lança à Simon.

— Mange, bon Dieu !

Il couvrait Simon d'un regard dur.

— Prends-le !

Il pivota sur ses talons et, devenu le point de mire de ses camarades étonnés, il s'écria :

— C'est moi qui vous ai procuré de la viande !

Des sentiments complexes et refoulés s'ajoutaient pour donner à sa rage une force primitive qui inspirait la terreur.

— Je me suis peint le visage... j'ai rampé... Et maintenant, vous autres, vous mangez... et moi...

Lentement, le silence s'appesantit sur la montagne au point qu'on entendit les crépitements du feu et les sifflements de la viande en train de rôtir. D'un regard circulaire, Jack quêta la compréhension, mais il ne trouva que du respect. Ralph restait debout parmi les cendres de l'ancien feu, muet, les mains pleines de viande.

Ce fut Maurice qui rompit le silence. Il changea de sujet pour parler de la seule chose qui pouvait intéresser la majorité du groupe.

— Où as-tu trouvé le cochon ?

Roger montra le côté sauvage de la montagne.

— Ils étaient là, près de la plage.

Mais Jack s'était ressaisi et il ne pouvait supporter qu'on lui usurpât son récit. Il interrompit Maurice.

— On l'a cerné. Moi, j'ai rampé sur les mains et les genoux. Nos épieux ne restaient pas dans sa peau parce qu'ils n'avaient pas de barbes. Le cochon s'est enfui en poussant des cris affreux...

— Oui, puis il s'est retourné et il est revenu dans le cercle ; il saignait...

Ils parlaient tous à la fois, soulagés et animés.

— Alors on a resserré le cercle...

— Le premier coup avait paralysé l'arrière-train de la bête, de sorte qu'on put la rouer de coups...

– Moi je l'ai égorgé...

Les jumeaux, un sourire identique sur le visage, se levèrent et firent un simulacre de poursuite. Les autres entrèrent dans le jeu et ce fut un tintamarre de cris et de râles de cochon.

– Et toc sur la caboche !

– Tiens ! Qu'il en prenne pour son grade !

Maurice s'adjugea le rôle de la proie et se précipita au centre du cercle en poussant des grognements. Les chasseurs l'entouraient et faisaient semblant de le frapper. Tout en dansant, ils scandaient un chant :

« A mort le cochon ! Qu'on l'égorge ! Qu'on l'assomme ! »

Ralph les regardait avec un sentiment de rancune mêlé d'envie. Il attendit pour prendre la parole que leur ardeur faiblît.

– Je demande un meeting.

L'un après l'autre, ils s'arrêtèrent et le regardèrent.

– Un meeting, avec la conque. J'exige cette réunion, même s'il faut la terminer dans le noir. Tout en bas, sur le plateau. A mon signal, quand je soufflerai dans la conque. Là !

Il se détourna et descendit vers le plateau.

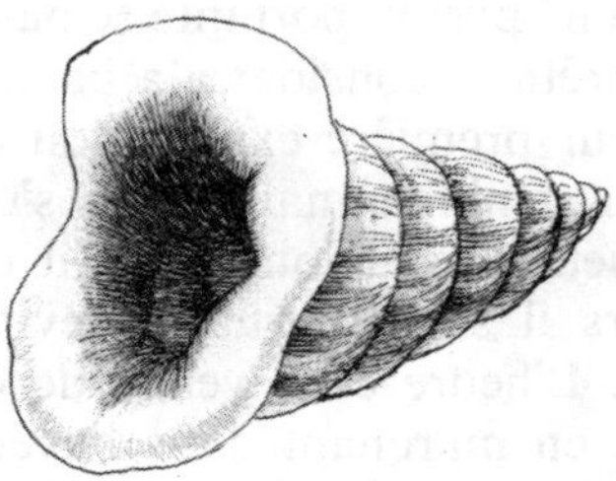

V
Monstre marin

La marée montante ne laissait plus qu'une mince bande de sable dur entre le bord des vagues et le sol friable et blanc, proche du plateau couvert de palmiers. Ralph choisit ce sentier de sable ferme parce qu'il voulait réfléchir sans faire attention à ses pas. C'est alors que, marchant au bord de l'eau, il eut une révélation soudaine. Il comprit tout à coup le caractère fastidieux de la vie où tout sentier représente l'imprévu et dont une part importante se passe à surveiller ses pas. Il s'arrêta et considéra la bande de sable ; le souvenir de leur première exploration auréolée d'enthousiasme lui semblait maintenant s'estomper dans une enfance heureuse et lointaine ; il eut un sourire ironique. Alors il se détourna et revint au plateau, face au soleil. L'heure était venue de convoquer les garçons. Tout en marchant dans l'aveuglante splendeur du soleil, il réfléchissait à son discours. L'intention de ce meeting devait apparaître bien clairement ; pas question de laisser vagabonder l'imagination...

Il se perdit dans un labyrinthe de pensées qui restaient vagues à cause de son impuissance à les exprimer en mots. Les sourcils froncés, il se forçait à réfléchir.

Ce meeting ne devait pas être un jeu, mais quelque chose de sérieux.

Il pressa le pas, car le soleil baissait et il fallait se hâter. Une petite brise créée par sa marche rapide lui caressa le visage et plaqua sa chemise grise contre sa poitrine, si bien qu'il remarqua — grâce à sa nouvelle humeur perceptive — que les plis en étaient raides comme du carton et d'un contact désagréable ; il baissa les yeux et vit que le bord effiloché de sa culotte irritait ses cuisses et formait un cerne rose. Dans une convulsion de l'esprit, Ralph découvrit la saleté et la décrépitude ; il comprit qu'il détestait repousser continuellement de ses yeux ses mèches emmêlées et, la nuit venue, se coucher pour dormir sur un matelas bruissant de feuilles mortes. Ces pensées le firent courir.

La plage, aux abords de la piscine, était parsemée de garçons qui attendaient le meeting. Ils laissèrent passer Ralph en silence, conscients de son humeur sombre et de leur culpabilité dans l'affaire du feu.

Le lieu de réunion avait à peu près la forme d'un triangle ; mais une forme irrégulière et vague comme tout ce qu'ils faisaient. Il y avait d'abord le tronc tombé qui servait de siège à Ralph, il provenait d'un arbre mort qui avait dû être d'une taille exceptionnelle pour ce plateau. Une des tempêtes légendaires du Pacifique l'avait peut-être roulé jusque-là. Ce tronc se trouvait parallèle à la plage, de sorte que Ralph s'asseyait le dos à la mer, et les garçons ne voyaient de lui qu'une silhouette sombre sur le fond moiré du lagon. Les deux côtés du triangle, dont le tronc formait la base, étaient de contour encore moins net. Sur la droite se trouvait un autre tronc à la surface polie par des séants toujours agités, mais moins grand et moins confortable que celui du chef. A gauche, il y avait quatre petits troncs dont le plus éloigné était en équilibre fort instable. Combien de fous rires n'avait-il pas provoqués lorsqu'un garçon se penchait trop en avant et faisait basculer toute la rangée de ses camarades les jambes en l'air, pêle-mêle dans l'herbe ! Or il s'avisait maintenant que personne n'avait eu l'idée – ni lui, ni Jack, ni Piggy – d'apporter une pierre pour bloquer ce tronc. Alors, ils continueraient à supporter ce déséquilibre et son inconfort, parce que, parce que... De nouveau il perdit pied dans des pensées trop profondes.

L'herbe, foulée devant les troncs, poussait drue au centre et au sommet du triangle où nul ne s'asseyait ni ne marchait. Tout autour du lieu de réunion s'élevaient des troncs gris, droits ou penchés, qui soutenaient une frondaison plantée bas. La plage encadrait le plateau sur deux côtés ; derrière s'étendait le lagon et, devant, l'île aux horizons obscurs.

Ralph se dirigea vers le siège du chef ; c'était la première fois qu'ils s'assemblaient si tard. Voilà qui expliquait l'aspect si peu familier du plateau. D'habitude, sous la voûte de feuilles vertes se jouait un lacis de reflets dorés et le visage des garçons était éclairé par-dessous comme si – pensa Ralph – on tenait sur les genoux des lampes électriques dirigées vers le haut. Mais à présent, les rayons du soleil arrivaient obliquement et les ombres prenaient leur place normale.

Il fut repris par cette humeur – insolite chez lui – de méditation. Si l'éclairage de côté ou par en dessous transformait à ce point un visage, qu'était-ce donc qu'un visage ? Qu'était donc toute chose ?

Ralph s'agita, agacé. L'ennui, quand on était chef, c'est qu'il fallait réfléchir, prendre de sages décisions. Et puis on laissait passer l'occasion, de sorte qu'après il fallait prendre n'importe quelle décision. Voilà qui vous faisait réfléchir ; d'ailleurs la pensée était un bien précieux aux résultats certains...

Seulement voilà, pensa Ralph, debout en face du chef, voilà, moi je ne sais pas penser. Pas comme Piggy, en tout cas.

Ce n'était pas la première fois, ce soir-là, que Ralph devait réviser ces valeurs. Piggy savait penser. Il savait explorer pas à pas sa grosse tête de Piggy ; mais il n'avait rien d'un chef. Une solide intelligence dans une enveloppe ridicule. Devenu expert en matière de pensée, Ralph savait maintenant en reconnaître les signes chez autrui.

Les rayons du soleil frappant ses yeux lui rappelèrent le temps qui passait. Il prit la conque dans l'arbre où elle était pendue et l'examina. Les teintes jaunes et roses étaient devenues presque blanches et transparentes au contact de l'air. Ralph éprouva une sorte de respect affectueux à l'égard de la conque, bien qu'il l'eût tirée du lagon lui-même. Il se plaça face à l'île et porta la conque à ses lèvres.

Au signal attendu, les garçons s'assemblèrent aussitôt. Ceux qui étaient au courant du passage d'un bateau et de l'abandon du feu s'attendaient craintivement à la colère de Ralph. Quant aux autres, y compris les petits, ils se laissaient impressionner par l'atmosphère de solennité. L'assistance fut bientôt au complet. Jack, Simon, Maurice et la plupart des chasseurs s'installèrent à la droite de Ralph, le reste à sa gauche, sous les rayons du soleil. Piggy s'approcha et resta en dehors du triangle, ce qui indiquait son intention d'écouter sans prendre la parole : c'était un geste voulu de désapprobation.

– Eh bien ! voilà : il nous fallait absolument un meeting.

Personne ne souffla mot, mais les visages tournés vers Ralph exprimaient beaucoup d'attention. Il brandit la conque. Il avait appris l'importance pratique de déclarations évidentes de ce genre et la nécessité de les répéter au moins deux fois pour se faire comprendre de tous. Il fallait concentrer tous les regards sur la conque et laisser tomber ses paroles comme de grosses pierres au milieu des groupes de garçons accroupis ou assis en tailleur. Il cherchait des mots simples accessibles même aux plus petits. Par la suite, des orateurs expérimentés – Jack, Maurice, Piggy – mettraient tout leur art à détourner le meeting de ses buts. Mais l'entrée en matière devait exposer clairement le sujet du débat.

– Voilà, il nous faut un meeting. Mais pas pour nous amuser. Pas pour faire des singeries et tomber du tronc, – le groupe de petits assis sur le tronc-balançoire se regarda en réprimant des rires, – ni pour dire des bêtises, ni – il leva la conque en l'air dans un effort pour trouver un mot de poids – ni pour du chiqué. Non, le meeting n'est pas pour ça, mais pour mettre les choses au point.

Il se recueillit un moment.

– J'ai fait des tournées. Je me suis promené seul, en réfléchissant. Je sais ce qu'il nous faut. Un meeting pour faire le point. Et pour commencer, c'est moi qui parle.

Il se tut encore et, d'un geste machinal, repoussa ses cheveux en arrière. Piggy se rapprocha sur la pointe des pieds ; maintenant qu'il avait fait sa protestation, — bien inutile, — il pouvait se joindre aux autres.

Ralph poursuivit :

— Nous faisons des tas de meetings. Tout le monde aime se retrouver et parler ensemble. On prend des décisions. Mais ça s'arrête là. On avait décidé de prendre de l'eau du ruisseau pour en avoir toujours de la fraîche dans des noix de coco sous des feuilles. Oui, ça n'a duré que quelques jours. Maintenant il n'y a plus d'eau. Les coques sont vides et on boit directement au ruisseau.

Un murmure d'assentiment s'éleva.

— D'ailleurs, il n'y a rien de mal à boire au ruisseau. Moi, j'aime mieux boire l'eau à l'endroit — vous savez — où il y a une cascade et un lac que dans une vieille noix de coco. Seulement on avait dit qu'on apporterait l'eau. Et on l'a pas fait. Cet après-midi, il n'y avait que deux coques de remplies.

Il passa sa langue sur ses lèvres.

— Et puis les cabanes.

Le même murmure s'éleva.

— Vous dormez presque tous dans des cabanes. Cette nuit, à part Erik et Sam qui sont de garde là-haut au feu, vous allez tous dormir dans des cabanes. Et qui les a construites ?

Aussitôt ce fut un brouhaha. Tout le monde revendiquait sa participation. Ralph dut brandir la conque.

— Taisez-vous une minute. Je veux dire : qui a bâti les trois cabanes ? Pour la première, tout le monde s'y est mis. Pour la seconde nous n'étions que quatre. Et la dernière, celle-là, c'est Simon et moi tout seuls qui l'avons faite. C'est pourquoi elle est si branlante. Il n'y a pas de quoi rigoler. Cette cabane risque de s'écrouler s'il pleut de nouveau. Et c'est le moment où nous aurons besoin d'abri.

Il se tut et s'éclaircit la voix.

— Autre chose encore. On avait décidé de se servir de ces rochers, là-bas près de la piscine, comme cabinets. C'était une bonne idée parce que la marée nettoie bien cet endroit-là. Vous, les petits, vous savez bien ce que je veux dire.

Il y eut quelques ricanements et un échange de regards furtifs.

— Maintenant, on dirait que n'importe qui va n'importe où, même à côté des cabanes et du plateau. Les petits, quand vous mangez des fruits, s'il vous prend une envie...

L'assistance poussa un rugissement.

— Je répète que s'il vous prend une envie, il faut vous écarter de l'endroit où on cueille des fruits. C'est sale.

Ce fut un éclat de rire général.

— Parfaitement, c'est sale !

Il tira sur la manche de sa chemise grise, raide de saleté.

— Oui, c'est vraiment sale. Si vous avez envie, il faut aller jusqu'aux rochers. Compris ?

Piggy tendit la main vers la conque, mais Ralph secoua la tête. Il avait préparé son discours, point par point.

— C'est la même chose pour tout le monde, il faut absolument ne se servir que des rochers comme cabinets. Sans ça, la saleté nous envahit.

Il fit une pause. L'assistance devint attentive de nouveau, devinant l'approche de la crise.

— Et maintenant, parlons du feu.

Ralph poussa un petit soupir que ses auditeurs lui renvoyèrent en écho. Jack se mit à taillader un morceau de bois avec son couteau et murmura quelques mots à l'oreille de Robert qui détourna le regard.

— Ce feu, c'est la chose la plus importante de l'île.

Comment serons-nous jamais secourus, à moins d'une chance inouïe, si nous n'entretenons pas ce feu ? Est-ce qu'on n'est pas suffisamment grands pour faire un feu ?

Il tendit un bras.

– Regardez ! Combien sommes-nous ? Dire que nous ne sommes même pas capables d'entretenir un feu pour faire de la fumée ! Vous ne comprenez donc pas ? Vous ne sentez pas qu'il vaudrait mieux... qu'il vaudrait mieux mourir que de laisser s'éteindre le feu ?

Un petit rire gêné courut parmi les chasseurs. Ralph se tourna vers eux impétueusement.

– Vous, les chasseurs ! Vous pouvez rire ! Et moi je vous dis que la fumée, c'est plus important que le cochon, même si vous en tuez souvent. Vous ne comprenez pas, vous autres ?

Il ouvrit grands les bras en se tournant face à l'assistance.

– Il nous faut faire de la fumée là-haut... ou mourir.

Il s'interrompit, cherchant à aborder le sujet suivant.

– Autre chose encore.

Une voix s'éleva.

– Il y en a trop de choses.

Un murmure d'approbation s'éleva que Ralph réduisit au silence.

– Autre chose. Nous avons failli mettre le feu à l'île entière. Et nous perdons du temps à rouler des rochers et à faire de petits feux de cuisine. Maintenant je vais dire une chose qui sera obligatoire parce que je suis chef. Il n'y aura pas de feu ailleurs que sur le sommet de la montagne. Voilà.

Alors ce fut le tumulte. Des garçons se levaient en criant et Ralph leur répondait sur le même ton.

– Vous ne sentez pas qu'il vaudrait mieux... qu'il vaudrait mieux mourir que de laisser s'éteindre le feu?

— Si vous voulez faire cuire des poissons ou des crabes, vous n'avez qu'à grimper sur la montagne. Comme ça, il n'y aura pas d'histoires.

A la lumière du soleil couchant, des mains se levaient vers la conque. Sans lâcher prise, Ralph bondit sur le tronc.

— Tout ça je devais vous le dire et je l'ai dit. Vous m'avez élu chef. Vous n'avez qu'à obéir.

Le calme revint peu à peu et tous se rassirent. Ralph redescendit et enchaîna de sa voix ordinaire :

— Alors, n'oubliez pas. Les cabinets dans les rochers. Le feu toujours entretenu et la fumée comme signal. Pas de feu ailleurs qu'au sommet. Faites cuire les choses là-haut.

Jack se leva, les sourcils froncés dans la mi-obscurité, et tendit les mains.

— Je n'ai pas encore fini.

— Depuis le temps que tu parles !

— C'est moi qui ai la conque.

Jack se rassit en grommelant.

— La dernière chose. Et ça on peut en discuter.

Il attendit le silence complet.

— Il y a quelque chose qui ne va plus. Je ne comprends pas quoi. Nous avions bien commencé ; nous étions heureux. Et puis...

Il agita doucement la conque et son regard se perdit dans le lointain, tandis qu'il se remémorait la « bêbête », le serpent, le feu, les manifestations de la peur.

— Et puis, on a commencé à avoir peur.

Un murmure, presque un gémissement, s'éleva pour mourir aussitôt. Jack ne tailladait plus son morceau de bois. Ralph poursuivit brutalement :

— Ce ne sont que bêtises de gosses. On va tirer ça au clair. Alors voilà la dernière chose, celle dont on peut discuter, c'est cette peur pour laquelle il faut prendre une décision.

Les cheveux lui retombaient de nouveau dans les yeux.

– Il faut en parler de cette peur pour voir qu'elle ne rime à rien. Moi aussi il m'arrive d'avoir peur parfois, mais je sais que c'est de la bêtise, des histoires de croque-mitaine. Quand on aura arrangé ça, on pourra repartir de zéro et faire attention aux choses importantes comme le feu.

Le souvenir de trois garçons marchant sur la plage éblouissante traversa son esprit et il ajouta :

– Et être heureux.

D'un geste cérémonieux, Ralph posa la conque à côté de lui sur le tronc, pour signifier qu'il avait terminé. Les rares rayons du soleil qui leur parvenaient maintenant étaient à l'horizontale.

Jack se leva et prit la conque.

– Alors, c'est un meeting pour décider ce qui se passe ? Eh ben, moi, je vais vous le dire ce qui se passe. Vous autres, les petits, c'est vous qui avez tout commencé avec vos histoires de frousse. Des bêtes ! Et d'où sortiraient-elles ? Bien sûr, tout le monde a la frousse parfois, mais on s'y habitue. Mais Ralph dit que vous criez la nuit. Bah ! c'est jamais que des cauchemars. D'abord, vous ne chassez pas, vous ne construisez rien, vous n'aidez à rien. Vous n'êtes que des mômes pleurnichards et des poules mouillées. Là. Quant à la frousse, il faudra vous y habituer comme nous autres.

Ralph, bouche bée, regardait Jack qui ne s'occupait pas de lui.

– Ce qu'il faut dire, c'est que la frousse ça ne peut pas faire plus de mal qu'un rêve. Il n'y a pas de bêtes féroces dans cette île.

Il promena son regard le long de la rangée de petits qui chuchotaient.

– D'abord, ce serait bien fait si une bête vous attrapait, poules mouillées, bons à rien ! Mais il n'y a pas de bête !

Ralph l'interrompit d'un air irrité.

– Qu'est-ce que c'est que cette histoire ? Qui a jamais parlé d'une bête ?

– Toi, l'autre jour. Tu as dit qu'ils criaient dans leur sommeil. Maintenant, ils parlent, et pas seulement les petits, mais aussi mes chasseurs, ils parlent d'une chose, une chose noire, une bête, un animal quelconque. J'ai entendu. Vous ne vous en doutiez pas, vous autres, hein ? Eh bien ! écoutez-moi. Il n'y a pas de gros animaux dans les petites îles. Rien que des cochons sauvages. Les tigres et les lions, ça ne se trouve que dans les grands pays comme l'Afrique et l'Inde...

– Et au Zoo...

– C'est moi qui ai la conque. Je ne parle pas de votre frousse, je parle de la bête. Que vous ayez la frousse, ça n'a pas d'importance, mais quant à la bête...

Jack s'interrompit, serrant la conque dans ses bras, et il se tourna vers ses chasseurs aux casquettes noires crasseuses.

– Je suis un chasseur, oui ou non ?

Ils firent un signe d'assentiment. Aucun doute à cela. Jack était bien un chasseur.

– Bon, eh bien ! j'ai exploré toute l'île. Tout seul. S'il y avait une bête, je l'aurais vue. Ayez la frousse si vous êtes des froussards, mais de bête il n'y en a pas.

Jack rendit la conque et s'assit. Tous l'applaudirent avec soulagement. Piggy tendit la main.

– Moi, je suis pas d'accord avec tout ce que Jack a

dit, mais en partie oui. Bien sûr qu'il n'y a pas de bête dans la forêt. Comment que ce serait possible ?

– Du cochon.

– Nous, on mange du cochon.

– Du cochonnet, Piggy !

– C'est moi qui ai la conque, protesta Piggy indigné. Ralph, ils devraient se taire, n'est-ce pas ? Les petits, taisez-vous. Ce que je veux dire, c'est que je suis pas d'accord avec ces histoires de frousse. Bien sûr qu'il n'y a rien qui puisse faire peur dans la forêt. J'y ai été moi-même ! Si ça continue, vous parlerez de fantômes et de je ne sais quoi encore. Mais on sait tout ce qui se passe, et si quelque chose cloche, il y a quelqu'un pour s'en occuper.

Il enleva ses lunettes et les considéra de ses yeux clignotants. Le soleil avait disparu comme si on avait éteint la lumière.

Il reprit son explication.

– Si vous avez mal au ventre, que ce soit un grand ou un petit...

– Le tien, c'est un grand.

– Quand vous aurez fini de rigoler, on pourra peut-être continuer la réunion. Les petits, si vous regrimpez sur la balançoire, vous retomberez dans une seconde et c'est tout. Il vaut mieux vous asseoir par terre et écouter. Non. Il y a des docteurs pour tout, même pour l'intérieur du cerveau. C'est pas vrai qu'on a toujours besoin d'avoir peur de quelque chose. La vie – affirma Piggy très exubérant – la vie est scientifique, parfaitement ! Dans un an ou deux, quand la guerre sera finie, on fera des voyages dans la planète Mars. Je sais qu'il n'y a pas de bêtes, – je veux dire pas des monstres avec des griffes et tout ça, – mais je sais aussi qu'il n'y a pas de peur à avoir.

Piggy s'interrompit.

— A moins que...

Ralph s'agita, inquiet.

— A moins que quoi ?

— A moins qu'on ait peur des gens.

Un grondement qui tenait du rire et des huées s'éleva dans l'assistance. Piggy rentra la tête dans les épaules et poursuivit hâtivement :

— Bon, interrogeons ce petit qui a parlé le premier de la bête et on pourra peut-être lui faire comprendre sa bêtise.

Les petits se mirent à jacasser et enfin l'un d'eux s'avança.

— Comment tu t'appelles ?

— Phil.

Pour un petit, il ne manquait pas d'assurance. Il tendit les mains et serra la conque en copiant le geste de Ralph et en faisant du regard le tour du cercle pour s'assurer de l'attention générale.

— La nuit dernière, j'ai fait un rêve horrible. Je me battais contre des choses. J'étais tout seul, hors de la cabane, et je me battais contre ces choses qui s'entortillent dans les arbres.

Il s'arrêta et les autres petits eurent un rire à la fois horrifié et compréhensif.

— J'ai eu si peur que je me suis réveillé. Et je me suis retrouvé tout seul, dehors, dans le noir, et il n'y avait plus de choses qui s'entortillent.

L'horreur d'une telle situation, aux terreurs trop précises et trop possibles, les réduisit au silence. La voix aiguë de l'enfant poursuivait, derrière la conque blanche :

— J'avais tellement peur que j'ai appelé Ralph, mais à ce moment-là j'ai vu quelque chose qui bougeait entre les arbres, c'était énorme et épouvantable.

Il s'arrêta encore, à moitié effrayé par ses propres

souvenirs, mais assez fier de produire une telle sensation.

– Ce n'était qu'un cauchemar, affirma Ralph ; il est somnambule.

L'assistance marmonna une vague approbation.

Mais le petit secoua la tête obstinément.

– Oui, je dormais quand les choses enroulées aux arbres se battaient, mais quand elles sont parties, j'étais réveillé et j'ai vu une chose énorme et épouvantable qui remuait entre les arbres.

Ralph reprit la conque et le petit retourna s'asseoir.

– Tu dormais. Il n'y avait personne. Comment veux-tu que quelqu'un se promène, la nuit, dans la forêt ? Qui de vous est sorti ?

Il y eut un long silence. On souriait à l'idée que quelqu'un pût sortir la nuit dans le noir. Mais alors Simon se leva et Ralph le considéra avec étonnement.

– Toi ! Mais qu'est-ce que tu fichais dans le noir ?

Simon saisit la conque d'un geste convulsif.

– Je voulais... aller dans un endroit... un endroit que je connais.

– Quel endroit ?

– Un endroit que je connais. Simplement un endroit dans la jungle.

Il hésita.

Jack trancha la question avec un ton méprisant qui pouvait paraître tellement drôle et décisif.

– Il avait envie d'aller quelque part.

Gêné pour Simon, Ralph s'empara de la conque et le regarda sévèrement.

– Eh bien ! il ne faut pas recommencer. Compris ? Pas la nuit. On raconte assez d'idioties sur des bêtes sans que les petits te voient te faufiler comme un...

Il s'éleva un rire moqueur alourdi de peur et de blâme. Simon ouvrit la bouche pour parler, mais

Ralph tenait la conque, il retourna s'asseoir, à reculons.

Le silence rétabli, Ralph se tourna vers Piggy.

– Bon, alors, Piggy ?

– Il y en a un autre. Celui-là.

Les petits poussèrent en avant Percival qui se trouva isolé, planté jusqu'aux genoux dans l'herbe haute du triangle central, regardant ses pieds qu'il ne voyait pas, essayant de se croire caché dans une tente. Ralph se rappela soudain un autre petit garçon qui s'était tenu devant eux dans la même attitude, mais il écarta ce souvenir. Il avait éliminé cette pensée de son esprit et il fallait quelque chose de concret comme cet enfant pour la ramener à la surface. On n'avait plus essayé de recenser les petits, en partie parce qu'il était difficile de s'assurer qu'on les avait tous sous la main, et aussi parce que Ralph connaissait la réponse à une des questions posées par Piggy sur le sommet de la montagne. Il y avait des tas de petits garçons, blonds, bruns, couverts de taches de rousseur et tous très sales, mais pas un visage ne portait cette marque si visible. Personne n'avait revu la tache de naissance lie-de-vin depuis le meeting où Piggy avait usé d'intimidation et de persuasion pour interroger l'enfant. Ralph admit tacitement qu'il se rappelait l'inavouable et fit un signe de tête à Piggy.

– Vas-y. Demande-lui.

Piggy s'agenouilla, tenant la conque dans les mains.

– Allons, comment que tu t'appelles ?

Le petit garçon se retira dans sa tente. Piggy se tourna d'un air découragé vers Ralph qui répéta la question d'un ton impératif.

– Comment tu t'appelles ?

Agitée par ce silence et ce refus, toute l'assemblée reprit en chœur :

— Comment tu t'appelles ? Comment tu t'appelles ?

— Silence !

Dans le crépuscule, Ralph essaya de mieux voir l'enfant.

— Allons, dis-nous. Comment tu t'appelles ?

— Percival Wemys Madison, Le Presbytère, Harcourt Street, Anthony, Hants, téléphone, téléphone, télé...

On eût dit que ces renseignements libéraient en sortant une source comprimée de chagrin, car le petit se mit à pleurer. Son visage se crispa, les larmes jaillirent de ses yeux, sa bouche s'ouvrit en un grand trou carré. Il commença par rester muet, telle une statue de la détresse, puis une lamentation s'éleva dans sa gorge, sonore et soutenue comme l'appel de la conque :

— Tais-toi, tais-toi ! Tais-toi !

Percival Wemys Madison ne voulait pas se taire. On avait capté en lui une source qui se trouvait hors d'atteinte de l'autorité, ou même de la simple intimidation physique. Les pleurs ne tarissaient pas, renouvelés à chaque souffle, et semblaient l'aider à se tenir debout comme s'il y était cloué.

— Tais-toi ! Tais-toi !

Les petits sortaient de leur silence. Ils se rappelaient leurs chagrins personnels, ou bien percevaient-ils confusément qu'ils partageaient un chagrin universel ? Toujours est-il qu'ils se mirent à pleurer par sympathie et deux d'entre eux poussèrent des lamentations aussi vigoureuses que Percival.

Maurice se fit l'instrument de leur salut. Il cria très fort :

— Regardez-moi !

Il fit semblant de tomber à la renverse. Il se frotta le bas du dos et s'assit sur le tronc-balançoire, de sorte qu'il retomba dans l'herbe. Il faisait mal le pitre, mais

Percival et les autres le regardaient et commençaient à sourire tout en reniflant. Bientôt tous riaient, si sottement que leur rire se communiqua aux grands.

Jack réussit le premier à se faire entendre. Il ne tenait pas la conque, de sorte qu'il enfreignait le règlement, mais personne n'y fit attention.

– Et la bête ?

Une étrange transformation s'opérait en Percival. Il bâillait, trébuchait, si bien que Jack le prit par le bras et le secoua.

– Où vit-elle cette bête ?

Percival s'affaissa sans que Jack lâchât prise.

– Elle est bien maligne cette bête, ironisa Piggy, si elle peut se cacher dans cette île.

– Jack a été partout...

– Une bête, je me demande où elle pourrait vivre ?

– Une bête... des clous !

Percival murmura quelque chose et tout le monde rit. Ralph se pencha en avant.

– Qu'est-ce qu'il dit ?

Jack écouta la réponse de Percival, puis le lâcha. Libéré, entouré par la présence rassurante de ses semblables, Percival tomba dans l'herbe épaisse et s'endormit.

Jack s'éclaircit la voix et dit d'un ton indifférent :

– Il prétend que la bête sort de l'Océan.

Les rires s'éteignirent. Malgré lui, Ralph se retourna, silhouette noire ramassée sur elle-même contre le fond plus clair du lagon. Les autres suivirent son regard ; ils contemplèrent la vaste étendue liquide, le large, ses profondeurs indigo aux inconnues multiples, et ils entendirent ses soupirs et son bruit de succion sur les récifs.

Maurice parla... d'une voix si forte qu'ils sursautèrent.

— Papa dit qu'on ne connaît pas encore tous les animaux de la mer.

Les discussions reprirent. Ralph tendit la conque brillante et Maurice la prit docilement.

— Moi je veux dire que si Jack prétend qu'on peut avoir la frousse parce que c'est comme ça, il n'a peut-être pas tort. Mais quand il affirme qu'il n'y a que des cochons sauvages dans l'île, ça se peut qu'il ait raison, mais au fond il n'en sait rien, je veux dire qu'il n'est pas sûr, il n'a pas de preuves.

Maurice reprit son souffle.

— Mon papa dit qu'il y a des machins — comment que ça s'appelle ? — des machins qui font de l'encre, — ah ! oui, des calmars, — qui ont des centaines de mètres de long et ils peuvent manger des baleines entières.

Il s'arrêta de nouveau et eut un rire joyeux.

— Je ne crois pas à la bête, naturellement. Comme dit Piggy, tout est scientifique dans la vie, mais au fond on n'en sait rien, pas vrai ? On n'a aucune certitude...

Une voix cria :

— Un calmar ne peut pas sortir de l'eau !

— Si !

— Non !

Aussitôt, ce fut un tumulte de voix, un désordre d'ombres gesticulantes. Pour Ralph qui restait assis, c'était comme un déchaînement de folie. Des histoires de peur, de bêtes, on ne s'était pas mis d'accord sur l'importance primordiale du feu, et quand on essayait de tirer les choses au clair, la discussion déviait et découvrait de nouveaux sujets fort désagréables.

Il vit luire quelque chose de blanc, près de lui, dans l'obscurité. Arrachant la conque des mains de Maurice, il y souffla de toutes ses forces. De surprise, l'assistance se tut. Simon, à côté de Ralph, éprouva soudain le besoin impérieux de parler, mais c'était terrible pour lui de prendre la parole en public. Il prit la conque.

– Peut-être, dit-il d'une voix hésitante, peut-être qu'il y a une bête quand même.

Tous protestèrent furieusement et Ralph se leva, stupéfait.

– Toi, Simon, tu crois à ça ?

– Je ne sais pas...

Les battements de son cœur l'étouffaient, mais il continua :

– Pourtant...

L'orage éclata.

– Assieds-toi !

– La ferme !

– Reprends-lui la conque !

– Tu nous embêtes.

– Ferme ça !

Ralph domina le vacarme :

– Il faut l'écouter ! Il a la conque !

– C'est-à-dire, voilà... ça pourrait être nous simplement.

– La barbe !

Cette protestation venait de Piggy qui, scandalisé, en oubliait le décorum. Mais Simon s'obstinait :

– On est peut-être un peu...

Il était incapable de trouver des mots pour définir la faiblesse essentielle de l'humanité. Tout à coup, l'inspiration lui vint.

– Qu'est-ce qu'il y a de plus sale au monde ?

Dans le silence perplexe qui suivit, Jack laissa tomber un seul mot, expressif et cru. La détente fut comme un paroxysme. Les petits, qui s'étaient installés de nouveau sur la balançoire, se laissèrent tomber exprès. Les chasseurs poussaient des cris de joie.

La tentative de Simon s'écroulait dans l'échec. Les

rires le fustigeaient et il se retira, battu, à sa place.

Le silence se fit enfin et une voix s'éleva sans permission.

— Il veut peut-être parler d'une sorte de fantôme.

Ralph leva la conque en l'air et essaya de percer l'obscurité. Le sable pâle de la plage formait une tache claire. Mais les petits devaient sûrement se trouver près de lui ? Oui, aucun doute, ils formaient une masse enchevêtrée au centre du triangle, dans l'herbe épaisse. Une brise fit murmurer les palmiers et le bruit parut démesuré dans le silence et les ténèbres. Deux troncs se frottèrent l'un contre l'autre dans un grincement que personne n'avait remarqué de jour.

Piggy lui prit la conque. Il s'indigna :

— Moi je ne crois pas aux fantômes !

Jack se dressa aussitôt, avec une incompréhensible colère :

— Qu'est-ce que ça peut nous fiche, ce que tu crois, le Gros !

— C'est moi qui ai la conque !

On entendit un bruit de lutte et la conque changea de main.

— Rends-la-moi !

Ralph s'interposa et reçut un coup sur la poitrine. Il arracha la conque à l'un d'eux et s'assit, essoufflé.

— On parle trop de fantômes. On aurait dû discuter ça en plein jour.

Une voix étouffée et anonyme se fit entendre :

— C'est peut-être ça qu'elle est, la bête... un fantôme.

L'assistance entière frémit, comme balayée par un coup de vent.

— Vous parlez trop sans permission, protesta Ralph ; on ne peut pas faire de meetings sérieux si on ne respecte pas les règlements.

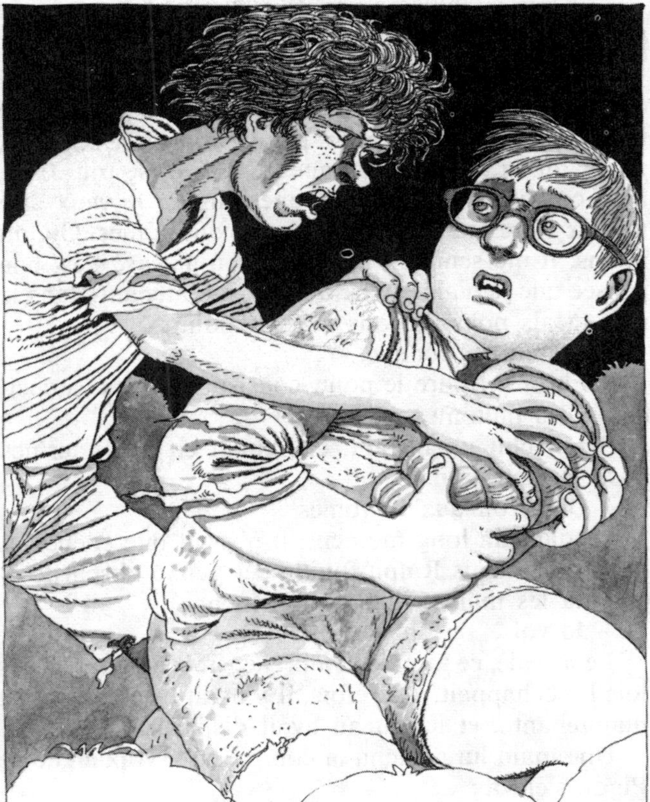

– Qu'est ce que ça peut nous fiche, ce que tu penses, le Gros !

Il se tut. De son plan soigneusement préparé, il ne restait rien.

– Alors, qu'est-ce que vous voulez que je dise ? J'ai eu tort de vous réunir si tard. Il n'y a qu'à voter là-dessus. Sur les fantômes. Et puis, on ira se coucher, parce qu'on est tous fatigués. Non, c'est toi, Jack, n'est-ce pas ? Non, attends une minute. Je veux dire tout de suite que je ne crois pas aux fantômes. Ou, du moins, il me semble que non. En tout cas, c'est une pensée que je n'aime pas. Surtout maintenant, dans le noir. Mais nous devions faire le point.

Il brandit la conque.

– Eh bien ! faire le point consiste peut-être à décider si les fantômes existent...

Il réfléchit un instant, cherchant en quels termes poser sa question.

– Qui croit aux fantômes ?

Pendant un long moment, il n'y eut que silence et immobilité. Puis Ralph fouilla des yeux l'obscurité et compta les mains. Il dit simplement :

– Je vois.

Le monde, ce monde compréhensible et régi par des lois lui échappait. Autrefois, il y avait ceci et cela ; et maintenant... et le bateau avait disparu.

Une main lui arracha la conque et la voix aiguë de Piggy s'éleva :

– Moi, j'ai pas voté pour les fantômes !

Il pivota sur ses talons et fit face à l'assistance.

– Ne l'oubliez pas, vous autres !

On l'entendit taper du pied.

– Alors quoi, qu'est-ce qu'on est ? Des humains ou des sauvages ? Qu'est-ce que les grandes personnes elles vont penser de nous ? S'en aller comme ça... chasser le cochon... laisser éteindre le feu... et maintenant !...

Une ombre lui fit face impétueusement.

– La ferme, toi, espèce de grosse limace !

Il y eut une brève lutte et l'on vit danser la lueur blanche de la conque. Ralph bondit sur ses pieds.

– Jack ! Jack ! Tu n'as pas la conque ! Laisse-le parler.

Le visage de Jack apparut contre le sien.

– Toi aussi, la ferme ! Qui es-tu après tout ? Tu es là à donner des ordres. Tu n'es pas capable de chasser, tu ne sais pas chanter...

– Je suis le chef. On m'a choisi.

– Et après ? Quelle différence ça fait ? Tu ne fais que donner des ordres qui riment à rien...

– C'est Piggy qui a la conque...

– C'est ça, chouchoute Piggy, comme d'habitude...

– Jack !

Jack l'imita méchamment :

– Jack ! Jack !

– Le règlement, s'écria Ralph. Tu désobéis au règlement.

– On s'en fout.

Ralph fit appel à toutes ses ressources.

– Le règlement, c'est la seule chose qu'on ait.

Mais Jack hurlait à son oreille :

– La barbe pour le règlement ! Nous sommes forts... nous chassons. S'il y a une bête, on la traquera. On peut la cerner et puis taper dessus, taper, taper, taper...

Il poussa un cri sauvage et sauta à pieds joints sur le sable pâle. Aussitôt, sur le plateau, ce fut le désordre le plus complet : les garçons riaient, criaient, s'énervaient ; c'était la débandade. Le groupe se désagrégea et s'effilocha, s'élança des palmiers vers la plage où les garçons disparurent par groupes bruyants, avalés par la nuit. Ralph s'aperçut qu'il avait la joue posée sur la conque et il la prit des mains de Piggy.

— Qu'est-ce que les grandes personnes diront de nous ? répéta Piggy. Regarde-moi ça !

De la plage s'élevaient des parodies de cris de chasse, des rires hystériques et de véritables hurlements de terreur.

— Ralph, souffle dans la conque !

Piggy était si près de lui que Ralph voyait scintiller l'unique verre de ses lunettes.

— Et le feu ? Ils ne comprennent donc pas ?

— C'est le moment de les boucler. Fais-les obéir.

Ralph répondit sur le ton hésitant que l'on prend pour répéter un théorème.

— Si je souffle dans la conque et qu'ils ne viennent pas, alors là on est fichus. On n'aura personne pour faire marcher le feu. On sera comme des animaux. Et jamais on ne sera secourus.

— Si tu les appelles pas, on deviendra des animaux de toute façon, alors... Je ne vois pas ce qu'ils font, mais j'entends.

Les silhouettes dispersées s'étaient réunies sur le sable et formaient une masse noire et dense qui tournait sur elle-même. La masse scandait une mélopée et des petits qui n'en pouvaient plus s'enfuyaient en hurlant. Ralph leva la conque vers ses lèvres, puis son bras retomba.

— Après tout, Piggy, les fantômes, ça existe ? Et les monstres ?

— Bien sûr que non !

— Et pourquoi pas ?

— Mais parce que ça n'aurait plus de sens. Les maisons et les rues et la télévision... ça ne marcherait pas.

Tout en dansant et en chantant, les garçons s'étaient éloignés et l'on ne distinguait plus les paroles de leur mélopée.

— Bon, eh ben suppose qu'ici, dans cette île, justement ça n'ait plus de sens ? Suppose que quelque chose nous guette et attende ?

Ralph eut un frisson violent et se rapprocha de Piggy, de sorte qu'ils se heurtèrent et eurent peur.

– Faut plus parler comme ça, Ralph. On a assez d'ennuis. Et moi je ne peux pas en supporter davantage. Si les fantômes ça existe...

– Il faudrait que je renonce à être chef. Ecoute-les.

– Oh ! mon Dieu ! Oh ! non !

Piggy s'accrocha au bras de Ralph.

– Si c'était Jack le chef, on passerait son temps à la chasse et il n'y aurait pas de feu. On pourrait rester ici jusqu'à ce qu'on meure.

Sa voix s'étrangla et grinça.

– Qui c'est qu'est assis là ?

– Moi. Simon.

– Eh ben, ça nous fait une belle jambe, cracha Ralph. L'aveugle et les paralytiques. Moi je renonce.

– Si tu renonces, protesta Piggy dans un souffle de terreur, qu'est-ce qu'il m'arrivera ?

– Rien.

– Il me déteste. J'sais pas pourquoi. S'il pouvait faire ce qu'il voulait... toi tu es tranquille, il a du respect pour toi. D'ailleurs, tu te défendrais.

– Tu as bien su te défendre contre lui il y a une minute.

– J'avais la conque, affirma Piggy posément. J'avais le droit de parler.

Simon bougea dans le noir.

– Continue à être chef.

– Toi, le petit Simon, tu ferais mieux de te taire ! Pourquoi ne pouvais-tu pas dire qu'il n'y avait pas de bête ?

– Moi, j'ai peur de lui, dit Piggy, et c'est pour ça que je le connais. Quand on a peur de quelqu'un on le déteste, mais on ne peut pas s'empêcher de penser tout le temps à lui. On essaye de se persuader qu'il n'est pas si méchant après tout et puis, quand on le revoit... C'est comme l'asthme, on peut pas respirer. Et puis, tu sais quoi, Ralph, il te déteste aussi.

— Moi ? Pourquoi moi ?

— J'sais pas. Tu l'as eu pour l'histoire du feu. Et puis c'est toi le chef et pas lui.

— Mais, lui, lui, c'est Jack Merridew !

— J'ai été malade si longtemps que j'ai eu le temps de réfléchir. Je connais les gens. Je me connais. Et je le connais, lui. Il ne peut rien te faire à toi, mais si tu laisses la voie libre, il tombera sur quelqu'un d'autre. Et ce sera moi.

— Piggy a raison, Ralph. Il y a toi et Jack. C'est toi qui dois rester chef.

— Tout s'en va à la dérive et il n'y a plus que de la pourriture. A la maison, il y avait toujours une grande personne. S'il vous plaît, Monsieur ; s'il vous plaît, Madame, et voilà, on avait sa réponse. Oh ! comme je voudrais...

— Je voudrais que ma tante soit là.

— Je voudrais que mon père... Mais à quoi ça sert ?

— Il faut maintenir le feu.

La danse terminée, les chasseurs se dirigeaient vers les cabanes.

— Les grandes personnes savent tout, dit Piggy ; elles n'ont pas peur du noir. Ici, elles se réuniraient, prendraient le thé ensemble et discuteraient la situation. Et tout s'arrangerait...

— C'est pas elles qui mettraient le feu à l'île. Ou qui perdraient...

— Elles construiraient un bateau...

Les trois garçons, debout dans les ténèbres, faisaient de vains efforts pour définir la majesté de l'âge adulte.

— Les adultes, ils ne se querelleraient pas...

– Ils m'auraient pas cassé mes lunettes...

– Ils parleraient pas d'une bête...

– Si seulement ils pouvaient communiquer avec nous, s'écria Ralph, désespéré, si seulement ils pouvaient nous envoyer quelque chose d'adulte, un signe, ou je ne sais pas, moi...

Un gémissement étouffé sortant des ténèbres les fit frissonner et ils se serrèrent les uns contre les autres. Le gémissement s'amplifia, sinistre et solitaire, pour devenir bientôt un balbutiement incompréhensible. Couché dans l'herbe épaisse, Percival Wemys Madison, habitant Le Presbytère à Harcourt St Anthony, subissait une épreuve que la magie de son adresse complète ne suffisait pas à alléger.

VI
Monstre de l'air

Il ne restait plus d'autre lumière que celle des étoiles. Lorsqu'ils eurent compris l'origine de ce bruit d'outre-tombe et que Percival se tut, Ralph et Simon l'emportèrent, non sans mal, dans une cabane. Malgré ses fanfaronnades, Piggy ne les lâchait pas d'une semelle. Les trois grands s'installèrent ensemble dans une autre cabane. Ils s'agitaient à grand bruit sur les feuilles mortes et regardaient le morceau de ciel étoilé qui s'encadrait dans l'ouverture donnant sur le lagon. Un petit criait parfois dans une des cabanes et un grand même parla à voix haute dans l'obscurité. Tout le monde finit par s'endormir.

Un mince croissant de lune se montra à l'horizon, à peine suffisant pour tracer un sentier lumineux, même lorsqu'il se fut installé sur le bord de l'eau ; mais il y avait d'autres lueurs dans le ciel, des lueurs qui se déplaçaient à toute allure, clignotaient et s'éteignaient. Cependant, pas la moindre pétarade ne parvenait aux enfants de la bataille qui se livrait là-haut, à deux mille mètres au-dessus d'eux. Enfin, du monde des adultes leur parvint un signe, mais aucun des enfants ne le vit, car ils dormaient tous. Une explosion illumina le ciel et un éclair zigzagua dans l'espace ; puis ce fut de nouveau la nuit étoilée. Au-dessus de l'île, un point noir se déplaçait rapidement : un pantin aux membres ballants, surmonté d'un parachute dont se jouaient les vents variables aux diverses altitudes. Vers cinq cents mètres, le vent se stabilisa et poussa le parachute qui décrivit une courbe descendante autour du ciel et obliqua vers l'atoll et le lagon, pour atterrir sur la montagne. Le pantin s'abîma dans les fleurs bleues, sur le flanc de la montagne ; une brise légère enflait le parachute qui claquait et tirait sur ses cordages. Il se déplaça, traînant à sa suite son poids inerte. C'est ainsi que le pantin gravit la montagne, à petits soubresauts, porté par des bouffées successives de vent, à travers les fleurs bleues, entre les rocs gris et les pierres rouges. Et le vent le déposa en tas parmi le chaos de rocailles du sommet. Les brises capricieuses embrouillèrent les suspentes du parachute et le pantin resta assis, son crâne casqué posé sur ses genoux, soutenu par des liens enchevêtrés. A chaque sursaut du vent, les fils se tendaient et par un effet du hasard tiraient sur la tête qui se redressait sur la poitrine et semblait inspecter les lointains par-dessus le bord de la montagne. Puis le vent retombait, les liens se relâchaient et le corps se penchait en avant, la tête entre les genoux. Pendant que les étoiles progressaient dans le ciel, le corps installé sur le sommet de la montagne s'inclinait, se redressait et s'inclinait à nouveau.

Dans la pénombre de l'aube, des bruits s'élevèrent, non loin de là, sur le flanc de la montagne. Deux garçons émergèrent d'un tas de feuilles mortes et de branchages, deux silhouettes indécises qui échangeaient quelques paroles ensommeillées. C'étaient les jumeaux, de garde auprès du feu. En principe, l'un devait monter la garde pendant que l'autre dormait. Mais ils ne parvenaient jamais à se conduire de façon raisonnable s'il fallait pour cela dissocier leurs mouvements. Comme ils ne pouvaient rester éveillés toute la nuit, ils s'étaient endormis tous les deux. Ils s'approchèrent de la tache noire qui marquait l'emplacement du feu. Tout en bâillant et en se frottant les yeux, ils avançaient d'un pas sûr. Mais, arrivés là, ils s'arrêtèrent court au milieu d'un bâillement. L'un courut vite chercher des feuilles et des branchages.

L'autre s'agenouilla.

– Je crois qu'il est mort.

Il tripota les brindilles qu'on lui tendait.

– Non.

Il s'allongea, approcha ses lèvres de la tache noire et souffla doucement. Une lueur rouge révéla son visage. Il cessa un moment de souffler.

– Sam... donne-moi...

– ... du bois sec.

Erik se baissa et recommença à souffler doucement jusqu'à ce que tout l'emplacement fût rougeoyant. Sam y glissa des brindilles, puis une branche. La lueur s'intensifia et la branche prit feu. Sam en empila d'autres.

– Ne brûle pas tout, lui recommanda Erik, tu en mets trop.

– On va se réchauffer.

– Oui, mais il faudra refaire une corvée de bois.

– J'ai froid.

– Moi aussi.

– Et puis, il fait...

–... noir. Bon, vas-y.

Erik s'accroupit et regarda Sam alimenter le feu. Il entassait au-dessus du feu une petite tente de bois mort et le feu était bien reparti.

– Dis donc, c'était moins une.

– Il aurait été...

– Furax.

– Tu parles !

Les jumeaux contemplèrent le feu en silence, puis Erik ricana :

– Il l'était furax, hein ?

– Pour le...

– Le feu et le cochon.

– Heureusement qu'il s'en est pris à Jack et pas à nous.

– Ouais. Tu te rappelles le vieux Furax, au lycée ?

– « Mon enfant, vous-me-rendez-lentement-fou ! »

Les jumeaux poussèrent en chœur leur rire identique, puis, se rappelant l'obscurité et d'autres choses, ils jetèrent autour d'eux un regard gêné. Les flammes qui entamaient la tente de bois attirèrent de nouveau leur regard. Erik observait les bestioles qui se sauvaient affolées, mais sans pouvoir échapper aux flammes, et il se souvint du premier feu... là-bas, sur le versant abrupt de la montagne où régnaient maintenant des ténèbres impénétrables. Mais ce souvenir le troublait et il détourna les yeux vers le sommet.

Une agréable chaleur commençait à les pénétrer. Sam s'amusait à glisser des branches dans le feu en se rapprochant le plus possible. Erik tendait ses mains vers les flammes en jouant le même jeu. Son regard, perdu au-delà du feu, redonnait machinalement aux surfaces plates de la nuit le contour et les reliefs des rochers familiers. Là-bas, c'était la grosse roche, là les trois pierres, puis ce rocher fendu, isolé par un espace... et là...

– Sam.
– Hein ?
– Rien.

Les flammes domptaient les branches, l'écorce ondulait avant de tomber, le bois explosait. La tente s'écroula par le milieu, éclairant tout le sommet de la montagne d'une vive lumière circulaire.

– Sam...
– Hein ?
– Sam ! Sam !

Sam lança à Erik un coup d'œil irrité. L'intensité du regard d'Erik donnait quelque chose de terrible à son objet, d'autant plus que Sam, lui, tournait le dos à cette direction. A quatre pattes, il fit le tour du feu et vint s'accroupir aux côtés d'Erik pour déceler ce qu'il voyait. Serrés dans les bras l'un de l'autre, ils se figèrent sur place, leurs deux regards fixes, leurs deux bouches grandes ouvertes.

Loin en dessous d'eux, les arbres de la forêt poussèrent un soupir, puis un gémissement. Une brise souleva les cheveux des deux garçons et coucha les flammes sur le côté. A une quinzaine de mètres d'eux se fit entendre un bruit de toile déchirée.

Aucun des deux garçons ne cria, mais leur étreinte se resserra et leurs lèvres se crispèrent. Pendant une dizaine de secondes, ils restèrent ainsi tandis que les flammes fouettées par le vent lançaient de la fumée, des étincelles et des vagues de lumière changeante sur le sommet de la montagne.

Soudain, mus par la même pensée et la même terreur, ils dégringolèrent à quatre pattes la pente rocheuse et s'enfuirent.

Ralph rêvait. Il s'était endormi après des heures – lui semblait-il – passées à se retourner et à s'agiter

Aucun des garçons ne cria, mais leur étreinte se resserra et leurs lèvres se crispèrent.

sur les feuilles sèches. Rien ne l'atteignait plus, même pas les bribes de cauchemar des cabanes voisines, car il était revenu chez lui et il donnait du sucre aux poneys par-dessus le mur du jardin. Mais quelqu'un le secouait par le bras et lui disait que c'était l'heure du thé.

– Ralph ! Réveille-toi !

Les feuilles bruissaient avec une sonorité de vagues.

– Ralph ! Réveille-toi !

– Mais qu'est-ce qu'il y a ?

– On a vu...

– Le monstre...

– En plein !

– Qui est là ? Les jumeaux ?

– On a vu le monstre.

– Chut, Piggy !

Encore ce bruissement de feuilles, si intense. Piggy buta contre lui et un des jumeaux le retint comme il se précipitait vers la fente où s'inscrivaient les étoiles pâlissantes.

– Il ne faut pas sortir... c'est horrible !

– Piggy... où sont les javelots ?

– J'entends le...

– Chut ! Ne bouge plus.

Immobiles, ils écoutaient, d'abord incrédules, puis terrorisés, la description chuchotée par les jumeaux entre des intervalles de profond silence. Les ténèbres se peuplèrent soudain de griffes menaçantes, de mystères affreux. Interminable, l'aube effaçait les étoiles et, enfin, une pâle lumière, grise et triste, s'infiltra dans la cabane. Ils commencèrent à remuer, bien que le monde extérieur leur parût encore plein de dangers inexprimables. Le labyrinthe de la nuit dessinait deux plans : le proche et le lointain. Très haut dans le ciel, un début de coloration réchauffait les petits nuages. Un oiseau de mer solitaire s'envola dans un claquement d'ailes avec un cri rauque aussitôt renvoyé par l'écho. Dans la forêt, on entendit une bête appeler. Maintenant, des traînées de nuages allongées sur l'horizon se teintaient de rose et les frondaisons effilochées des palmiers redevenaient vertes.

Ralph s'agenouilla à l'entrée de la cabane et regarda prudemment au-dehors.

– Erik-et-Sam. Faites passer l'ordre de rassemblement. Sans bruit. Allez.

Agrippés l'un à l'autre, tremblants, les jumeaux se risquèrent à traverser les quelques mètres qui les séparaient de la cabane voisine et répandirent l'affreuse nouvelle. Ralph se redressa par souci de son prestige et marcha vers le plateau, le dos crispé par la peur. Piggy et Simon le suivirent et les autres se glissèrent à leur suite.

Ralph prit la conque sur le tronc poli par des frottements continuels et la porta à ses lèvres ; mais il se ravisa et se contenta de l'élever en l'air. Les garçons comprirent.

Les rayons du soleil qui s'étalaient en éventail depuis l'horizon se trouvaient maintenant au niveau de leurs yeux. Ralph contempla un moment la mince bande dorée qui les éclairait sur la droite et qui, en augmentant, semblait mieux leur permettre de parler. Le cercle de garçons qui l'entourait se hérissait de javelots.

Il tendit la conque à Erik, le plus proche de lui.

– On a vu le monstre de nos propres yeux. Non... on ne dormait pas.

Sam reprit le fil du récit. D'un accord tacite, la conque donnait la parole aux deux jumeaux à la fois, car ils formaient un tout.

— Il était couvert de fourrure. Quelque chose remuait derrière sa tête... des ailes. Il remuait tout entier...

— C'était horrible. On aurait dit qu'il s'asseyait.

— Le feu éclairait bien...

— On venait de le recharger...

— Avec du bois sec...

— On a vu des yeux...

— Des dents...

— Des griffes...

— On a couru de toutes nos forces...

— Qu'est-ce qu'on s'est cognés...

— La bête nous suivait...

— Je l'ai vue qui se faufilait derrière les arbres...

— Elle m'a presque touché...

L'air craintif, Ralph désigna le visage d'Erik écorché par les buissons.

— Comment as-tu fait ça ?

Erik tâta son visage.

— C'est tout rêche. Ça saigne ?

Horrifiés, les garçons s'écartèrent de lui. Johnny, qui bâillait encore, éclata en sanglots bruyants, mais reçut une tape de Bill et s'étrangla. Le matin lumineux s'alourdissait de menaces et le cercle se transformait. Les garçons commençaient à se tourner vers l'extérieur et les javelots de bois aiguisés formaient comme une barrière autour d'eux. Mais Jack attira leur attention au centre.

— Ça, ça va être une vraie partie de chasse. Qui viendra ?

Ralph s'impatienta.

— Nos lances sont en bois. Ne faites pas les imbéciles.

Jack se moqua de lui.

— Tu as peur ?

— Bien sûr. Qui n'aurait pas peur ?

Il se tourna vers les jumeaux, suppliant, mais sans grand espoir.

— Vous nous faites marcher, hein ?

La protestation fut trop spontanée pour qu'on mît en doute leur sincérité.

Piggy prit la conque.

— On pourrait pas... heu... rester simplement ici ? Peut-être que la bête ne nous approcherait pas.

S'il n'avait eu la sensation d'une présence menaçante, Ralph aurait hurlé sa réponse.

— Rester ici ? Et se trouver bloqués dans ce petit coin d'île, toujours sur le qui-vive ? Et comment se nourrirait-on ? Et le feu ?

— Oh ! amenez-vous, on perd du temps, protesta Jack.

— Pas du tout. Et les petits ?

— Oh ! la barbe pour les petits !

— Il faut bien que quelqu'un s'en occupe.

— Personne ne l'a fait jusqu'à présent.

— Il n'y en avait pas besoin. Maintenant, c'est nécessaire. Piggy pourrait le faire.

— Naturellement, tu mets Piggy à l'abri du danger.

— Sois logique. Qu'est-ce qu'il peut faire, Piggy, maintenant qu'il n'y voit que d'un œil ?

Les garçons observaient curieusement Jack et Ralph.

— Et puis autre chose. On ne peut pas faire une vraie chasse, parce que cette bête-là ne laisse pas de traces. Sans ça il y aurait longtemps qu'on les aurait vues. Comment savons-nous si c'est pas une bête qui se balance d'un arbre à l'autre comme un machin-chose ?

Ils approuvèrent de la tête.

— Alors, il faut réfléchir.

Piggy retira ses lunettes brisées et nettoya leur unique verre.

— Et nous, Ralph ?

— Tu n'as pas la conque. Tiens !

— Oui, et nous ? Si la bête vient pendant que vous êtes tous partis ? Je n'y vois pas bien, et si j'ai peur...

Dédaigneux, Jack l'interrompit.

— Tu as toujours peur.

— C'est moi qui ai la conque.

— La conque ! La conque ! On n'en a plus besoin. On sait maintenant qui doit parler. A quoi ça a servi quand Simon a parlé, ou Bill, ou Walter ? Il est temps que vous sachiez vous taire et nous laissiez prendre les décisions...

Ralph ne pouvait le laisser continuer impunément. Il rougit.

— Tu n'as pas la conque, dit-il. Assieds-toi !

Le visage de Jack blêmit au point que ses taches de rousseur ressortaient en brun. Il se lécha les lèvres sans bouger.

— C'est un boulot pour les chasseurs.

Les autres ne les quittaient pas des yeux. Piggy, se trouvant pris entre deux feux, glissa la conque sur les genoux de Ralph et s'assit. Le silence devenait oppressant et Piggy retenait son souffle.

— Je te répète que la bête ne laisse pas de traces ; alors ça dépasse la simple partie de chasse. Tu n'as donc pas envie qu'on soit secourus ?

Il se tourna vers l'assistance.

— Vous tous, vous ne voulez donc pas être secourus ?

Son regard revint à Jack.

— Je l'ai toujours dit, le principal c'est le feu. Maintenant, je parie qu'il est éteint...

Le sentiment familier d'exaspération le reprit et lui donna l'énergie de passer à l'attaque.

— Mais vous êtes donc tous idiots ? Il faut rallumer

ce feu. Tu n'y as jamais pensé, Jack, hein ? Ou alors c'est que vous ne tenez pas à sortir d'ici.

Si, ils y tenaient ; il n'y avait aucun doute à cela. Dans un violent retour d'opinion en faveur de Ralph, la crise passa. Piggy souffla, voulut reprendre haleine et n'y parvint pas. Il se laissa aller contre un tronc, la bouche ouverte, cernée de bleu. Mais personne ne faisait attention à lui.

– Réfléchis, Jack. Y a-t-il un endroit de l'île où tu n'aies pas été ?

Jack répondit à contrecœur :

– Seulement... Mais tu te rappelles, bien sûr ! L'extrémité de l'île, là où ça fait un amas de rocailles. Je m'en suis approché. Les roches forment une sorte de pont. Il n'y a qu'une voie d'accès au sommet.

– Il se peut que le monstre habite là.

Tout le monde se mit à parler à la fois.

– Silence ! D'accord. C'est là qu'on regardera. Si la bête n'y est pas, on montera sur la montagne pour inspecter l'horizon ; et on rallumera le feu.

– Allez, on y va.

– Non, mangeons d'abord.

Ralph fit une pause.

– On fera bien d'emporter les javelots.

Après s'être restaurés, Ralph et les grands s'engagèrent sur la plage, laissant Piggy assis sur le plateau. Cette journée promettait de n'être, comme les précédentes, qu'un long bain de soleil sous un dôme bleu. Devant eux, la plage étirait sa courbe harmonieuse jusque dans les lointains où la perspective la confondait avec la forêt. Le soleil n'était pas encore assez haut pour brouiller la vue sous les voiles mouvants du mirage. Suivant les conseils de Ralph, les garçons restèrent prudemment à l'ombre du plateau pour ne pas marcher sur le sable brûlant au bord de l'eau. Ralph laissa Jack prendre la tête de la colonne ; celui-ci avançait avec une circonspection ridicule, étant donné l'excellente visibilité. Ralph formait l'arrière-garde, heureux pour une fois d'échapper aux responsabilités.

Simon, qui marchait devant Ralph, eut un moment de doute : une bête armée de griffes qui égratignaient, qui restait assise sur un sommet, qui ne laissait pas de traces et qui n'était pas assez rapide pour attraper Erik-et-Sam... Quand Simon pensait à la bête, il imaginait un être humain héroïque, mais malade.

Il soupira. Les autres pouvaient se lever en public et parler sans éprouver apparemment cette horrible violation de leur personnalité ; ils pouvaient s'exprimer librement comme dans un tête-à-tête. Il fit un pas de côté, et regarda derrière lui. Ralph avançait, la lance sur l'épaule. Timidement, Simon ralentit pour se laisser rattraper par Ralph. Il lui lança un coup d'œil à travers les mèches noires qui tombaient en désordre sur ses yeux. Ralph le regarda de biais avec un sourire gêné, sans avoir l'air de se rappeler que Simon s'était rendu ridicule, puis il détourna les yeux. Pendant un moment, Simon éprouva le bonheur d'être accepté, puis il cessa de penser à lui-même. Quand il buta dans un arbre, Ralph lui jeta un regard impatient et Robert ricana. Simon trébucha et, sur son front, une plaque d'abord livide s'empourpra et saigna. Ralph oublia Simon pour se plonger dans ses tourments personnels. Ils allaient atteindre la forteresse de roches et, à ce moment-là, ce serait au chef de conduire l'assaut.

Jack remontait la colonne au trot.

— On arrive en vue.

— Bon, on va s'approcher autant que possible.

Il suivit Jack vers la base de la forteresse où le terrain montait en pente légère. A leur gauche, arbres et lianes formaient un fouillis inextricable.

— Et là-dedans, pourquoi n'y aurait-il pas quelque chose ?

— Parce qu'on voit bien que rien n'entre ni ne sort de là.

— Et dans la forteresse ?

— Regarde.

Ralph écarta le rideau d'herbes et leva la tête. Quelques mètres de terrain pierreux les séparaient de l'endroit où les deux côtes de l'île se rejoignaient presque, de sorte qu'on s'attendait à voir un promontoire terminal. Mais au lieu de cela, une plate-forme rocheuse, large de quelques mètres et longue d'une quinzaine tout au plus, s'avançait en éperon dans la mer. On retrouvait là une de ces masses de roches roses dont se composait le soubassement de l'île. Cette face de la forteresse s'élevait à une trentaine de mètres de hauteur et formait le bastion rose qu'ils avaient repéré du sommet de leur montagne. Une faille creusait la falaise dont le sommet se couvrait de gros fragments rocheux, en équilibre instable, semblait-il.

Derrière Ralph, l'herbe haute se peuplait de chasseurs silencieux. Ralph regarda Jack.

— C'est toi le chasseur.

— Je sais. D'accord.

Quelque chose monta en Ralph, du fond de son être.

— Oui, mais c'est moi le chef. J'y vais. Ne rouspète pas.

Il se tourna vers la troupe.

— Vous autres. Cachez-vous là. Attendez-moi.

Il s'aperçut que sa voix se réduisait à un filet ou, au contraire, résonnait trop fort. Il regarda Jack.

– Tu... tu réfléchis ?

Jack marmonna :

– Puisque j'ai exploré partout ailleurs. Elle ne peut être qu'ici.

– Je comprends.

Simon prononça d'une voix indistincte :

– Je ne crois pas à cette bête.

Ralph lui répondit poliment comme s'il parlait du temps.

– Non, évidemment.

Il avait les lèvres pâles et serrées. D'un geste lent, il repoussa ses cheveux en arrière.

– Bon, à tout à l'heure.

Il força ses pieds à avancer jusqu'à ce qu'ils l'aient porté sur l'éperon rocheux.

Il se trouva environné par des abîmes de vide. Nul endroit où se dissimuler, même si on n'était pas obligé d'avancer. Il s'arrêta sur l'étroite bande rocheuse et regarda en dessous de lui. Bientôt, dans quelques siècles, la mer ferait une île de cette forteresse. A droite, c'était le lagon aux eaux troublées par les remous du large ; et à gauche...

Ralph frissonna. Le lagon les protégeait du Pacifique. Pour une raison inconnue, seul Jack était descendu jusqu'au bord de l'eau, de l'autre côté. Ralph regardait l'Océan en terrien et il lui semblait voir respirer quelque effroyable créature. Lentement, les eaux baissaient entre les rochers, révélant des dalles de granit rose, d'étranges floraisons de corail, de polypes et d'algues. Les eaux se creusaient, se creusaient entre les rochers, et murmuraient comme le vent dans la ramure. Ralph remarqua une roche plate, étalée comme une table ; les eaux aspirées sur ses quatre côtés couverts d'algues les dénudaient comme des falaises. Puis le Léviathan endormi exhalait son souffle... l'eau remontait, les algues surnageaient et l'eau bouillonnait sur la table rocheuse avec un grondement. On ne voyait pas le flux et le reflux des vagues, mais seulement cette baisse et cette remontée régulières.

Ralph se tourna vers la falaise rouge. Les autres l'attendaient dans l'herbe haute ; ils attendaient qu'il agît. Il remarqua que la sueur refroidissait dans ses paumes, puis il s'aperçut avec étonnement qu'il ne pensait pas vraiment affronter un monstre ; d'ailleurs il ne savait pas ce qu'il ferait dans le cas d'une telle rencontre.

Il vit qu'on pouvait escalader la falaise, mais cela ne lui semblait pas nécessaire. Les contours nets du rocher formaient une sorte de socle à la base ; de sorte que, sur la droite, un rebord surplombait le lagon et contournait l'angle rocheux. Il put ramper facilement sur ce rebord et bientôt il se trouva en vue de l'autre face de la falaise.

Il n'y vit rien d'inattendu : des roches roses empilées en chaos, saupoudrées d'une couche de guano qui formait comme du sucre sur un gâteau. Une pente escarpée menait au sommet du bastion couronné de rocs en équilibre.

Un bruit derrière lui le fit se retourner. Jack se glissait sur le rebord.

– Pouvais pas te laisser aller seul.

Ralph ne répondit pas. Il resta en tête et franchit des rochers, inspectant au passage une sorte de petite grotte qui ne contenait rien de plus terrible que des œufs pourris. Enfin, il s'assit et regarda autour de lui en tapotant le sol rocheux du bout de son javelot.

Jack était enthousiasmé.

– Quel emplacement pour un fort !

Une colonne d'embruns s'abattit sur eux.

— Pas d'eau douce.

— Ben, et ça alors ?

Une grande tache de verdure barrait en effet le mur rocheux à mi-hauteur. Ils la rejoignirent et goûtèrent l'eau qui s'en échappait.

— On pourrait avoir une noix de coco toujours pleine d'eau ici.

— Ça ne me dit rien. Sale endroit !

Côte à côte, ils escaladèrent les derniers mètres jusqu'au sommet aux roches branlantes. Jack en frappa une de son poing fermé et il en tira un grincement léger.

— Tu te rappelles ?

Mais le souvenir de certains mauvais moments leur revint. Jack se hâta d'enchaîner :

— Il n'y a qu'à glisser un tronc là-dessous et si un ennemi approche... regarde !

A une trentaine de mètres en dessous d'eux se trouvaient l'étroite chaussée, puis la base rocheuse et enfin l'herbe où se distinguaient des têtes. A l'arrière-plan, la forêt.

— Une poussée, exultait Jack, et ffff !...

Il fit un large geste circulaire des bras. Ralph regarda les montagnes.

— Quoi ? Qu'est-ce qu'il y a ?

Ralph se retourna.

— Pourquoi ?

— Tu regardais... avec un drôle d'air.

— Il n'y a plus de signal. Rien ne révèle plus notre présence.

— Tu es toqué avec ton signal.

L'horizon bleu se resserrait autour d'eux en un cercle parfait qu'interrompait seulement le sommet de la montagne.

— C'est tout ce qui nous reste.

-Une poussée, et fff !

Il appuya son javelot contre la roche branlante et repoussa ses cheveux à deux mains.

– Il faut revenir et grimper sur la montagne. C'est là qu'ils ont vu la bête.

– Elle ne nous attendra pas là.

– Ben, et alors, qu'est-ce que tu proposes ?

Les garçons qui les attendaient dans l'herbe, les voyant indemnes, sortirent de leur cachette. L'attrait de l'exploration leur faisait oublier le monstre. Ils se précipitèrent sur le pont rocheux et se mirent à grimper en poussant des cris. Ralph restait immobile, une main posée sur un énorme bloc rouge, un bloc large comme une meule, arraché à la muraille et posé en équilibre. Il observait la montagne d'un air sombre. Son poing serré commença de marteler le mur rocheux. Il serrait les lèvres et ses yeux prenaient une expression de regret sous la frange de cheveux.

– De la fumée.

Il lécha son poing meurtri.

– Jack ! Viens !

Mais Jack ne se montrait pas. Une grappe de garçons accrochés à une roche essayaient de l'ébranler à grand bruit. Ralph ne s'en était même pas aperçu. Comme il se retournait, il y eut un craquement à la base et la masse bascula dans la mer en soulevant une gerbe d'écume qui retomba jusqu'au milieu de la falaise.

– Arrêtez ! Arrêtez !

Sa voix creusa un silence dans leurs cris.

– La fumée.

Une transformation étrange s'opérait dans sa tête. Quelque chose y palpitait, comme des ailes de chauve-souris, obscurcissant ses idées.

– La fumée.

Aussitôt il retrouva ses esprits et sa colère du même coup.

— Il nous faut de la fumée et vous êtes là à perdre votre temps ! Vous roulez des rochers.

Roger cria :

— On a bien le temps.

Ralph secoua la tête.

— Allons à la montagne !

Ce fut une clameur de protestations. Les uns voulaient retourner à la plage, d'autres voulaient continuer à rouler des rochers. Le soleil brillait et le danger avait disparu avec l'obscurité.

— Jack ! La bête est peut-être sur l'autre versant. Tu peux nous conduire. Tu y as déjà été.

— On n'a qu'à y aller par la côte. Il y a des fruits.

Bill s'approcha de Ralph.

— Pourquoi on pourrait pas rester un peu ici ?

— Oui, restons !

— Installons-nous un fort.

— Il n'y a pas de ravitaillement possible ici, objecta Ralph, et pas d'abri. Pas beaucoup d'eau potable.

— Ça ferait une forteresse épatante.

— On pourrait catapulter des rochers...

— En plein sur le pont...

— Et moi je dis qu'on s'en va ! hurla Ralph furieux. Il faut en avoir le cœur net. Partons.

— Retournons aux cabanes.

— Moi, je suis fatigué...

— Non !

Ralph s'arracha la peau aux jointures des doigts. Mais il ne sentait pas la douleur.

— C'est moi le chef et il faut en avoir le cœur net, je vous le répète. Et puis, vous ne voyez donc pas notre sommet ? Pas de signal. Et dire qu'il peut venir un bateau ! Vous êtes donc complètement toqués ?

Les garçons révoltés se turent ou se mirent à grommeler.

Jack descendit le premier vers le pont de rochers.

Ralph fit des rêves de propreté.

VII
Ombres furtives et grandes futaies

La piste côtoyait l'éboulis de rochers qui descendait jusqu'au bord de l'eau, sur l'autre versant, et Ralph y suivait Jack sans trop d'appréhension. Si on pouvait ne pas entendre l'aspiration du flux et le bouillonnement du reflux ; si on pouvait oublier l'aspect morne et désert des étendues de fougères des deux côtés de la piste, alors on avait une chance d'oublier aussi le monstre et de s'abandonner un peu à ses rêves. Le soleil avait dépassé son zénith et la chaleur de l'après-midi s'appesantissait sur l'île. Ralph fit transmettre un message à Jack et, quand ils arrivèrent dans un endroit riche en fruits, ils s'arrêtèrent pour manger.

Ralph s'assit et, pour la première fois de la journée, sentit le poids de la chaleur. Il tira avec dégoût sur sa chemise grisâtre et se demanda s'il pouvait entreprendre une lessive. Accablé par la température, exceptionnelle même pour leur île, Ralph fit des rêves de propreté. Il aurait voulu posséder des ciseaux pour se couper les cheveux – il les rejeta en arrière – couper en brosse cette masse crasseuse. Il aurait voulu prendre un bain et se vautrer dans la mousse de savon. Il passa sa langue sur ses dents et décida qu'un bon dentifrice ne serait pas du luxe. Quant à ses ongles...

Il replia les doigts et examina ses ongles. Ils étaient rongés au sang ; il ne se souvenait pourtant pas d'avoir repris cette mauvaise habitude.

– Si ça continue, je vais me remettre à sucer mon pouce...

A la dérobée, il lança un regard circulaire. Personne ne semblait avoir entendu. Les chasseurs assis se gorgeaient de fruits, essayant de se convaincre qu'ils retiraient assez d'énergie de ces repas composés de bananes et de cet autre fruit, de couleur olivâtre, à la consistance gélatineuse.

Ralph les regarda d'un œil critique ; il se souvenait de ce qu'était la propreté. Il les trouvait sales, mais pas de cette saleté particulière aux garçons maculés de boue ou trempés de pluie. Aucun d'eux ne semblait avoir un besoin urgent d'une douche et pourtant... chevelures trop longues, emmêlées, formant des nœuds autour d'une brindille ou d'une branche morte ; visages vaguement nettoyés par les repas et la sueur, mais marqués d'une sorte d'ombre dans les coins moins accessibles ; vêtements usés, raides de transpiration, enfilés non par souci du décorum, mais par routine ; corps couverts de sel séché...

Il découvrit avec un pincement au cœur que ces conditions lui semblaient normales à présent et ne le gênaient pas. Il soupira et jeta la tige qu'il venait de dépouiller de ses fruits. Les chasseurs se disséminaient déjà à la dérobée dans les bois ou derrière les rochers. Ralph se détourna et regarda le large.

Cette autre rive de l'île offrait une vue complètement différente. Les enchantements impalpables des mirages ne résistaient pas aux eaux froides de l'Océan et l'horizon se détachait, net et bleu. Ralph descendit jusqu'aux rochers. Là, presque au niveau de la mer, on pouvait suivre le renflement incessant de la houle du large. Elle formait des sillons larges de plusieurs centaines de mètres, différents des vagues déferlantes et des rangées de crêtes propres aux endroits peu profonds. Ces sillons longeaient l'île tout entière avec un air dédaigneux, comme si d'autres affaires les appelaient au loin ; c'était moins une progression qu'un immense halètement de la masse océane. L'eau baissait dans un bruit de succion, laissant derrière elle chutes et cascatelles, découvrant les rochers et y collant les algues comme de luisantes chevelures ; puis, après une pause, elle se ramassait et s'enflait en mugissant, pour prendre d'un assaut irrésistible toutes les pointes et les saillies, et même la petite falaise où elle envoyait enfin dans la fente rocheuse un bras d'écume dont les doigts d'embruns frôlaient Ralph.

Ralph se laissait absorber par le mouvement de flux et de reflux jusqu'à ce que son cerveau fût engourdi par cette puissance étrangère. Progressivement, la notion d'infini révélée par ces espaces marins s'imposait à son esprit. Là se trouvait la frontière, l'obstacle. Sur l'autre côté de l'île, baigné de mirages à cette heure du jour, protégé par le bouclier du lagon aux eaux calmes, on pouvait rêver de sauvetage ; mais ici, face à la force brutale de l'Océan, à l'étendue d'un tel mur, on était bloqué, impuissant, condamné, on était...

Simon lui parlait, sa bouche presque contre l'oreille

de Ralph. Ce dernier s'aperçut qu'il agrippait les rochers à pleines mains, le corps tendu, le cou raide, la bouche ouverte.

— Tu reviendras chez toi.

Simon hochait la tête affirmativement. Un genou posé sur une roche surélevée, l'autre jambe pendant à la hauteur de Ralph, il baissait les yeux sur lui.

Surpris, Ralph regarda Simon.

— Je trouve que c'est si grand...

Simon fit le même geste affirmatif.

— Oui. Mais tu reviendras quand même. En tout cas, je le pense.

Le corps de Ralph se détendit un peu. Il jeta un coup d'œil sur l'eau, puis sourit à Simon avec dérision.

— Tu as un bateau dans ta poche ?

Simon sourit aussi et secoua la tête.

— Eh bien alors, qu'en sais-tu ?

Comme Simon se taisait, Ralph dit sèchement :

— Tu es cinglé.

Simon secoua la tête plus violemment et ses épais cheveux noirs volèrent en désordre sur son visage.

— Pas du tout. Je pense simplement que *tu rentreras chez toi.*

Pendant un moment, tous deux gardèrent le silence. Puis soudain, ils échangèrent encore un sourire.

Du couvert, Roger les appelait.

— Venez voir !

La terre était piétinée près de la piste et couverte de traces encore fumantes. Jack se pencha dessus comme sur un objet de délices.

— Ralph, il nous faut de la viande, même si on entreprend l'autre chasse.

— Si tu prends la bonne direction, nous chasserons tous.

Ils se remirent en marche, les chasseurs agglutinés par la peur du monstre qu'on venait de leur rappeler, et Jack loin en tête. Ils avançaient trop lentement au gré de Ralph ; mais il n'était pas mécontent au fond de s'attarder, et il serrait son javelot contre lui. Là-bas, en tête, Jack dut faire face à une difficulté quelconque de son équipe, et le cortège s'arrêta. Ralph s'adossa contre un arbre et aussitôt les rêveries s'emparèrent de lui. Jack était responsable de la chasse et on avait bien le temps d'arriver à la montagne...

Il se rappelait l'année où, avec son père, ils avaient quitté Chatham pour Devonport. Parmi toutes les maisons de son enfance, ce cottage au bord des landes ressortait particulièrement parce qu'il avait vu son premier départ pour l'école. Maman était encore là et papa rentrait à la maison tous les jours. Des poneys sauvages venaient jusqu'au petit mur de pierres, au fond du jardin, et il neigeait. Derrière le cottage se trouvait une sorte de hangar d'où l'on pouvait observer les flocons qui tourbillonnaient. On voyait l'endroit humide où mourait chaque flocon, puis le premier flocon qui ne fondait pas et, petit à petit, tout devenait blanc. Quand le froid vous mordait, on n'avait qu'à rentrer à la maison et regarder par la fenêtre, entre la bouilloire en cuivre et l'assiette avec de petits bonshommes bleus...

Le soir, avant de se coucher, on mangeait un bol de *cornflakes* avec du lait sucré. Et les livres... rangés sur l'étagère, près du lit, penchés les uns contre les autres et toujours surmontés de deux ou trois autres posés à plat qu'il avait eu la paresse de remettre en place. Ils avaient des cornes et des égratignures. Il y avait celui sur Topsy et Mopsy, à la couverture brillante, mais

Ralph ne le lisait jamais parce que c'était l'histoire de deux filles ; et puis celui sur le Magicien qu'il lisait avec une sorte de terreur maîtrisée, en passant la page vingt-sept et son horrible image d'araignée. Il y avait un livre sur des fouilles en Egypte ; l'*Album des trains*, l'*Album des navires*. Comme leur image était nette dans son souvenir ! En étendant la main, il aurait pu les toucher, reconnaître le poids et la lente glissade de l'*Album géant des garçons* qu'il descendait de l'étagère... Tout allait bien, tout était normal et agréable.

Devant eux les buissons furent violemment piétinés. Des garçons s'égaillaient hors de la piste et jouaient des pieds et des mains parmi les lianes, en hurlant. Ralph vit tomber Jack, bousculé par un chasseur. Puis il vit débouler sur la piste un animal aux défenses brillantes, poussant des grognements terrifiants. Ralph s'aperçut qu'il évaluait calmement ses distances et visait la bête. Quand le sanglier ne fut qu'à une demi-douzaine de mètres, il lança le ridicule morceau de bois qui lui servait de javelot, le vit se ficher sur l'énorme groin et y vibrer un moment. Le grognement devint un cri perçant et le sanglier se précipita à son tour sous le couvert. La piste se remplit de nouveau de garçons hurlants. Jack accourut et fouilla les buissons.

— Par ici...

— Mais il nous étripera...

— Par ici, je vous dis...

Le sanglier s'empêtrait dans les buissons. Ils trouvèrent une autre piste, parallèle à la première, et Jack s'y précipita. La peur, l'appréhension et la fierté se partageaient le cœur de Ralph.

— Je l'ai touché ! Mon javelot s'est fiché dedans...

Sans s'y attendre, ils débouchèrent dans une clairière ouverte sur la mer. Jack lança un regard circulaire sur les rochers déserts et prit un air anxieux.

— Il est parti.

— Je l'ai touché, répéta Ralph, et mon javelot est resté fiché un moment.

Il lui fallait un témoignage.

— Vous ne m'avez pas vu ?

Maurice fit un signe de tête affirmatif.

— Moi, je t'ai vu. En plein sur son groin ! Pan !

Très animé, Ralph continua :

— Oh ! oui, je l'ai bien touché. Et le javelot s'est planté dedans. Je l'ai blessé.

Il se délectait du nouveau respect qu'il inspirait à ses camarades. La chasse avait du bon, après tout.

— Je lui ai flanqué une bonne tournée. Ce devait être ça le monstre, d'après moi, déclara Ralph.

Jack revenait.

— Ce n'était pas le monstre, mais un sanglier.

— Je l'ai touché !

— Et pourquoi tu ne l'as pas attrapé ? J'ai essayé...

La voix de Ralph monta d'un diapason.

— Mais un sanglier !

Jack rougit soudain.

— Tu disais qu'il nous étriperait. Alors pourquoi as-tu tiré ? Pourquoi tu n'as pas attendu ?

Il tendit le bras.

— Regarde.

Il désigna son avant-bras gauche pour bien le montrer à tous. Il portait une blessure. Ce n'était pas grand-chose, mais cela saignait.

— Voilà ce qu'il m'a fait avec ses défenses. Je n'ai pas pu me protéger assez vite.

Il avait réussi à devenir le point de mire.

— Ça c'est une blessure ! dit Simon. Tu devrais la sucer, comme Berengaria.

Jack appliqua ses lèvres sur sa blessure.

– Je l'ai touché, répéta Ralph indigné. D'un coup de javelot. Je l'ai blessé.

Il essaya de récupérer l'attention générale.

– Il fonçait sur le sentier. J'ai lancé, comme ça...

Robert lui montra les dents. Ralph se prêta au jeu et les rires fusèrent. Tous se mirent à houspiller Robert qui mimait des attaques.

– Faites un cercle ! cria Jack.

Le cercle se forma, évoluant et se resserrant autour de Robert. Robert poussait des cris aigus, avec une douleur d'abord feinte, puis réelle.

– Aïe ! arrêtez ! Vous me faites mal !

Un manche de javelot le frappa sur le dos tandis qu'il essayait de s'esquiver.

– Tenez-le !

On le retint par les bras et les jambes. Emporté par une excitation irrésistible, Ralph saisit le javelot d'Erik et en frappa Robert.

– A mort ! A mort !

Maintenant Robert poussait des hurlements et se débattait avec frénésie. Jack le tenait par les cheveux et brandissait son couteau. Derrière lui, Roger luttait pour se rapprocher. La mélopée rituelle s'éleva comme il sied à la fin d'une danse ou d'une partie de chasse.

– A mort, le cochon ! Qu'on l'égorge ! A mort, le cochon ! Qu'on l'assomme !

Comme les autres, Ralph faisait des pieds et des mains pour s'approcher, pour s'attaquer à cette chair brune et vulnérable. Le besoin de pincer et de blesser était impérieux.

Jack baissa le bras ; le cercle frémissant poussa des hourras et des glapissements de cochon mourant. Puis le calme se rétablit. Haletants, les garçons écoutaient les reniflements de Robert et le regardaient s'essuyer le visage de son bras sale.

Il essaya de retrouver sa dignité.

– Oh ! la, la, mon derrière !

Il se frotta le bas du dos d'un air lugubre. Jack se retourna.

– Ça c'était un jeu rigolo !

– Oui, rien qu'un jeu, insista Ralph mal à l'aise. Un jour, en jouant au rugby, je me suis drôlement fait mal.

– Il nous faudrait un tambour, dit Maurice, comme ça on pourrait le faire pour de bon.

Ralph le regarda.

– Comment, pour de bon ?

– J'sais pas. Il me semble qu'il faut un feu et un tambour et le tambour bat la mesure.

– Il faut surtout un cochon, ajouta Roger, comme dans une vraie partie de chasse.

– Ou quelqu'un qui fasse semblant, proposa Jack. Il y en a un qui se déguise en cochon et puis on imite tout... par exemple, il fait comme s'il me renversait et ainsi de suite...

– Oui, mais il faut un vrai cochon, affirma Robert qui se frottait encore les reins, parce qu'il faut le tuer.

– Il n'y a qu'à prendre un petit, suggéra Jack, et tout le monde rit.

Ralph s'assit.

– Bon, eh bien ! à cette allure-là, on ne trouvera pas ce qu'on cherche.

Ils se levèrent, l'un après l'autre, rajustant leurs haillons.

Ralph regarda Jack.

– A la montagne maintenant.

– Est-ce qu'on ne ferait pas mieux de retourner près de Piggy avant la nuit ? proposa Maurice.

Les jumeaux approuvèrent d'un même hochement de tête.

– Oui, il a raison. On ira demain matin.

Ralph fixa le large.

– Il faut rallumer le feu.

– Tu n'as pas les lunettes de Piggy, objecta Jack ; alors, on ne peut pas.

– Oui, mais on verra toujours si tout va bien sur la montagne.

Maurice reprit, en hésitant, craignant de paraître poltron :

– Et si la bête est là ?

Jack brandit son javelot.

– On la tuera.

Le soleil parut soudain moins chaud. Jack faisait des moulinets avec son arme.

– Qu'est-ce qu'on attend ?

– Je pense, dit Ralph, que si on longe la mer par ici, on arrivera à la base de la partie brûlée et on pourra faire l'ascension.

Jack reprit la tête et ils avancèrent le long de la mer aveuglante au souffle régulier.

Ralph renoua le fil de son rêve et s'en remit à ses pieds agiles du soin d'assurer ses pas. Mais le chemin présentait plus de difficultés qu'avant. La plupart du temps il fallait louvoyer entre la roche nue, à la limite de l'eau, et la végétation luxuriante de la sombre forêt ; escalader de petites falaises ou en suivre la ligne de crête ; entreprendre certains passages à quatre pattes. Çà et là, ils sautaient sur des rochers mouillés par les vagues et franchissaient d'un bond les petites flaques laissées par la marée précédente. Ils arrivèrent à une crevasse qui barrait comme un rempart l'étroite bande de plage découvrant à marée basse. Elle semblait sans fond et ils se penchèrent, terrifiés, sur cet abîme où clapotait de l'eau. A la vague suivante, l'eau bouillonna dans la crevasse et les embruns jaillirent jusqu'à la végétation des bords. Les garçons trempés criaient. Ils essayèrent de passer par la forêt, mais les branches s'entrelaçaient comme un nid d'oiseau et ne livraient pas passage. Ils se décidèrent à sauter par-dessus la crevasse, l'un après l'autre, entre deux vagues ; mais plusieurs se firent encore mouiller. Après quoi, les rochers devinrent impraticables. Les garçons s'assirent pour faire sécher leurs vêtements en lambeaux, les yeux fixés sur les vagues au relief si net qui ondulaient majestueusement le long de l'île. Ils trouvèrent des fruits dans un endroit grouillant de petits oiseaux aux vifs coloris qui tournoyaient comme des insectes. C'est alors que Ralph se plaignit de la lenteur de leur progression. Il grimpa sur un arbre, écarta la végétation, et vit le sommet carré de la montagne qui lui parut encore bien éloigné. Ils essayèrent d'avancer quand même dans les rochers, mais Robert se fit une mauvaise coupure au genou et ils durent reconnaître que ce chemin ne serait praticable que lentement. Ils poursuivirent donc leur route avec les précautions exigées par une dangereuse ascension jusqu'au moment où se dressa devant eux une falaise infranchissable couronnée d'une jungle épaisse et qui surplombait la mer à pic.

Ralph lança un coup d'œil soucieux au soleil.

— Le soir va tomber. Il est cinq heures passées en tout cas.

— Je ne me rappelle pas cette falaise, dit Jack découragé ; ce doit être la partie de la côte que je n'ai pas faite.

Ralph hocha la tête.

— Il faut que je réfléchisse.

Il n'avait plus honte de réfléchir en public et d'affronter les décisions quotidiennes comme un coup dans une partie d'échecs. Malheureusement, il ne serait jamais un bon joueur d'échecs. Il pensa aux petits et à Piggy. Avec netteté, il se représenta ce dernier tout seul, blotti dans une cabane où seuls résonnaient les cris des cauchemars.

— On ne peut pas laisser les petits seuls avec Piggy toute la nuit.

La bande le regardait sans répondre.

— Si on revient en arrière, ça nous prendra des heures.

Jack s'éclaircit la voix pour dire d'un ton bizarre :

— Il ne faudrait surtout pas que quelque chose arrive à Piggy, n'est-ce pas ?

Ralph se tapotait les dents avec la pointe sale du javelot d'Erik.

— Si on traverse...

Il jeta un regard à la ronde.

— Il y en a un qui devra traverser l'île pour avertir Piggy qu'on rentrera tard.

Bill protesta, incrédule :

— Tout seul, dans la forêt ? A cette heure-ci ?

— On a besoin de tout le monde ici.

Simon bouscula les autres pour s'approcher de Ralph.

— Je peux y aller si tu veux. Ça m'est égal, franchement.

Avant que Ralph ait le temps de répondre, il leur fit un bref sourire et grimpa dans la forêt.

Ralph se retourna vers Jack, et celui-ci, furieux, s'aperçut qu'il n'avait même pas entendu sa remarque.

— Jack... la fois où tu es allé jusqu'à la forteresse de rochers...

Jack avait l'air sombre.

— Eh bien ?

— Tu as suivi une partie de cette côte, au pied de la montagne, là-bas ?

— Oui.

— Et puis ?

— J'ai trouvé une piste de cochon. Elle n'en finissait plus.

Ralph acquiesça de la tête, puis il désigna la forêt.

— Alors, cette piste doit se trouver par ici, dans les terres.

Tous l'approuvèrent docilement.

— Bon, eh bien ! on va se frayer un chemin dans la jungle, jusqu'à ce qu'on la trouve.

Il fit un pas en avant, mais se ravisa.

— Attendez une minute. Où mène-t-elle cette piste ?

— A la montagne, je te l'ai déjà dit, répliqua Jack.

Il prit un air narquois :

— Ce n'est pas là, justement, que tu voulais aller ?

Ralph soupira ; il sentait l'antagonisme de Jack et comprenait que ce sentiment primait tout dès que Jack ne commandait plus.

— Je pensais à la lumière. On va trébucher...

— On devrait chercher la bête...

— On n'y verra pas assez clair.

— Moi ça m'est égal d'y aller, protesta Jack avec chaleur. J'irai quand on sera là-haut. Et toi ? Mais peut-être que tu préfères retourner aux cabanes pour avertir Piggy.

Ce fut au tour de Ralph de rougir, mais le désespoir le prit maintenant, car, grâce à Piggy, il comprenait mieux la situation.

— Pourquoi tu me détestes ?

Les garçons eurent l'air gêné, comme s'il venait de prononcer une phrase indécente. Le silence s'appesantit.

Encore rouge et blessé, Ralph se détourna le premier.

— Venez.

Il prit la tête et, comme si ce rôle lui revenait de droit, se mit à tailler un chemin dans le sous-bois. Evincé, Jack boudait à l'arrière-garde.

- *Pourquoi tu me détestes?*

La piste fréquentée par les cochons n'était qu'un tunnel obscur, car le soleil glissait rapidement vers l'horizon et, dans la forêt, l'ombre ne manquait jamais. La piste était assez large pour leur permettre d'avancer d'un bon pas. Soudain à découvert, ils s'arrêtèrent brusquement, le souffle court, la tête levée vers les rares étoiles qui piquetaient le sommet de la montagne.

– Voilà.

Les garçons échangèrent des regards perplexes, mais Ralph prit une décision.

– On va retourner au plateau maintenant et on montera demain.

Un murmure d'approbation s'éleva, mais Jack se glissa à ses côtés.

– Bien sûr, si tu as peur...

Ralph lui fit face.

– Dis donc, qui est monté le premier à la forteresse de rochers ?

– J'étais avec toi. Et c'était en plein jour.

– Bon. Qui veut grimper là-haut maintenant ?

Le silence seul lui répondit.

– Erik-et-Sam, qu'en pensez-vous ?

– Il vaudrait mieux aller avertir Piggy...

– Oui, avertir Piggy que...

– Mais Simon y est déjà allé !

– Il vaudrait quand même mieux... on sait jamais...

– Robert ? Bill ?

Mais un mouvement de masse se dessinait en direction du plateau. Non pas qu'ils eussent peur, bien sûr, mais ils étaient fatigués.

Ralph se retourna vers Jack.

– Tu vois ?

– Moi, je monte.

Ses paroles grinçaient, venimeuses, comme une

malédiction. Il regarda Ralph, son corps mince tendu, son javelot braqué. On eût dit qu'il le menaçait.

— Moi, je monte là-haut maintenant, pour chercher la bête.

Alors vint l'aiguillon suprême, le défi d'apparence bénigne.

— Tu viens ?

Là-dessus, les autres garçons oublièrent leur hâte de retourner au plateau et ils attendirent le résultat de ce nouvel assaut de deux volontés dans l'obscurité. Le défi était trop habile, trop provocant, trop bien lancé pour nécessiter une répétition. Il atteignit Ralph à un moment où, déjà détendue à l'idée du retour aux cabanes et aux eaux calmes du lagon, sa volonté fléchissait.

— Je veux bien.

Il fut tout étonné d'entendre sa propre réponse, dont le calme et le détachement faisaient tomber à plat le défi malveillant de Jack.

— Bon, alors, si tu veux bien.

— Mais oui, bien sûr.

Jack fit un pas.

— Alors, allons-y...

Côte à côte, sous les yeux de leurs camarades silencieux, les deux garçons s'ébranlèrent.

Mais Ralph s'arrêta.

— C'est idiot. Pourquoi serions-nous seulement deux à y aller ? Jamais on ne sera assez, si on trouve quelque chose...

Ces mots provoquèrent une débandade. Chose étonnante, une silhouette sombre, solitaire, s'avança à contre-courant.

— Roger ?

— Oui.

— Eh bien ! nous voilà trois.

Ils entreprirent leur ascension. Les ténèbres semblaient les envelopper comme une marée. Jack, qui était resté silencieux, se mit à tousser. Une bouffée de vent les fit s'étrangler. Ralph avait les yeux larmoyants.

– Des cendres. On est au bord de la partie brûlée.

Leurs pas et le moindre souffle d'air soulevaient de petits cyclones de poussière. Lorsqu'ils firent une pause, Ralph réfléchit en toussant : ils étaient trop bêtes ! A supposer que la bête n'existât pas – ce qui était probablement le cas – eh bien ! tant mieux ! Mais si vraiment quelque chose les attendait là-haut, que feraient-ils à trois, gênés par l'obscurité, avec leurs bâtons pour toute arme ?

– On fait les idiots.

Dans la nuit, lui parvint la réplique :

– La frousse ?

Ralph s'ébroua, exaspéré. Tout cela c'était la faute de Jack.

– Bien sûr. Mais ça n'empêche pas qu'on fait les idiots.

– Si tu te dégonfles, reprit la voix, sarcastique, je continue tout seul.

Piqué au vif, Ralph eut une bouffée de haine pour Jack. Le picotement des cendres dans ses yeux, la fatigue, la peur le poussaient à bout.

– Eh bien ! vas-y. On t'attendra ici.

Silence.

– Alors, pourquoi tu n'y vas pas ? La frousse ?

Une tache dans les ténèbres, une tache qui était le corps de Jack, bougea.

– D'accord. A tout à l'heure.

La tache disparut. Une autre la remplaça.

Ralph se heurta le genou à un obstacle dur et ébranla un tronc calciné au contact rugueux. Il sentit au creux de son genou la morsure de l'écorce carbonisée et comprit que Roger venait de s'asseoir. A tâtons, il chercha une place et s'assit à côté de lui, tandis que le tronc oscillait dans les cendres invisibles. Peu communicatif de nature, Roger se taisait. Il ne proposait pas son opinion sur la bête et n'expliquait pas les raisons de sa participation à cette folle équipée. Il se contentait de rester assis en balançant légèrement le tronc. Au bout d'un moment, Ralph entendit un tambourinement rapide et agaçant : Roger battait la mesure d'un air muet avec son arme dérisoire.

Ils attendaient ; Roger, impénétrable, continuait à se balancer et à taper, Ralph à s'énerver. Autour d'eux le ciel tout proche ruisselait d'étoiles, sauf à l'endroit où la montagne creusait sa poche d'ombre.

Un bruit de glissade au-dessus d'eux : quelqu'un faisait d'énormes et dangereuses enjambées dans les cendres ou les rochers. Jack leur apparut, tremblant, la voix rauque et méconnaissable.

– J'ai vu quelque chose là-haut.

Il buta contre le tronc et lui imprima une violente oscillation. Il resta immobile un moment, allongé, puis il murmura :

– Ouvrez l'œil. Si j'étais suivi.

Une giclée de cendres : Jack s'asseyait.

– J'ai vu une masse sur la montagne, une masse qui enflait.

– C'est ton imagination, protesta Ralph la voix tremblante. Parce que rien ne peut enfler. Pas une créature vivante.

– Une grenouille, dit Roger.

Et ils sursautèrent, car ils l'avaient oublié.

Jack eut un fou rire, vite étranglé.

– Tu parles d'une grenouille de taille ! Et ce bruit...

Ça faisait « plop », et ça enflait.

Encore une fois, Ralph se surprit lui-même, car, dans une évidente intention de fanfaronnade, il proposa d'une voix redevenue normale :

– Eh bien ! allons voir.

Pour la première fois depuis qu'il le connaissait, Ralph sentit que Jack hésitait.

– Maintenant ?...

Son ton était assez éloquent.

– Naturellement.

Il descendit du tronc et s'avança parmi les débris calcinés, suivi par ses deux camarades.

Maintenant qu'il ne parlait plus, il entendait la voix intérieure de sa raison et tout un chœur. Piggy le traitait de gosse. Un autre le traitait d'idiot. Le noir et la folie de l'entreprise donnaient à la nuit un aspect de cauchemar, d'horreurs imaginées sur un fauteuil de dentiste.

Sur le point d'arriver au sommet, Roger et Jack se rapprochèrent de lui et, silhouettes d'encre sortant du noir, devinrent visibles. D'un accord tacite, ils s'arrêtèrent, tassés sur eux-mêmes. Derrière eux, à l'horizon, une tache plus claire dans le ciel annonçait le lever imminent de la lune. Le vent se leva dans la forêt et fit frémir leurs haillons.

Ralph s'ébranla.

– Venez.

Ils rampèrent en avant. Roger restait un peu à la traîne ; Ralph et Jack arrivèrent au sommet en même temps. La surface étincelante du lagon s'étalait en bas, limitée au loin par la tache sombre de l'atoll. Roger les rejoignit.

– Rampons, proposa Jack. La bête dort peut-être.

Roger et Ralph progressèrent, laissant Jack un peu en arrière, en dépit de ses courageuses paroles. Leurs mains et leurs genoux reconnurent la table rocheuse qui formait le sommet.

Une créature qui enflait.

Ralph enfonça la main dans la masse molle des cendres froides et étouffa un cri. Ce contact inattendu lui laissait tout le bras agité de soubresauts. Une brusque nausée lui mit un éclair vert sur la rétine et creusa un trou dans le noir. Roger était couché derrière lui et Jack lui chuchotait à l'oreille :

— Par là, où il y avait un creux entre deux roches. Une sorte de bosse... Tu vois ?

Ralph reçut en pleine figure des cendres froides brassées par le vent. Il ne pouvait pas voir l'endroit désigné parce que les éclairs verts lui troublaient à nouveau la vue et que le sommet de la montagne glissait sur le côté.

De très loin lui parvint la voix de Jack :

— La frousse ?

Pas tellement la peur qu'une paralysie et la sensation d'être suspendu, inamovible, au sommet d'une montagne mouvante et qui s'amenuisait. Jack le dépassa dans un glissement. Roger avança à tâtons, la respiration sifflante. Ralph les entendit murmurer :

— Tu vois rien ?

— Là...

Devant eux, à trois ou quatre mètres au plus, là où aurait dû se trouver un vide, s'arrondissait une masse semblable à un rocher. Ralph entendait un petit bruit haché, mais ne savait pas d'où il sortait... peut-être de sa propre bouche. Il banda sa volonté, durcit en haine sa peur et son dégoût, et il se leva. Avec des jambes de plomb, il fit deux pas en avant.

Derrière eux, le quartier de lune s'était détaché de l'horizon. Devant eux était assis quelque chose qui ressemblait à un gorille, la tête entre le genoux. Alors, le vent se leva dans la forêt, l'ombre s'anima et la créature leva la tête, tournant vers les garçons des restes de visage.

Ralph se retrouva bondissant à pas de géant à travers les cendres ; il entendait crier et bondir autour de lui et il bravait les obstacles et l'obscurité. Peu après, il ne restait plus sur la montagne que les trois javelots abandonnés et la chose qui enflait.

VIII
Offrande aux puissances obscures

L'air malheureux, Piggy regarda la plage blanchie par l'aube, puis la montagne sombre.

– Tu es sûr, vraiment sûr ?

– Mais voilà je ne sais combien de fois que je te le répète, répliqua Ralph. Puisqu'on l'a vu.

– Et tu crois qu'on n'est pas en danger, ici, en bas ?

– Mais sapristi, comment veux-tu que je le sache ?

Ralph s'éloigna d'un mouvement brusque et fit quelques pas sur la plage. A genoux, Jack traçait un cercle dans le sable avec son index. La voix étouffée de Piggy leur parvint.

– Tu es sûr, vraiment sûr ?

– Monte et va voir toi-même, s'écria Jack agacé. Et bon débarras !

– Non, des fois...

– Le monstre avait des crocs et de grands yeux noirs.

Un frisson violent le secoua. Piggy enleva ses lunettes et en frotta le verre unique.

— Qu'est-ce qu'on va faire ?

Ralph se tourna vers le plateau. La luminosité blanche de la conque formait une tache claire parmi les arbres, à l'endroit où se lèverait le soleil. Il repoussa sa tignasse.

— Sais pas.

Il se rappela leur fuite éperdue dans la montagne.

— Je ne crois pas qu'on pourrait affronter une bête de cette taille, non, vraiment, je ne le crois pas. Nous autres, on se contente de parler, mais on ne s'attaquerait pas à un tigre. On se cacherait plutôt. Même Jack se cacherait...

Jack gardait les yeux baissés sur le sable.

— Et mes chasseurs, qu'est-ce que tu en fais ?

Simon sortit furtivement de l'ombre qui enveloppait les cabanes. Ralph ne répondit pas à la question de Jack ; il désigna la lueur jaune qui bordait l'horizon marin.

— Tant qu'il fait jour, on est encore assez braves. Mais après ? Et voilà que cette chose est tapie près de notre feu, comme si elle voulait empêcher les secours de nous parvenir...

Inconsciemment, il se tordait les mains et sa voix montait.

— On ne peut même pas faire des signaux de fumée... On est fichus !

Un point d'or étincela au-dessus de la mer et, aussitôt, le ciel s'illumina.

— Et mes chasseurs, ils ne comptent pas ?

— Des gosses, armés de bâtons.

Jack se leva. Le visage rouge, il s'éloigna. Piggy remit ses lunettes cassées et regarda Ralph.

— Là, tu vois ce que tu as fait. Tu l'as vexé sur ses chasseurs.

— Oh ! la ferme !

L'appel de la conque, lancé par un souffle inexpert,

les interrompit. On eût dit que Jack donnait une aubade au soleil levant. Il continua de souffler jusqu'à ce qu'on bougeât dans les cabanes. Les chasseurs grimpèrent sur le plateau, suivis des petits qui pleurnichaient, comme cela leur arrivait maintenant si souvent. Ralph se leva docilement et, accompagné de Piggy, se dirigea vers le plateau.

– La parlote, mâchonnait-il amèrement. Toujours parler, parler, parler.

Il prit la conque des mains de Jack.

– Ce meeting... commença-t-il.

Mais Jack l'interrompit.

– C'est moi qui l'ai convoqué.

– Si tu ne l'avais pas fait, c'est moi qui aurais appelé. Tu as juste soufflé dans la conque.

– Eh ben ! ça ne suffit pas ça ?

– Oh ! ça va, prends-la... et parle !

Ralph lui mit la conque dans les bras et alla s'asseoir sur le tronc.

– Je vous ai convoqués, dit Jack, pour plusieurs raisons. D'abord, vous le savez, nous avons vu le monstre. On avait grimpé en rampant et on n'était qu'à quelques mètres de lui. Le monstre s'est redressé pour nous regarder. Je ne sais pas ce qu'il fait. On ne sait même pas ce que c'est.

– Il est sorti de la mer...

– De l'obscurité...

– Des arbres...

– Silence ! cria Jack. Ecoutez. Le monstre est assis là-haut, quoi qu'il soit...

– Peut-être qu'il attend...

– Il chasse...

– Oui, il chasse.

– La chasse... dit Jack.

Il se rappelait ses frayeurs ancestrales dans la forêt.

– Oui, cette bête chasse. Mais... silence ! En tout

cas, on n'a pas pu la tuer. Et puis, Ralph a dit que mes chasseurs n'étaient bons à rien.

— Je n'ai jamais dit cela !

— C'est moi qui ai la conque. Ralph pense que vous êtes des poltrons qui décampent devant le sanglier et le monstre. Et ce n'est pas tout.

Il y eut une sorte de soupir sur le plateau, comme si chacun savait ce qui allait suivre. La voix de Jack s'élevait, frémissante mais résolue, luttant contre la passivité du silence.

— Il est comme Piggy. Il parle comme Piggy. C'est pas un vrai chef.

Les mains de Jack se crispèrent sur la conque.

— Le poltron, c'est lui.

Il attendit un moment avant de continuer :

— Là-haut, c'est Roger et moi qui étions en avant. Lui, il restait à la traîne.

— J'y suis allé aussi !

— Après nous.

Les deux garçons se mesuraient du regard à travers leur chevelure en désordre.

— J'y suis allé aussi, répéta Ralph. Et après, j'ai fui. Comme toi.

— Alors, traite-moi de froussard !

Jack se tourna vers les chasseurs.

— Lui, c'est pas un chasseur. C'est pas lui qui vous aurait eu de la viande. Il n'est pas « prefect[1] » et on ne sait rien de lui. Il se contente de commander et il s'imagine qu'on lui obéira, comme ça. Et toute cette parlote...

— Oui, cette parlote... s'écria Ralph. Parler, parler ! Qui l'a voulu ? Qui nous a convoqués ?

Jack se détourna, le rouge au front, le menton ren-

1. Dans les collèges anglais, quelques grands élèves choisis parmi les plus sérieux sont chargés de la discipline *(N.D.L.T.)*.

tré. Son regard se fit menaçant sous les sourcils froncés.

— Bon, ça va bien, grogna-t-il d'un ton mauvais, puisque c'est comme ça...

D'une main, il serra la conque sur sa poitrine ; de l'autre main, il fendit l'air, l'index pointé.

— Qui ne veut plus de Ralph comme chef ?

Il regardait avec espoir les garçons qui se raidissaient. Sous les palmiers régnait un silence complet.

— Levez la main, ceux qui ne veulent plus de Ralph comme chef.

Le silence se faisait lourd, oppressé et honteux. Jack pâlit lentement pour ne rougir que plus fort aussitôt après. Il passa sa langue sur ses lèvres et tourna la tête de côté pour éviter la gêne de rencontrer un regard.

— Quels sont ceux qui...

Sa voix se perdit ; ses mains tremblaient sur la conque. Il s'éclaircit la voix et parla fort.

— Bon, j'ai compris.

Avec beaucoup de soin, il posa la conque dans l'herbe à ses pieds. Des larmes — quelle humiliation — lui coulaient des yeux.

— Je ne joue plus. Pas avec vous, en tout cas.

Maintenant, la plupart des garçons baissaient les yeux. Jack s'éclaircit de nouveau la voix.

— Je ne ferai pas partie de la bande de Ralph...

Son regard parcourut les troncs de droite, dénombrant les chasseurs qui avaient constitué une chorale autrefois.

— Je m'en vais tout seul. Qu'il attrape lui-même des cochons. Ceux qui voudront chasser avec moi n'auront qu'à venir.

D'un pas maladroit, il quitta le triangle pour sauter sur le sable blanc.

— Jack !

– Qui ne veux plus de Ralph comme chef ?

Jack se tourna et regarda Ralph. Il s'arrêta une seconde, puis cria d'une voix aiguë, furieuse :

– Non !

Il sauta et s'enfuit sur la plage sans faire attention à ses larmes aveuglantes. Ralph garda les yeux fixés sur lui jusqu'à ce qu'il disparût dans la forêt.

Piggy était indigné.

– Moi je causais, Ralph, et toi tu restais planté là, comme...

D'une voix douce, le regard fixé sur Piggy sans le voir, Ralph se parlait à lui-même.

– Il reviendra. Quand le soleil se couchera, il viendra.

Il regarda la conque dans les mains de Piggy.

– Qu'est-ce que tu dis ?

– Ça, alors !

Piggy renonça à reprendre Ralph. Il nettoya encore ses lunettes et revint à son sujet.

– On peut se passer de Jack Merridew. Il n'y a pas que lui dans l'île. Mais maintenant qu'on a vraiment un monstre – quoique je peux pas y croire – faudra pas s'éloigner du plateau. On aura pas tant besoin de lui et de sa chasse. Et maintenant on peut vraiment faire le point.

– A quoi bon, Piggy ? Il n'y a rien à faire.

Ils gardèrent un silence découragé. Puis, Simon prit la conque à Piggy qui en fut si étonné qu'il resta debout. Ralph leva les yeux sur Simon.

– Eh bien ! Simon, qu'est-ce qu'il y a encore ?

Un murmure de dérision parcourut le cercle et Simon parut se recroqueviller.

– Je pensais qu'on pourrait faire quelque chose. Quelque chose que...

De nouveau la parole lui manqua à cause de la froideur générale. Pour trouver aide et sympathie, il se tourna vers Piggy. Serrant la conque sur sa poitrine brunie, à demi penché vers Piggy il proposa :

– Je trouve qu'on devrait monter là-haut.

Un frisson de terreur parcourut l'assemblée. Simon s'interrompit et rencontra le regard ironique et incompréhensif de Piggy.

– Pourquoi que tu irais trouver ce monstre là-haut alors que Ralph et les deux autres ils n'ont rien pu faire ?

Simon répliqua dans un souffle :

– Et qu'est-ce qu'on peut faire d'autre ?

Ayant dit, il se laissa prendre la conque par Piggy. Puis il se retira autant à l'écart que possible.

Piggy parlait maintenant avec plus d'assurance ; en des circonstances moins sérieuses, les autres auraient même pu déceler du plaisir dans sa voix.

– J'ai dit qu'on pouvait tous se passer d'une certaine personne. Et à présent, je dis qu'il faut décider ce qu'on va faire. Je crois que je sais d'avance ce que Ralph va proposer. Le plus important pour nous, c'est le signal de fumée. Pas de fumée sans feu.

Ralph eut un geste.

– Rien à faire, Piggy. On n'a pas de feu. La chose est tapie là-haut... et nous devons rester ici.

Piggy leva la conque comme pour donner du poids à ses paroles.

– On n'a pas de feu sur le sommet. Mais pourquoi qu'on n'aurait pas un feu ici ? On pourrait le faire sur ces rochers. Ou même sur le sable. Ça ferait toujours de la fumée.

– C'est vrai !

– De la fumée !

– Près de la piscine !

Les garçons se mirent à bavarder. Piggy seul pouvait montrer assez d'audace intellectuelle pour suggérer de changer l'emplacement du feu.

– D'accord, nous ferons le feu ici, approuva Ralph.

Il regarda autour de lui.

– On peut l'installer là, entre la piscine et le plateau. Naturellement...

Il s'interrompit, les sourcils froncés, rongeant machinalement un reste d'ongle.

– Naturellement, la fumée ne se verra pas autant, ni de si loin. Mais, au moins, on n'aura pas besoin de s'approcher de... du...

On l'approuva d'un signe de tête général. Tous comprenaient. Nul besoin d'approcher...

– Allez, on va faire le feu...

Les plus grandes idées sont les plus simples. Maintenant qu'on leur avait fixé une tâche, ils s'y mettaient avec ardeur. Piggy était si joyeux et si détendu dans la liberté que lui laissait le départ de Jack, si gonflé d'orgueil à l'idée de contribuer au bien général, qu'il aida à la corvée de bois. Sa contribution se limitait à débiter un arbre mort du plateau, dont ils n'avaient pas besoin aux réunions. Pour les autres, ce tronc avait été considéré comme tabou, malgré son inutilité, parce qu'il partageait le caractère sacré de tout ce qui formait le plateau. Les jumeaux constatèrent qu'un feu, à proximité, serait d'un réconfort bien agréable la nuit et cette idée fit sauter de joie quelques-uns des petits.

Le bois n'était pas aussi sec que celui de la montagne. Ils trouvaient surtout des bûches pourries, imbibées d'humidité, grouillantes d'insectes, qu'il fallait soulever avec précaution pour qu'elles ne tombent pas en poussière. D'ailleurs, pour éviter de s'éloigner dans la forêt, les garçons s'attaquaient à n'importe quel morceau de bois même recouvert de végétation verte. La lisière de la forêt et la tranchée, les abords de la conque et des cabanes formaient un cadre rassurant en plein jour. Mais ce qu'il deviendrait la nuit, on préférait n'y pas songer. Tous travaillaient avec beaucoup d'énergie et de bonne humeur, mais à mesure que les heures passaient, l'énergie se doublait d'une certaine panique et la bonne humeur se teintait d'hystérie. Ils firent une pyramide de feuilles et de brindilles, de branches et de bûches, disposée sur le sable nu, tout près du plateau. Pour la première fois, Piggy prit lui-même ses lunettes et capta les rayons du soleil sur le verre unique pour allumer le feu. Il y eut bientôt un buisson de flammes jaunes surmonté d'un dôme de fumée.

Les petits, qui n'avaient pas vu beaucoup de foyers allumés depuis la catastrophe, devinrent follement excités. Ils dansaient et chantaient, si bien qu'il régnait autour d'eux un air de fête.

Ralph cessa enfin de s'affairer autour du feu et se redressa en essuyant d'un avant-bras sale son visage en sueur.

– Il faudra se contenter d'un feu plus petit. On ne pourra jamais en entretenir un si grand.

Piggy prit ses précautions pour s'asseoir dans le sable, puis il nettoya ses lunettes.

– On pourrait faire des essais pour avoir un petit feu bien ronflant sur lequel on mettrait des branches vertes qui donneraient de la fumée. Il doit y avoir des feuilles qui font mieux de la fumée que les autres.

L'animation baissait avec le feu. Les petits ne dansaient plus et le chant mourait sur leurs lèvres. Ils se dispersaient, qui vers la mer, qui vers les cabanes ou les arbres à fruits.

Ralph se laissa tomber sur le sable.

– Il faudra faire une nouvelle liste des gardiens du feu.

— Si on arrive à les attraper.

Il regarda autour de lui et, pour la première fois, vit que les grands étaient peu nombreux. Il comprit mieux alors pourquoi l'entretien du feu leur donnait tant de mal.

— Où est Maurice ?

Piggy recommença d'essuyer ses lunettes.

— Je pense... non, il n'irait quand même pas tout seul dans la forêt, hein ?

Ralph bondit sur ses pieds, fit en courant le tour du feu et se tint devant Piggy en retenant ses cheveux sur son front.

— Mais il nous faut absolument une liste ! Il y a toi, moi, Erik-et-Sam et...

Evitant de regarder Piggy, il demanda d'un ton détaché :

— Où sont Bill et Roger ?

Piggy se pencha en avant et mit un petit morceau de bois dans le feu.

— Je suppose qu'ils sont partis. Ils ne veulent plus jouer non plus sans doute.

Ralph se rassit et se mit à creuser de petits trous dans le sable. Surpris par la vue d'une goutte vermeille, il examina un de ses ongles où, sur la chair rongée à vif, du sang perlait.

Piggy continuait à parler.

— Je les ai vus se défiler pendant la corvée de bois. Ils ont pris la même direction que lui.

Ralph leva les yeux vers le ciel. Comme par sympathie pour eux, et pour rester au diapason des grands bouleversements de ce jour-là, le ciel se montrait différent de la veille et si brumeux que, par endroits, l'air chaud devenait blanc. Le disque du soleil, tout d'argent terne, semblait très proche et moins brûlant. Pourtant, il faisait étouffant.

— Ils font toujours des embêtements, hein ?

La voix partait de derrière son épaule et se faisait anxieuse.

– On peut se passer d'eux. On sera plus heureux comme ça, hein ?

Ralph s'assit. Les jumeaux revenaient, traînant avec un sourire de triomphe une énorme bûche qui tomba dans les braises dans un jaillissement d'étincelles.

– On se débrouille très bien tout seuls, pas vrai ?

Pendant tout le temps que la bûche mit à sécher, à s'embraser et à devenir rouge, Ralph resta assis dans le sable sans mot dire. Il ne vit même pas Piggy chuchoter quelques mots aux jumeaux, il ne vit pas les trois garçons disparaître ensemble dans la forêt.

– Tiens, voilà pour toi !

Il sursauta. Piggy et les jumeaux se tenaient près de lui, les bras pleins de fruits.

– J'ai pensé, commença Piggy, qu'on pourrait comme qui dirait célébrer...

Les trois garçons s'assirent près de Ralph. Ils avaient choisi des fruits bien mûrs. Un sourire s'épanouit sur leur visage quand Ralph y goûta.

– Merci, dit Ralph.

Puis, de la surprise dans la voix, il répéta :

– Merci !

– Oui, je disais comme ça qu'on se débrouillerait très bien tout seuls, affirma Piggy. C'est ceux qui sont pas raisonnables qui font des embêtements dans notre île. On va faire un bon petit feu...

Ralph se rappela la cause de son souci.

– Où est Simon ?

– Sais pas.

– Tu penses pas qu'il est monté là-haut ?

Piggy éclata d'un rire bruyant et reprit des fruits.

– Ça se pourrait bien.

Il avala sa bouchée.
– Il est toqué.

Simon avait passé au milieu des arbres fruitiers, mais, aujourd'hui, les petits étaient trop occupés auprès du feu sur la plage pour le poursuivre. Il se glissait dans la végétation dense. Quand il arriva à l'écran de lianes qui masquait sa clairière, il rampa à l'intérieur. De l'autre côté de l'écran, le soleil déversait ses rayons et, au milieu de l'espace libre, les papillons se livraient à leur danse interminable. Il s'agenouilla et le soleil darda sur lui une de ses flèches. L'autre fois, il lui avait semblé que l'air vibrait simplement de chaleur, mais aujourd'hui il le menaçait. Sa longue chevelure sauvage ne tarda pas à se mouiller de sueur. Il essaya de changer de position, mais il ne pouvait fuir le soleil.

Il commença d'avoir soif. Puis grand soif.

Il restait quand même assis.

Très loin, sur la plage, Jack se tenait devant un petit groupe de garçons. Il avait l'air extrêmement heureux.

– La chasse, dit-il.

Il les jaugea du regard. Les garçons portaient des restes de casquette noire et, il y avait très, très longtemps, ils s'étaient tenus devant lui, sérieux, en rangs, pour chanter des chants angéliques.

– On ira à la chasse. Je serai le chef.

Ils acquiescèrent d'un signe de tête. La crise était dénouée sans difficulté.

– Quant à la bête...

Ils s'agitèrent, regardèrent la forêt.

– Moi, je propose qu'on ne s'en occupe pas.

Il leva le menton.

– Hein ? On va l'oublier tout simplement.

— Tu as raison !

— Il y a qu'à l'oublier, la bête !

Si leur ferveur surprit Jack, il n'en montra rien.

— Et puis, autre chose. On aura pas tant de rêves de ce côté-ci. On est presque à la pointe de l'île.

Ils l'approuvèrent avec véhémence, poussés par les tourments de leur vie secrète.

— Maintenant, écoutez. Plus tard, on ira peut-être à la forteresse de roches. Mais pour commencer, je vais soustraire quelques grands à la conque et tout son bazar. On tuera un cochon et on fera un festin.

Il s'interrompit et continua, plus posément :

— Quand on tuera un cochon, on prélèvera une offrande pour le monstre. Comme ça, peut-être qu'il nous laissera tranquilles.

Il se leva brusquement.

— Allez, on va chasser dans la forêt.

Il se tourna et s'éloigna d'un pas vif. Ils ne tardèrent pas à le suivre docilement.

Ils se déployèrent dans la forêt, non sans crainte. Presque aussitôt, Jack trouva des racines déterrées et dispersées qui révélaient le passage d'un cochon. Bientôt, ils tombèrent sur une piste fraîche. Jack fit passer aux chasseurs un mot d'ordre de silence et il prit la tête, tout seul. Tout heureux, il se laissait envelopper par l'obscurité humide de la forêt comme par des vêtements familiers. Lentement, il descendit jusqu'à une zone de rochers et de troncs disséminés qui bordait la mer.

Les cochons étaient là, sous les arbres, comme de gros sacs de lard, profitant béatement de l'ombre. L'absence de vent les empêchait de s'inquiéter et Jack, riche de son expérience, glissait comme une ombre. Il se retira sans bruit et donna ses instructions aux chasseurs. Au bout d'un moment, ils progressaient tous du même pas silencieux, transpirant dans la chaleur lourde. Sous les arbres, une oreille se rabattit, indolente. Légèrement à l'écart du troupeau, une truie – la plus grosse de toutes – était plongée dans les délices de la maternité. Elle était rose et noire ; sa panse énorme se couvrait d'une frange de porcelets endormis, ou fouinant et glapissant.

A une quinzaine de mètres du troupeau, Jack s'arrêta. De son bras tendu, il désigna la truie. Il eut un regard circulaire pour s'assurer que tous le comprenaient et ils lui répondirent d'un signe affirmatif. Une rangée de bras droits se leva.

– Allez-y !

Tout le troupeau se redressa. A moins de dix mètres de la proie choisie s'envolèrent les javelots de bois à la pointe durcie au feu. Un porcelet poussa un cri affreux et se précipita dans la mer, traînant derrière lui le javelot de Roger. La truie se leva avec un grognement étouffé et, deux javelots plantés dans son flanc gras, fit quelques pas en trébuchant. Les garçons se précipitèrent en hurlant pendant que les porcelets se dispersaient, mais la truie fonça dans la rangée de chasseurs et plongea dans le sous-bois.

– La lâchez pas !

Ils se lancèrent à sa poursuite, mais le sous-bois était trop touffu et Jack dut les arrêter. Avec un juron, il inspecta les alentours immédiats. Il ne disait rien, mais son souffle lourd provoquait la crainte et le respect chez ses compagnons. Soudain, il désigna le sol de son index tendu.

– Là...

Sans leur laisser le temps d'examiner la goutte de sang, Jack avait pris sa course, se guidant d'après des traces, des branches brisées. Avec une certitude mystérieuse, il filait, suivi par ses chasseurs.

Il s'arrêta devant un fourré.

— Là-dedans.

Ils encerclèrent le fourré, mais la truie s'échappa, le flanc percé d'un projectile supplémentaire. Les bois qu'elle traînait ralentissaient sa course et les pointes taillées en biais la blessaient cruellement. Elle buta dans un arbre, enfonçant encore plus une des pointes ; après cela, tous les chasseurs purent suivre facilement sa trace sanglante. Les heures passaient, déprimantes dans la brume de chaleur. La truie les entraînait dans sa course chancelante, exaspérée, sanglante. Les chasseurs, liés à elle par leur convoitise, excités par la vue du sang, la harcelaient. Ils la voyaient maintenant et faillirent la rattraper ; mais elle, dans un ultime sursaut, leur échappa de nouveau. Ils la talonnaient de près quand elle déboucha dans une clairière tapissée de fleurs multicolores, pleine de papillons qui dansaient dans l'air étouffant.

Là, assommée par la chaleur, la truie tomba enfin et les chasseurs se jetèrent sur elle. Epouvantée par cette irruption de créatures d'un monde inconnu, la truie poussait des cris perçants et se débattait. L'air se chargeait de vacarme et de terreur, de sueur et de sang. Roger courait autour de la proie, lardant de coups tous les coins de chair qui se montraient. Jack bondit sur la bête et y plongea son couteau. Roger trouva un point vulnérable et y planta son javelot, pesant dessus de tout son poids. L'arme s'enfonça petit à petit et les cris de terreur devinrent un hurlement aigu. Alors, Jack trouva la gorge à découvert et le sang chaud jaillit sur ses mains. La truie s'effondra et ils la couvrirent de leurs corps alourdis et satisfaits.

Les papillons continuaient à danser au centre de la clairière.

Leur besoin de tuer enfin calmé, les garçons se relevèrent et Jack leur montra ses mains.

– Regardez !

Il rit et fit rire les autres en agitant ses paumes fumantes de sang. Jack se précipita sur Maurice et lui barbouilla les joues de sang. Roger commença de retirer son javelot et les garçons le remarquèrent pour la première fois. Robert mit les points sur les *i* et tous s'esclaffèrent.

– En plein dans le cul !

– Oh ! tu entends ?

– Dis donc, tu entends ce qu'il a dit ?

– En plein dans son cul !

Cette fois, Robert et Maurice mimèrent la scène à deux. Les pitreries de Maurice qui imitait les efforts du cochon pour échapper au javelot firent rire les garçons aux larmes.

Ce jeu finit par les lasser aussi. Jack essuyait sur une roche ses mains sanglantes. Après quoi, il se mit à dépecer la truie. Il creva la panse et arracha les paquets de tripes chaudes qu'il repoussa en tas sur les rochers sous les yeux de ses chasseurs. Il parlait tout en s'activant.

– On va emporter la viande sur la plage. Je retournerai au plateau pour les inviter au festin. Ça nous donnera le temps de voir venir.

Roger prit la parole.

– Chef...

– Hein ?

– Comment fera-t-on du feu ?

Jack s'assit sur ses talons et fronça les sourcils en contemplant le cochon.

– On fera un raid pour leur chiper du feu. Henry et

— Les papillons continuaient à danser au centre de la clairière.

toi, Bill et Maurice, vous viendrez avec moi. On se peindra le visage et on leur tombera dessus. Roger chipera une branche pendant que je dirai ce que j'ai à dire. Les autres, vous pourrez rapporter la carcasse à l'endroit où nous étions tout à l'heure ; c'est là qu'on fera le feu. Et après...

Il s'interrompit et se leva, le regard fixé sur la zone d'ombre sous les arbres. Il reprit d'une voix plus basse :

– On va laisser une offrande de gibier pour...

Il s'agenouilla de nouveau et s'affaira avec son couteau. Les garçons faisaient cercle autour de lui. Pardessus son épaule, il s'adressa à Roger.

– Aiguise un bâton aux deux bouts.

Enfin, il se leva, tenant à bout de bras la tête dégoulinante de sang de la truie.

– Ce bâton, il est prêt ?

– Tiens.

– Plante un bout dans la terre. Zut, c'est du roc. Tiens, coince-le dans cette fente. Là.

Jack leva la tête sanglante et la posa sur le bâton pointu qui s'enfonça dans le cou et ressortit par la gueule. Jack recula d'un pas et regarda la tête, pendue avec un air penché et bavant du sang sur le bâton.

Instinctivement, les garçons reculèrent aussi. Pas un bruit dans la forêt, sauf le bourdonnement des mouches attirées par le tas d'entrailles.

A mi-voix, Jack ordonna :

– Ramassez le cochon.

Maurice et Robert embrochèrent la carcasse sur un épieu, soulevèrent la masse inerte et attendirent. Dans le silence, des flaques de sang entre les pieds, ils prenaient tout à coup des airs furtifs.

Jack parla à voix haute.

– La tête est pour le monstre. C'est une offrande.

Le silence accepta l'offrande et les glaça de terreur. La tête restait là, les yeux troubles, un vague sourire sur ses lèvres, montrant ses dents noircies de sang. D'un mouvement unanime, les chasseurs s'enfuirent, courant de toutes leurs forces à travers la forêt, vers la plage.

Simon ne bougeait pas. Les feuillages dissimulaient sa mince silhouette brune. Il avait beau fermer les yeux, le spectacle de la tête de truie restait imprimé sur sa rétine. Les yeux mi-clos de la bête étaient alourdis par le cynisme infini des adultes. Ils affirmaient à Simon que la vie ne valait pas grand-chose.

– Je le sais.

Simon s'aperçut qu'il avait parlé tout haut. Il ouvrit promptement les yeux, mais la tête était là, souriant d'un air amusé dans l'étrange lumière du jour, indifférente aux mouches, aux entrailles répandues, indifférente aussi à son humiliante position au bout d'un bâton.

Il détourna le regard et passa sa langue sur ses lèvres sèches.

Une offrande pour le monstre. Et si le monstre venait la chercher ? La tête parut l'approuver, lui sembla-t-il. Sauve-toi, disait la tête doucement, rejoins les autres. Ce n'était qu'une plaisanterie, tu sais, pourquoi t'en faire ? Tu te trompais, c'est tout. Un petit mal de tête, ou une mauvaise digestion. Retourne là-bas, mon enfant, disait la tête silencieusement.

Simon leva les yeux vers le ciel et sentit peser sur son crâne sa chevelure mouillée. Pour la première fois, il vit des nuages dans ce ciel : d'immenses tours aux renflements abondants, grises, blanches, cuivrées, qui se pressaient très bas sur l'île et provoquaient cette chaleur suffocante, épaisse. Les papillons eux-mêmes désertaient la clairière où cet objet hideux souriait et bavait. Simon baissa la tête et s'appliqua à garder les yeux fermés, les protégeant de sa paume. Point d'ombre sous les arbres, mais partout une immobilité nacrée qui enrobait d'irréel la réalité et en effaçait les contours. Le tas d'entrailles formait une masse grouillante de mouches qui bourdonnaient avec un bruit de scie. Gorgées, elles se précipitèrent sur Simon pour pomper la sueur qui lui dégoulinait sur le visage. Elles lui chatouillaient les narines et jouaient à saute-mouton sur ses cuisses. Innombrables, noires et d'un vert irisé. Devant Simon, pendue à son bâton, Sa-Majesté-des-Mouches ricanait. Simon céda enfin et lui rendit son regard. Il vit les dents blanches, les yeux ternes, le sang... Du fond des âges, une certitude de déjà vu, inexorable, enchaînait le regard de Simon. Dans sa tempe droite, une pulsation s'enflait, frappait le cerveau.

Ralph et Piggy, étendus sur le sable, contemplaient le feu et lançaient machinalement des galets dans ce foyer dépourvu de fumée.

— Cette branche est finie.

— Où sont Erik-et-Sam ?

— Il faudrait refaire une corvée de bois ; on n'a plus de branches vertes.

Ralph soupira et se leva. Il n'y avait plus d'ombres sous les palmiers du plateau, mais seulement cette lumière insolite qui semblait venir de tous les côtés à la fois. Là-haut, au-dessus des nuages qui se renflaient dans le ciel, éclata un coup de tonnerre.

— On va se faire saucer.

— Et le feu ?

Ralph courut sans hâte vers la forêt et revint avec une brassée de branches vertes qu'il jeta dans le feu. Le bois pétilla, fournissant une nappe de fumée jaune.

Du doigt, Piggy traçait dans le sable de vagues dessins.

– L'ennui, c'est qu'on est pas assez pour entretenir le feu. Tu as fini par compter Erik-et-Sam comme un seul. Ils font tout ensemble.

– Naturellement.

– Eh bien ! c'est pas juste. Tu comprends pas ? Ils devraient faire deux tours.

Ralph réfléchit et comprit le raisonnement. Il fut vexé de constater qu'il ne savait pas penser en adulte et soupira. La situation empirait chaque jour sur cette île.

Piggy fixa les yeux sur le feu.

– Il faudra bientôt une autre branche verte.

Ralph se roula sur le côté.

– Piggy, qu'est-ce qu'on va faire ?

– Oh ! on n'a qu'à continuer sans eux.

– Mais... le feu ?

Les sourcils froncés, il observa ce désordre de bois à demi calcinés : charbons noirs et cendres blanches. Il tenta de s'exprimer :

– J'ai peur.

Il vit Piggy lever la tête et bredouilla vite :

– Pas du monstre. Je veux dire, le monstre j'en ai peur aussi. Mais le feu : personne ne comprend. Si on te lançait une corde pendant que tu te noies ; si le docteur te disait : prenez ce médicament ou vous allez mourir... tu le ferais, hein ? Tu comprends ?

– Bien sûr que je le ferais.

– Alors, ils ne comprennent pas ? Ils ne savent pas que sans le signal de fumée on mourra ici ? Regarde-moi ça.

Une bouffée d'air chaud frémit au-dessus des cendres, mais sans en tirer un filet de fumée.

— On n'arrive pas à entretenir ce feu. Et ça leur est égal. Mais il y a pire...

Il regarda intensément le visage ruisselant de sueur de Piggy.

— Il y a que moi aussi, parfois, ça m'est égal. Si je devenais comme les autres... insouciant. Qu'est-ce qu'on deviendrait ?

Profondément troublé, Piggy retira ses lunettes.

— J'sais pas, Ralph. Il faut bien continuer quand même. C'est ça qu'ils feraient les grandes personnes.

Ralph ne pouvait plus arrêter le flot de ses confidences.

— Piggy, qu'est-ce qui ne va pas ?

Piggy lui lança un regard surpris.

— Tu veux parler du...

— Non, non, pas ça. Je veux dire : pourquoi les choses tournent-elles mal ?

Piggy réfléchit en frottant ses lunettes. Il comprit l'étendue de la confiance que Ralph lui accordait maintenant et il en rougit d'orgueil.

— Sais pas, Ralph. J'pense que c'est à cause de lui.

— Jack ?

— Jack.

Un tabou enveloppait aussi ce nom-là.

Ralph approuva d'un signe de tête solennel.

— Oui, admit-il, ce doit être lui.

Non loin d'eux, la forêt s'anima soudain. Dans un bruit infernal en jaillirent des démons hurlants au visage peinturluré de blanc, de rouge et de vert et les petits s'enfuirent, terrorisés.

Du coin de l'œil, Ralph aperçut Piggy qui courait. Deux assaillants se précipitèrent sur le feu et Ralph se prépara à se défendre, mais ils se contentèrent de saisir des branches à demi brûlées pour détaler sur la plage. Les trois autres, immobiles, observaient Ralph. Celui-ci reconnut Jack dans le plus grand des trois, complètement nu, à part sa ceinture et ses ramages de peinture.

Ralph retrouva son souffle :

– Alors ?

Sans faire attention à lui, Jack brandit son javelot et cria à pleine voix :

– Ecoutez, vous autres. Mes chasseurs et moi on s'est installés sur une roche plate au bord de la plage. On fait des parties de chasse, des festins, et on s'amuse. Ceux qui veulent faire partie de notre tribu n'ont qu'à venir. On les acceptera ou pas. Ça dépend.

Il se tut et lança un coup d'œil à la ronde. Son masque de peinture le préservait de la gêne ou de la timidité et il pouvait les regarder les uns après les autres. Agenouillé auprès de son feu mourant comme un coureur prêt à bondir au signal, Ralph avait le visage à demi dissimulé par la saleté et les mèches de cheveux. Erik-et-Sam, cachés derrière un palmier, à la lisière de la forêt, observaient la scène à la dérobée. Un petit, cramoisi et le visage contracté, hurlait près de la piscine. Piggy restait debout, au bord du plateau, les mains crispées sur la conque.

– Ce soir, grand festin chez nous. On a tué un cochon et la viande ne manque pas. Vous pouvez venir manger avec nous si ça vous dit.

Là-haut, dans les nuages ravinés, le tonnerre gronda de nouveau. Jack et les deux sauvages anonymes frémirent, levèrent la tête et se ressaisirent. Le petit continuait à hurler. Jack attendait quelque chose. Il murmura une phrase à l'oreille de ses compagnons :

– Allez-y... maintenant.

Les deux sauvages protestèrent, mais Jack reprit sévèrement :

– Allez !

Les deux sauvages échangèrent un regard, levèrent leur arme ensemble et dirent en chœur :

— Le chef a parlé.

Les trois s'éloignèrent en courant.

Enfin, Ralph se leva, les yeux fixés sur l'endroit où s'étaient tenus les sauvages. Erik-et-Sam approchèrent, s'entretenant à mi-voix d'un air terrorisé.

— Je croyais que c'était...

— Et j'ai eu...

— Peur.

Piggy se tenait toujours au même endroit et tenait la conque.

— C'étaient Jack, Maurice et Robert, dit Ralph. Ils s'amusent bien.

— J'ai cru que j'allais avoir une crise d'asthme.

— Zut pour ton as-ticot.

— Quand j'ai vu Jack, j'étais sûr qu'il voulait prendre la conque. Sais pas pourquoi.

Le groupe de garçons considérait la conque avec une affection respectueuse. Piggy la mit dans les mains de Ralph, et les petits, à la vue du symbole familier, commencèrent à revenir.

— Pas ici.

Il se tourna vers le plateau, car il sentait le besoin de se raccrocher aux rites. Ralph marchait en tête, portant la conque blanche dans ses bras, puis Piggy, l'air très grave, enfin les jumeaux, les petits et les autres.

— Asseyez-vous tous. Ils nous ont attaqués pour avoir du feu. Ils s'amusent bien. Mais le...

Ralph s'étonnait qu'un volet parût obturer par moments son cerveau. Au moment où il allait exprimer son idée, le volet se fermait.

— Mais le...

Tous le regardaient gravement ; aucun doute n'altérait encore leur confiance en lui. Ralph repoussa les mèches stupides qui lui tombaient dans les yeux et regarda Piggy.

– Mais le... oh... le feu ! Naturellement le feu !

Il eut un rire vite réprimé et retrouva toute son éloquence.

– Le feu, c'est ce qu'il y a de plus important. Sans feu, pas de secours. Moi aussi ça m'amuserait de me peinturlurer et de jouer au sauvage. Mais il faut entretenir notre feu. C'est ce qu'il y a de plus important dans l'île, parce que... parce que...

Il s'interrompit de nouveau et, cette fois, la perplexité et le doute envahirent le silence.

Piggy murmura en hâte :

– Les secours.

– Ah ! oui, sans le feu on n'aura pas de secours. Alors, il faut rester près du feu et faire de la fumée.

La fin de sa tirade fut accueillie par le silence. Après les nombreux discours brillants faits en ce même lieu, les remarques de Ralph sonnaient creux, même pour les petits.

Enfin, Bill tendit les mains vers la conque.

– Maintenant qu'on peut plus faire de feu là-haut... puisque... enfin puisqu'on peut plus faire de feu là-haut, il faut être plus nombreux pour l'entretenir. Si on allait à ce festin, on pourrait leur dire que c'est dur pour nous seuls ce feu. Et puis, il faut dire que la chasse et tout ça... jouer au sauvage... ça doit être drôlement chouette.

Erik-et-Sam prirent la conque.

– Oui, comme dit Bill, ça doit être drôlement chouette. Et puis, il nous a invités...

– A un festin...

– De la viande...

– Bien rôtie...

– J'en ai bien envie de viande...

Ralph leva la main.

– Pourquoi ne pourrions-nous pas nous procurer de la viande nous-mêmes ?

Les jumeaux échangèrent un regard. Bill répondit :

– On veut pas aller dans la jungle.

Ralph eut une grimace.

– Lui... vous savez... il y va.

– C'est un chasseur... Ils sont tous chasseurs. C'est pas la même chose.

Nul ne prit la parole pendant un moment, puis Piggy marmonna, la tête baissée :

– De la viande...

Les petits gardaient un air solennel et la pensée de la viande les faisait baver. Dans le ciel résonna un nouveau coup de canon et une soudaine rafale agita les feuilles sèches des palmiers.

– Tu n'es qu'un petit sot, dit Sa-Majesté-des-Mouches, rien qu'un petit garçon ignorant.

Simon remua sa langue enflée, mais ne dit rien.

– N'es-tu pas d'accord ? interrogea Sa-Majesté-des-Mouches. N'est-ce pas que tu n'es qu'un petit sot ?

Simon lui répondit de la même voix silencieuse :

– Eh bien ! conclut Sa-Majesté-des-Mouches, tu ferais mieux d'aller jouer avec les autres. Ils te croient cinglé. Tu n'as pas envie que Ralph te prenne pour un cinglé, n'est-ce pas ? Tu aimes bien Ralph, n'est-ce pas ? Et Piggy, et puis Jack ?

Simon avait la tête légèrement relevée de côté. Il ne pouvait arracher son regard de Sa-Majesté-des-Mouches qui était suspendue devant lui, dans l'espace.

– Que fais-tu ici, tout seul ? Tu n'as donc pas peur de moi ?

Simon trembla.

– Allons, en voilà assez. Mon pauvre enfant, tu fais erreur et tu crois en savoir plus long que moi.

— Il n'y a personne ici pour t'aider. Il n'y a que moi. Et moi, je suis le Monstre.

La bouche de Simon fit un effort et articula d'une voix à peine intelligible :

— Une tête de cochon au bout d'un piquet.

— Comme si le Monstre était de ceux qu'on chasse et qu'on tue ! dit la tête.

Pendant un instant, la forêt et tous les endroits encore vaguement visibles renvoyèrent l'écho d'un rire déformé.

— Tu savais bien, voyons, que je faisais partie de toi. Intimement partie de toi, intimement. Je suis ce qui fait que rien ne va, tu le sais ? Ce qui fait que les choses sont comme elles sont.

Le rire hoqueta de nouveau.

— Allons, conseilla Sa-Majesté-des-Mouches, retourne auprès des autres et nous oublierons tout cela.

Simon écoutait. La tête lui tournait. Il avait les yeux mi-clos comme pour imiter la chose hideuse enfilée sur un piquet. Il sentait qu'une de ses crises allait le prendre. Sa-Majesté-des-Mouches enflait comme un ballon.

— Voyons, ceci est ridicule. Tu sais très bien que tu me retrouveras en bas... alors, n'essaye pas de t'échapper !

Le corps de Simon se raidissait. Sa-Majesté-des-Mouches parlait avec une voix de magister.

— Allons, en voilà assez. Mon pauvre enfant, tu fais erreur et tu crois en savoir plus long que moi ?

Il y eut une pause.

— Je t'avertis. Je vais me fâcher. Tu vois ? On ne veut pas de toi ici. Tu comprends ? On va bien s'amuser dans cette île. Entends-tu ? On va bien s'amuser dans cette île. Alors, ne fais pas des tiennes, mon pauvre enfant fourvoyé, sans quoi...

Simon regardait à l'intérieur d'une vaste gueule. L'intérieur était tout noir. Et autour aussi tout devenait noir.

– Sans quoi, proféra Sa-Majesté-des-Mouches, on vous aura. Compris ? Jack et Roger, et Maurice et Robert, et Bill et Piggy et Ralph. Compris ? Hein ?

Simon était à l'intérieur de la gueule. Il y tomba et perdit connaissance.

IX
Aspect d'une mort

Les nuages continuaient à s'amonceler au-dessus de l'île. Une nappe d'air chaud montait constamment de la montagne et s'élevait jusqu'à trois mille mètres ; l'atmosphère était saturée d'électricité prête à jaillir. Tôt dans la soirée le soleil disparut, laissant une lueur cuivrée. Même l'air du large n'apportait aucune fraîcheur. La mer, les arbres et les roches rouges perdaient leurs couleurs sous le blanc uniforme et sale des nuages. Rien ne bougeait, sauf les mouches qui couvraient leur souverain d'un voile noir et donnaient aux entrailles répandues l'aspect d'un tas de charbon brillant. Quand un vaisseau éclata dans le nez de Simon et que le sang coula de ses narines, elles ne se dérangèrent même pas, tant elles préféraient la saveur plus forte du cochon.

Ce saignement de nez terminait la crise de Simon qui s'endormit de fatigue. Il resta étendu sur le tapis de lianes, tandis que le soir tombait et que le canon tonnait dans le ciel. Quand il s'éveilla enfin, Simon distingua vaguement la terre sombre sous sa joue. Mais il ne bougea pas, gardant le visage collé au sol, le regard vide fixé devant lui. Enfin, il se retourna, replia ses jambes sous lui et s'accrocha aux lianes pour se relever. Le mouvement des lianes se communiqua aux mouches dont la masse, comme un ressort, jaillit des entrailles, mais s'y replongea aussitôt. Simon se leva. L'obscurité était sinistre. Sa-Majesté-des-Mouches pendait au bout de son piquet comme un ballon noir.

Simon parla à haute voix dans la clairière :

– Et que faire, autrement ?

Rien ne répondit. Simon se glissa dans les fourrés et se trouva dans la forêt obscure. Il marchait en tirant la jambe, le visage dénué d'expression ; le sang coagulé formait une croûte sur ses lèvres et son menton. Il écartait des rideaux de lianes, s'orientait entre les arbres d'après la pente du terrain, et sa bouche formait parfois des mots inaudibles.

Il atteignit enfin un endroit où les lianes étaient clairsemées et où une lumière nacrée filtrait entre les troncs. Il se trouvait sur une sorte d'arête, située au pied de la montagne, qui traversait l'île en longueur et où la jungle devenait moins épaisse. De vastes clairières tachetées de fourrés et de grosses futaies se succédaient et guidaient Simon vers l'orée de la forêt. Il suivait la pente et montait avec lassitude, trébuchant parfois, mais sans s'arrêter. Son regard avait perdu son éclat habituel et il avançait avec la morne détermination d'un vieillard.

Une gifle du vent le fit trébucher et il s'aperçut que, sous un ciel cuivré, les arbres faisaient place aux rochers. Il sentait une faiblesse dans ses jambes et une douleur à la bouche. Quand le vent atteignit le sommet de la montagne, Simon perçut un mouvement insolite ; un pan d'étoffe bleue remua sur un fond de nuages sombres. Il se força à avancer et le vent reprit avec plus de force dans la cime des arbres qui ployaient et rugissaient. Simon vit une chose bossue qui se redressait tout à coup et le regardait. Il se cacha le visage et avança péniblement.

Les mouches aussi avaient trouvé cette chose. Effrayées par ses mouvements, simulacres de vie, elles s'envolaient et formaient un nuage noir autour de la tête. Puis, quand la toile bleue du parachute se dégonflait, le gros pantin se penchait en avant dans un soupir et les mouches s'installaient de nouveau.

Les genoux de Simon heurtèrent le rocher. Il avança à quatre pattes et comprit aussitôt. Les suspentes emmêlées lui expliquaient le fonctionnement de cette pantomime ; il observa les os du nez tout blanchis, les dents, les teintes de la chair en décomposition. Il vit que la toile et le caoutchouc corsetaient sans pitié le pauvre corps qui aurait dû pourrir en paix. Sous un nouveau coup de vent, le pantin se redressa, salua du buste, et lui lança une bouffée d'air fétide. Toujours agenouillé, à quatre pattes, Simon vomit tout le contenu de son estomac. Cela fait, il saisit les suspentes, les dégagea des rochers, libérant ainsi le cadavre des insultes du vent.

Enfin, il se détourna et regarda la plage. Sur le plateau, le feu semblait mort, ou du moins il ne fumait plus. Plus loin, au-delà du petit cours d'eau, près d'une grande roche plate, un mince filet de fumée montait dans le ciel. Insensible aux mouches, Simon protégea ses yeux de ses mains en abat-jour pour mieux voir cette fumée. Même de si loin, on voyait que la plupart des garçons – tous peut-être – se trouvaient là. Ils avaient donc changé leur camp d'emplacement, pour s'éloigner du monstre. A cette pensée, Simon se tourna vers le pauvre corps brisé qui pourrissait à ses côtés. Ce « monstre » était horrible, mais bien inoffensif ; Simon décida de faire part de sa découverte aux autres, le plus vite possible. Il entreprit la descente d'un pas flageolant. Malgré ses efforts, il trébuchait sans cesse.

— Se baigner, constata Ralph, c'est encore ce qu'on a de mieux à faire.

Piggy observait à travers son verre unique le ciel incertain.

— J'aime pas ces nuages. Tu te rappelles ce qui est tombé comme pluie, quand on est arrivés ici ?

— Oui, ça va recommencer.

Ralph plongea. Quelques petits jouaient au bord de la piscine, et ils essayaient de trouver un réconfort dans cette eau plus chaude que leur corps. Piggy enleva ses lunettes, entra dans l'eau avec un air guindé et remit ses lunettes. Ralph remonta à la surface et lui souffla de l'eau au visage.

— Attention à mes lunettes, protesta Piggy. Si le verre se mouille, faut que je sorte pour l'essuyer.

Ralph souffla de nouveau, mais manqua son but. Il rit, s'attendant à ce que Piggy se retirât comme d'habitude dans un silence humble et peiné. Mais celui-ci brassa l'eau de ses deux mains.

— Arrête ! cria-t-il. Arrête, tu entends ?

Furieux, il lançait de l'eau dans le visage de Ralph.

— Bon, ça va, ça va, ne t'énerve pas.

Piggy cessa de lancer de l'eau.

— J'ai mal à la tête. Je voudrais qu'il fasse plus frais.

— Et moi je voudrais qu'il pleuve.

— Je voudrais rentrer à la maison.

Piggy se coucha sur le dos dans le sable en pente qui bordait la piscine. L'eau séchait sur son ventre proéminent. Ralph lança un jet d'eau en l'air. Seule la progression d'une tache claire derrière les nuages décelait les mouvements du soleil. Ralph s'agenouilla dans l'eau et lança un regard circulaire.

— Où sont-ils tous passés ?

Piggy se redressa.

— Ils sont peut-être dans les cabanes.

— Où sont Erik-et-Sam ?

— Et Bill ?

Du doigt, Piggy désigna un endroit au-delà du plateau.

— Tiens, voilà où ils sont : au festin de Jack.

— Eh bien ! qu'ils y restent, trancha Ralph non sans malaise. Ça m'est égal.

— Tout ça pour un peu de viande...

— Et pour des parties de chasse, ajouta Ralph, psychologue, et pour jouer aux sauvages peinturlurés sur le sentier de la guerre.

Piggy plongea la main dans l'eau et remua le sable sans regarder Ralph.

— On ferait peut-être bien d'y aller aussi.

Ralph lui lança un vif coup d'œil et Piggy rougit.

— Tu comprends... pour s'assurer qu'il arrive rien.

Ralph lança un jet d'eau devant lui.

Bien avant d'arriver au campement de Jack, Ralph et Piggy entendaient le bruit des réjouissances. Une herbe épaisse poussait sur une large bande de terrain comprise entre la forêt et la plage. Juste en contrebas s'amoncelait le sable blanc et sec que la marée n'atteignait jamais, et dont la surface tiède était abondamment piétinée. Plus bas, séparée de l'eau par une mince langue de sable, s'étalait jusqu'au lagon une dalle rocheuse où un cochon rôtissait sur un feu pétillant. Ralph et Piggy ne voyaient pas les flammes, mais entendaient grésiller la graisse. A part Simon et les deux garçons qui surveillaient la cuisson, tous les habitants de l'île se trouvaient groupés sur l'herbe. Ils riaient, chantaient et mangeaient. Les uns étaient couchés, d'autres accroupis ou debout. A en juger par les visages barbouillés de graisse, le festin était presque terminé, et les convives buvaient de l'eau dans des calebasses. Jack, bariolé de peinture et couronné de fleurs, trônait comme une idole sur un tronc renversé au centre de la pelouse. De la viande s'empilait devant lui, posée sur des feuilles vertes, ainsi que des fruits et des calebasses remplies d'eau.

Piggy et Ralph parurent au bord du plateau herbu ; le silence faisait tache d'huile au fur et à mesure que leur présence se remarquait. Lorsque le garçon qui parlait à Jack se tut à son tour, ce dernier se retourna sur son trône et considéra les arrivants sans mot dire. On n'entendait que le pétillement du feu et, en sourdine, le grondement des vagues sur l'atoll. Ralph détourna le regard vers Sam qui crut y lire une accusation et lâcha son os à demi rongé, avec un rire nerveux. Ralph fit un pas hésitant, montra un palmier à Piggy et lui murmura quelques mots à l'oreille ; puis tous deux eurent le même rire que Sam. Enfin, Ralph se dépêtra du sable mou et fit semblant de poursuivre son chemin. Piggy essaya de siffloter.

Au même moment, les « cuisiniers » arrivèrent en courant, avec un gros quartier de viande. Ils se butèrent dans Piggy qui, brûlé par la viande fumante, se mit à danser sur place en poussant des cris. Un fou rire général unit Ralph aux autres garçons et détendit l'atmosphère. Une fois de plus, Piggy servait de bouc émissaire et son ridicule permettait à la communauté de retrouver son équilibre et sa gaieté.

Jack se leva et brandit son javelot.

– Qu'on leur donne de la viande.

Les marmitons prirent sur la broche deux morceaux succulents pour les tendre à Ralph et Piggy. La salive leur vint à la bouche. Debout, ils dévorèrent leur viande sous un ciel menaçant et cuivré où grondait l'orage imminent.

De nouveau, Jack brandit son arme.

– Tout le monde a mangé à sa faim ?

Il restait des morceaux de viande grésillant encore sur les fragments de broche de bois et posés sur des feuilles. Trahi par son appétit, Piggy jeta son os bien nettoyé sur la plage et se baissa pour prendre une autre portion.

Jack répéta d'un ton impatient :

– Tout le monde a assez mangé ?

La fierté de la possession résonnait dans sa voix comme un avertissement et les garçons se dépêchaient de se bourrer pendant qu'ils le pouvaient encore. Jack comprit que le moment n'était pas venu de clore le festin et, se levant de son trône, il se dirigea d'un pas nonchalant vers le bord du plateau. Dans son visage barbouillé de peinture, ses yeux s'abaissaient sur Ralph et Piggy. Ces derniers reculèrent légèrement sur le sable et Ralph continua à manger, le regard fixé sur le feu. Sans comprendre, il s'aperçut que les flammes ressortaient plus nettement sur le fond de ciel terne. Le soir etait tombé, non pas dans le calme et la beauté, mais avec une menace de violence.

– A boire ! ordonna Jack.

Henry obéit et Jack but, les yeux fixés sur Ralph et Piggy par-dessus le bord irrégulier de sa calebasse. Ses bras bruns et musclés lui conféraient la puissance ; l'autorité, telle une guenon perchée sur son épaule, le harcelait.

— Asseyez-vous tous.

Les garçons s'assirent devant lui en rangées parallèles, mais Ralph et Piggy restèrent à l'étage en dessous, les pieds dans le sable. Sans s'adresser à eux, Jack tourna son masque de peinture vers la masse et brandit son javelot.

— Qui veut faire partie de ma tribu ?

— Je suis chef, s'interposa Ralph, parce que vous m'avez tous choisi. Nous devions entretenir notre feu. Et au lieu de ça, vous courez après la viande...

— Toi aussi ! cria Jack. Tu as un os dans la main.

Ralph s'empourpra.

— J'ai dit que vous étiez des chasseurs. C'était votre boulot.

Jack lui tourna le dos.

— Qui veut faire partie de ma tribu et bien s'amuser ?

— C'est moi le chef, affirma Ralph. Et le feu alors ? Et puis, c'est moi qui ai la conque.

— Tu ne l'as pas ici, ricana Jack. Tu l'as laissée là-bas. Eh ! tu vois, gros malin ? Et puis, d'abord, la conque ne compte pas sur cette partie de l'île.

Tout à coup, le tonnerre éclata. Au lieu de grondements lointains, ce fut un claquement bref ; la foudre tomba.

— Si, la conque a la même valeur ici et dans toute l'île, protesta Ralph.

— Ah ! Eh bien ! qu'est-ce que tu vas faire ?

Ralph parcourut du regard les rangées de garçons. Il n'y trouva aucun appui et, trempé de sueur, détourna les yeux avec gêne. Piggy lui murmura à l'oreille :

— Le feu... des secours.

— Alors, qui entre dans ma tribu ?

— Moi !

— Moi aussi.

– Et moi !

– Je vais sonner le rassemblement avec la conque, jeta Ralph éperdu.

– On l'entendra pas.

Piggy saisit le poignet de Ralph.

– Viens. Va y avoir du grabuge. Et on a eu notre part de viande.

Une lueur zébra le ciel entre les arbres et la foudre tomba de nouveau au-delà de la forêt. Un petit se mit à pleurnicher. De grosses gouttes de pluie s'écrasèrent sur les garçons à grand bruit.

– Il va faire de l'orage, dit Ralph, et la pluie sera aussi forte que le jour de notre arrivée. Qui est le gros malin, maintenant ? Où sont vos abris ? Comment allez-vous vous débrouiller ?

Les chasseurs examinaient le ciel à la dérobée et faisaient la grimace sous la morsure des gouttes de pluie. Un flottement se produisit dans les rangs. Les éclairs étaient plus rapprochés et les coups de tonnerre devenaient assourdissants. Les petits s'égaillèrent en hurlant.

Jack bondit sur le sable.

– On va faire notre danse ! Allez ! Venez tous !

Il courut en trébuchant dans le sable épais et s'arrêta sur la dalle rocheuse derrière l'emplacement du feu. Entre les éclairs, il faisait une obscurité terrifiante. Tous les garçons le suivirent avec des clameurs. Roger prit le rôle du cochon et se précipita en grognant sur Jack qui l'évita d'un bond. Les chasseurs saisirent leur arme, les cuisiniers leur broche et les autres s'emparèrent de gourdins. La masse s'ébranla en un mouvement circulaire, et une mélopée s'éleva. Tandis que Roger mimait la terreur du cochon, les petits s'ébattaient en dehors du cercle. Sous la menace du ciel, Ralph et Piggy trouvaient du réconfort dans la compagnie de leurs semblables, si déchaînés fussent-ils, et ils entrèrent dans la danse. Ils étaient contents de toucher cette barrière de dos bruns qui endiguait la terreur et la rendait contrôlable.

– A mort la bête ! Qu'on l'égorge ! Qu'on la saigne !

Le mouvement s'organisait ; la mélopée, moins échevelée qu'au début, devenait scandée comme le battement d'un pouls régulier. Roger abandonna son rôle de proie pour se joindre aux chasseurs, de sorte que le centre du cercle resta vide. Quelques petits organisèrent aussi une ronde. Les deux ronds tournaient sans relâche, comme si la continuité de leur mouvement leur assurait une sécurité particulière. On eût dit la pulsation rythmique d'une cellule vivante.

Le ciel noir fut labouré par une déchirure d'un blanc bleuâtre. Une seconde plus tard, le bruit se fracassait juste au-dessus d'eux comme un coup de fouet gigantesque. La mélopée devint frénétique et plus aiguë.

– A mort la bête ! Qu'on l'égorge ! Qu'on la saigne !

La terreur se doublait maintenant d'un autre désir, lourd, pressant, aveugle.

– A mort la bête ! Qu'on l'égorge ! Qu'on la saigne !

Ce fut de nouveau la déchirure d'un blanc bleuâtre et l'explosion aux relents de soufre. Les petits couraient en tous sens et hurlaient. L'un d'eux, épouvanté, se précipita dans le cercle des grands.

– Le voilà ! Le voilà !

Le cercle s'ouvrit en fer à cheval. Quelque chose sortait en rampant de la forêt. Une masse sombre avançait, incertaine. Devant le monstre s'éleva une clameur aiguë comme un cri de douleur. Le monstre entra dans la ronde en chancelant.

— A mort la bête ! Qu'on l'égorge ! Qu'on la saigne !

Le ciel restait constamment déchiré de blanc, le bruit devenait insupportable. Simon criait des explications au sujet d'un mort sur une montagne.

— A mort la bête ! Qu'on l'égorge ! Qu'on la saigne ! Qu'on l'achève !

Les bâtons s'abaissèrent et le cercle se referma comme une gueule grinçante et hurlante. Le monstre était au centre, agenouillé, les bras croisés sur le visage, et il criait toujours ses explications au sujet d'un mort sur une montagne. Enfin, le monstre fit un effort vacillant, brisa l'étreinte du cercle et tomba du rocher dans le sable au bord de l'eau. Aussitôt, une lave vivante coula à sa suite sur la murette rocheuse, recouvrit le monstre et, avec des cris inarticulés, se mit à frapper, à mordre, à déchirer. On n'entendait pas un mot, mais des bruits de mâchoires et de griffes.

Alors les nuages crevèrent, libérant une véritable cataracte. L'eau cascadait sur le flanc de la montagne, arrachait sur son passage les feuilles et les branches, et se déversait comme une douche froide sur la grappe humaine accrochée à sa proie. La grappe se désintégra enfin et quelques silhouettes s'écartèrent en trébuchant. Mais le monstre, à quelques mètres de la mer, restait immobile. La pluie ne masquait pas sa petite taille ; et déjà son sang rougissait le sable.

Le vent se leva, chassa la pluie et secoua l'eau des branches. Au sommet de la montagne, le parachute se gonfla et se déplaça ; le pantin glissa, se dressa tout debout, tournoya sur lui-même, oscilla à travers l'espace mouillé et frôla de ses pieds maladroits le sommet des hautes futaies. Il tomba, tomba, et s'abattit sur la plage où les garçons fuyaient, éperdus, dans les

Mais le monstre, à quelques mètres de la mer, restait immobile.

ténèbres. Le parachute emporta le pantin plus loin, encore plus loin, sillonnant le lagon sur toute sa longueur pour franchir le bord de l'atoll auquel il se heurta avant de s'abîmer au large.

Vers minuit, la pluie cessa et les nuages s'enfuirent, si bien que le ciel s'emplit de nouveau de l'incroyable scintillement des étoiles. Quand la brise tomba, on n'entendit plus que le clapotis de l'eau qui coulait dans toutes les crevasses et, goutte à goutte, tombait des feuilles sur la terre brune de l'île. L'air était frais, humide et clair. Enfin tout se tut, même le bruit de l'eau. Le monstre restait en tas sur le sable pâle et les taches s'étalaient de plus en plus.

Le bord du lagon était souligné de phosphorescence au fur et à mesure que progressait la marée. L'eau claire reflétait le ciel clair et les constellations anguleuses. La ligne phosphorescente grignotait les grains de sable et les petits galets dans son avance ; elle les enfermait chacun dans une fossette provisoire, puis les acceptait soudain avec un glouglou et gagnait du terrain.

Le long de la plage, dans l'eau peu profonde, cette clarté mouvante se remplissait d'étranges animalcules au corps fait d'un rayon de lune et aux yeux étincelants. Çà et là, un galet plus gros que les autres restait accroché à sa place et se couvrait d'une couche de perles. La marée nivelait le sable piqueté par la pluie et le dissimulait sous une couche argentée. Quand elle atteignit la première tache autour du corps désarticulé, les animalcules se groupèrent à sa limite en une masse mouvante et claire. L'eau monta encore et nimba de lumière la chevelure sauvage de Simon. Le contour de sa joue fut souligné d'argent et son épaule se changea en marbre de statue. Les étranges petits organismes aux yeux étincelants, au corps vaporeux, s'affairaient autour de la tête de Simon. Le corps se souleva imperceptiblement sur le sable et une bulle d'air s'échappa de la bouche avec un bruit mouillé. Puis le corps se retourna doucement dans l'eau.

Là-bas, derrière le bord obscur du monde, le soleil et la lune exerçaient leur action ; la couche liquide suivait sa voie sur la planète terrestre et s'enflait d'un côté pendant que la boule solide poursuivait sa révolution. La grande force poussait la marée vers l'île et le niveau de l'eau montait. Lentement, entouré par une frange d'animalcules scintillants et affairés, silhouette d'argent sous les constellations impassibles, le corps de Simon s'en alla vers le large.

X
La conque et les lunettes

Piggy surveillait attentivement la personne qui approchait. Il avait découvert depuis quelque temps qu'il voyait mieux s'il enlevait ses lunettes et mettait le verre intact devant son autre œil. Mais son bon œil lui-même ne s'y trompait pas : après ce qui était arrivé, Ralph restait facilement reconnaissable. Il débouchait du couvert des cocotiers, boitillant, sale, ses mèches blondes pleines de feuilles mortes, un œil bouffi dans une joue enflée, et le genou droit couvert d'une grande croûte. Ralph s'arrêta un moment, observant le plateau.

– Piggy ? Es-tu seul ?

– Y a quelques petits.

– Ils ne comptent pas. Plus de grands ?

– Oh... Erik-et-Sam. Ils ramassent du bois.

– Personne d'autre ?

– J'crois pas.

Ralph grimpa sur le plateau avec précaution.

L'herbe drue était encore tassée sur le lieu de réunion ; la fragile conque blanche brillait toujours près du tronc poli. Ralph s'assit dans l'herbe, face à la conque et au siège du chef. Piggy s'agenouilla à sa gauche et un long silence s'appesantit entre eux.

Ralph s'éclaircit enfin la voix pour murmurer un mot.

Sur le même ton, Piggy répondit :

— Qu'est-ce que tu dis ?

Ralph répéta plus fort :

— Simon.

Piggy se contenta de hocher la tête d'un air solennel. Immobiles, ils contemplaient de leur vue troublée le siège du chef et le lagon étincelant. La lumière verte et les flaques lumineuses de soleil se jouaient sur leurs corps souillés.

Ralph finit par se lever. D'un geste caressant, il prit la conque à deux mains et s'agenouilla contre le tronc.

— Piggy...

— Hein ?

— Qu'est-ce qu'on va faire ?

Du menton, Piggy désigna la conque.

— Tu pourrais...

— Sonner le rassemblement ?

Ralph souligna sa phrase d'un rire âpre et Piggy fronça les sourcils.

— C'est toujours toi le chef.

Ralph rit de nouveau.

— Oui, c'est toi. Notre chef.

— J'ai la conque.

— Ralph ! Ne ris pas comme ça ! Ecoute, c'est pas bien, je t'assure. Les autres, qu'est-ce qu'ils vont penser ?

Ralph s'arrêta enfin. Il tremblait.

— Piggy...

— Hein ?

— C'était Simon.

— Tu l'as déjà dit.

— Piggy...

— Hein ?

— C'était un assassinat.

— Ça va ! protesta Piggy d'une voix aiguë. A quoi que ça sert de parler comme ça ?

Il se redressa d'un bond et baissa les yeux sur Ralph.

— Il faisait noir. Il y avait cette... cette sacrée danse. Et puis l'orage, des éclairs, du tonnerre. On avait peur !

— Moi, je n'avais pas peur, reconnut Ralph lentement. J'étais... Je ne sais pas comment dire.

— Je te répète qu'on avait peur.

Piggy s'énervait.

— Il aurait pu arriver j'sais pas quoi. C'était pas... ce que t'as dit.

Il gesticulait, cherchait des formules.

— Oh ! Piggy !

La voix de Ralph, désolée, étouffée, l'arrêta net dans sa mimique. Il se baissa et attendit. Serrant la conque, Ralph se balançait d'avant en arrière.

— Tu ne comprends donc pas, Piggy ? Ce que nous avons fait...

— Peut-être qu'il n'est pas...

— Si.

— Peut-être qu'il faisait semblant...

L'expression de Ralph l'empêcha d'achever.

— Tu étais en dehors. En dehors du cercle. Tu ne t'es pas mêlé à ça. Mais tu n'as donc pas vu ce que nous... ce qu'ils ont fait ?

Dans sa voix vibrait un dégoût mêlé d'une sorte d'excitation fiévreuse.

— Tu n'as pas vu, Piggy ?

– Pas très bien. J'ai plus qu'un œil, tu devrais le savoir, Ralph.

Ralph continuait à se bercer.

– C'était un accident, déclara brusquement Piggy. Un accident, voilà tout.

Sa voix redevint aiguë.

– S'amener comme ça dans le noir... Il avait pas le droit de s'amener comme ça en rampant dans le noir. Il était toqué. C'est sa faute.

Il se reprit à gesticuler.

– Un accident, c'était un accident...

– Tu n'as pas vu ce qu'ils ont fait...

– Ecoute, Ralph, il faut oublier ça. Ça ne sert à rien d'y penser, tu comprends ?

– J'ai peur. Peur de nous. Je voudrais être à la maison. Oh ! mon Dieu, comme je voudrais être chez nous !

– C'était un accident, et voilà tout, répétait Piggy obstinément.

Il toucha l'épaule nue de Ralph qui frémit à ce contact humain.

– Et puis écoute, Ralph. (Piggy lança un regard circulaire à la dérobée.) Le dis pas qu'on y était à cette danse. Le dis pas à Erik-et-Sam.

– Mais nous y étions ! Tous !

Piggy secoua la tête.

– Pas nous, on est pas restés jusqu'à la fin. Ils y ont rien vu dans le noir. D'ailleurs, moi, t'as dit que j'étais en dehors...

– Moi aussi, marmonna Ralph. Moi aussi, j'étais en dehors.

Piggy se hâta d'approuver.

– Parfaitement. Nous, on était en dehors. On a rien fait, on a rien vu.

Après une pause, il reprit :

– On restera nous quatre ensemble...

— Quatre. Ce n'est pas assez pour entretenir le feu.
— On essayera. Tu vois, je l'ai bien allumé.

Erik-et-Sam sortaient de la forêt, traînant une énorme bûche. Ils la jetèrent sur le feu et se dirigèrent vers la piscine.
— Hé ! vous deux !
Les jumeaux hésitèrent une seconde et poursuivirent leur chemin.
— Ils vont se baigner, Ralph.
— Oui, mais il vaut mieux en finir.
Surpris de voir Ralph, les jumeaux rougirent et détournèrent les yeux.
— Tiens, c'est toi, Ralph ?
— On vient d'aller dans la forêt...
— ... ramasser du bois pour le feu...
— ... Hier soir, on s'est perdus...
Les yeux baissés, Ralph dit :
— Vous vous êtes perdus après le...
Piggy nettoyait ses lunettes.
— Après le festin, répondit Sam d'une voix étouffée.
Erik approuva d'un signe de tête.
— Oui, après le festin.
— Nous, on est partis très tôt, s'interposa hâtivement Piggy, parce qu'on était fatigués.
— Nous aussi...
— ... Très tôt...
— ... on était très fatigués.
Sam porta la main à son front zébré d'une égratignure et la retira vite. Erik toucha sa lèvre fendue.
— Oui. On était très fatigués, répéta Sam. Et on est partis tôt. Est-ce que c'était bien, cette...
Le silence était lourd de sous-entendus. Sam se tortilla avant de lancer le mot répugnant :
— ... cette danse ?
Le souvenir de cette danse — à laquelle ils préten-

daient n'avoir pas assisté – secoua les garçons d'un frisson convulsif.

– Nous sommes partis tôt.

Lorsque Roger parvint au pont rocheux qui unissait le château fort à la terre ferme, il ne fut pas surpris de s'entendre interpeller. Pendant la nuit d'horreur, il avait bien pensé qu'au moins une partie de la tribu s'abriterait dans cet endroit sûr pour échapper aux abominations de l'île.

La voix sonnait clairement tout en haut de la pyramide de roches en équilibre instable.

– Halte ! Qui va là ?

– Roger.

– Avance, ami.

Roger avança.

– Tu voyais très bien que c'était moi.

– Le chef a dit qu'il fallait interpeller n'importe qui.

Roger leva les yeux.

– Tu n'aurais pas pu m'empêcher de monter de toute façon.

– Ah ! tu crois ça ? Eh bien ! monte, et tu verras.

Roger gravit la falaise aussi raide qu'une échelle.

– Regarde ça.

Un tronc était passé sous la roche du sommet et un autre, glissé sous le premier, formait levier. Robert exerça une légère poussée sur le levier et la roche grinça. Un seul effort et la roche descellée s'écraserait sur le pont rocheux, en dessous. Roger admira.

– Ça c'est un vrai chef, hein ?

Robert acquiesça d'un signe de tête.

– Il va nous emmener à la chasse.

Du menton, il désigna les cabanes éloignées d'où montait un filet de fumée blanchâtre. Assis à l'extrême bord de la falaise, Roger couvrait l'île d'un regard sombre tout en agaçant du doigt une de ses dents qui branlait. Ses yeux se posèrent sur le lointain sommet de la montagne et Robert changea le cours de leurs pensées inexprimées.

– Il va battre Wilfred.

– Pourquoi ?

Robert secoua la tête en signe d'ignorance.

– Sais pas. Il l'a pas dit. Il s'est mis en colère et nous a fait ligoter Wilfred. Ça fait des heures – il eut un petit rire friand – ça fait des heures qu'il attend, ligoté...

– Mais le chef n'a pas dit pourquoi ?

– Pas que je sache.

Perché sur les roches branlantes, brûlantes de soleil, Roger eut une sorte d'illumination. Il lâcha sa dent et s'immobilisa, en réfléchissant aux possibilités d'une autorité arbitraire. Alors, sans un mot, il descendit un peu sur le versant rocheux et se dirigea vers la caverne en retrait où s'abritait la tribu.

Torse nu et le visage peint en rouge et blanc, le chef était installé devant la tribu accroupie en demi-cercle. Wilfred, qui venait d'être battu et délié, reniflait à grand bruit à l'arrière-plan. Roger s'accroupit près des autres.

– Demain, dit le chef, nous retournerons à la chasse.

De sa lance il désigna quelques-uns des sauvages.

– Certains d'entre vous resteront ici pour arranger la caverne et défendre l'entrée. J'emmènerai quelques chasseurs et on rapportera de la viande. Les sentinelles empêcheront les autres de se glisser chez nous.

Un sauvage leva la main et le chef tourna vers lui son visage rigide sous les bariolages.

– Dis, chef, pourquoi que les autres voudraient se glisser chez nous ?

Le chef répondit avec une gravité vague :

— Ils le feront. Ils essayeront de gâcher ce qu'on fait. Alors, que les sentinelles soient sur leurs gardes. Et puis...

Le chef se tut. On vit un curieux triangle rose passer sur ses lèvres et disparaître.

— Et puis, le monstre pourrait essayer d'entrer. Vous vous rappelez sa façon de ramper...

Un frisson accompagné de murmures approbateurs secoua l'assistance.

— Il s'était métamorphosé pour venir. Il peut revenir, malgré qu'on lui ait donné une tête à manger. Alors, ouvrez l'œil et le bon.

Stanley leva un index interrogateur.

— Oui ?

— Mais est-ce qu'on l'a pas... euh...

Il baissa les yeux en se tortillant.

— Non !

Dans le silence qui suivit, chacun des sauvages essaya d'éviter ses propres souvenirs.

— Non ! C'est pas nous qui pourrions... le... tuer...

A la fois soulagés et abattus par la perspective de terreurs à venir, les sauvages se remirent à murmurer :

— Alors, évitez la montagne si vous allez à la chasse, et laissez toujours une tête en offrande.

Le doigt de Stanley se leva de nouveau.

— Je pense aussi que la bête s'était métamorphosée.

— Peut-être, répondit le chef.

La question prenait tournure de discussion théologique.

— Il vaut mieux ne pas la contrarier en tout cas. On ne sait pas de quoi elle est capable.

Après un moment de réflexion, la tribu devint houleuse comme sous l'effet d'un coup de vent. Le chef s'aperçut de la portée de ses paroles et se leva brusquement.

— Mais demain, nous irons à la chasse et nous ferons encore un festin.

Bill leva la main.

— Chef.

— Oui.

— Avec quoi on allumera le feu ?

La peinture de ses joues dissimula la rougeur du chef. Il laissa s'installer un silence que la tribu peupla de murmures. Le chef leva la main.

— Nous prendrons du feu chez les autres. Ecoutez. Demain, on ira à la chasse et on ramènera de la viande. Ce soir, j'irai avec deux chasseurs... qui veut venir ?

Maurice et Roger levèrent la main.

— Maurice ?

— Oui, chef.

— Où était leur feu ?

— A l'endroit habituel, près du rocher.

Le chef fit un signe de tête.

— Vous autres, vous pouvez vous coucher dès que la nuit tombera. Mais nous trois, Maurice, Roger et moi, on a du travail à faire. On s'en ira juste avant le coucher du soleil...

Maurice leva la main.

— Mais si on rencontrait...

D'un geste, le chef écarta l'objection.

— On marchera sur le sable. Si on le rencontrait, on n'aurait qu'à recommencer notre danse.

— Nous trois tout seuls ?

De nouveau, le murmure s'enfla et retomba.

Piggy tendit ses lunettes à Ralph et attendit qu'on lui rendît la vue. Le bois était humide ; c'était leur troisième tentative pour l'allumer. Ralph marmonna :

— On va quand même pas passer encore une nuit sans feu.

-Nous prendrons du feu chez les autres...

Il regarda d'un air coupable les trois garçons debout à côté de lui. Pour la première fois, il reconnaissait au feu une double fonction. Bien entendu, il servait d'abord à signaler leur présence par une colonne de fumée, mais il représentait également un foyer et un réconfort avant le sommeil. Erik souffla sur le bois qui rougit et donna une petite flamme. Une bouffée de fumée blanche et jaune s'éleva. Piggy récupéra ses lunettes et regarda la fumée avec satisfaction.

— Si seulement on pouvait faire une radio...

— Ou un bateau...

Ralph fit appel aux bribes éparses de ses connaissances du monde.

— On risquerait de se faire faire prisonniers par les communistes.

Erik repoussa ses cheveux en arrière.

— Ça vaut mieux que...

Il ne voulait prononcer aucun nom, mais Sam termina la phrase pour lui en désignant la plage d'un signe de tête.

Ralph se rappela le parachute et son hideux fardeau.

— Il a parlé d'un mort...

Il rougit, car il reconnaissait ainsi avoir assisté à la danse. D'un mouvement expressif de tout son corps, il s'adressa à la fumée.

— Monte... ne t'arrête pas.

— Elle diminue cette fumée.

— Il nous faut plus de bois, même quand il est mouillé.

— Mon asthme...

La réponse fut machinale.

— Zut pour ton as-ticot.

— Si je traîne du bois, j'aurai une crise d'asthme. Je voudrais bien que ce soit autrement, mais j'y peux rien, Ralph.

Les trois garçons allèrent chercher du bois pourri dans la forêt. De nouveau, la colonne de fumée jaune s'épaissit.

– Allons manger.

Armés de leurs javelots, ils allèrent ensemble jusqu'aux arbres fruitiers et se gavèrent en hâte. Lorsqu'ils ressortirent de la forêt, le soleil se couchait. Le feu, réduit à quelques tisons, ne donnait plus de fumée.

– Je peux plus porter de bois, déclara Erik. Je suis fatigué.

Ralph s'éclaircit la voix.

– Là-haut, on entretenait bien le feu.

– Oui, mais il était petit. Ici, il faut le faire plus grand.

Ralph chargea le feu et contempla la fumée qui s'effilochait dans le noir.

– Il faut absolument l'entretenir.

Erik se jeta par terre.

– J'suis trop fatigué. Et puis, à quoi bon ?

– Erik ! s'exclama Ralph scandalisé, ne dis pas des choses pareilles !

Sam s'agenouilla près d'Erik.

– Eh ben ! dis-le-nous : à quoi bon ?

Indigné, Ralph essaya de rassembler ses esprits. Un feu, c'était utile. Extrêmement utile.

– Ralph vous l'a assez répété, déclara Piggy boudeur. Comment se faire secourir sans ça ?

– Naturellement ! Si nous ne faisons pas de fumée...

Dans l'obscurité grandissante, il s'accroupit à côté d'eux.

– Vous ne comprenez donc pas ? A quoi ça sert de vouloir des radios et des bateaux ?

Il tendit la main et serra le poing.

– Nous ne pouvons faire qu'une seule chose pour

nous sortir de ce pétrin. N'importe qui peut jouer au chasseur et procurer de la viande...

Il les dévisagea l'un après l'autre. Alors, au moment où la passion le rendait plus convaincant, le volet se ferma dans son cerveau et il oublia l'objet de son discours. Il restait là, accroupi, le poing serré, son regard solennel passant d'un visage à l'autre. Tout à coup le volet se releva.

– Oh ! oui, alors il faut de la fumée, et encore de la fumée...

– Mais on n'arrive pas à l'entretenir ! Regarde-moi ça !

Le feu mourait sous leurs yeux.

– Si on est deux à entretenir le feu, ça fait douze heures par jour, murmura Ralph comme pour lui-même.

– On ne peut plus apporter de bois, Ralph...

– ... pas dans le noir...

– ... pas la nuit...

– On peut l'allumer chaque matin, suggéra Piggy. C'est pas la nuit que les gens, ils verront notre fumée.

Sam approuva énergiquement de la tête.

– C'était pas pareil quand le feu était...

– ... là-haut.

Ralph se releva. Il éprouvait une curieuse sensation de vulnérabilité dans cette obscurité pesante.

– Eh bien ! laissons le feu pour ce soir.

Il les précéda dans la cabane la plus proche qui tenait encore debout, bien que décrépite. Les matelas de feuilles mortes bruissaient au moindre contact. Dans la cabane voisine, un petit rêvait tout haut. Les quatre grands se glissèrent dans les feuilles. D'un côté les jumeaux, de l'autre Piggy et Ralph. Pendant un moment, on les entendit remuer et chercher le sommeil.

— Piggy...
— Oui.
— Ça va ?
— J'crois.

Le silence tomba, entrecoupé de quelques bruits de feuilles. Une fente obscure, piquetée de paillettes brillantes, trouait l'obscurité et le bruit creux des vagues sur l'atoll s'y engouffrait. Ralph se disposa à reprendre son jeu nocturne des « Si... ».

Si un avion à réaction pouvait les transporter chez eux, ils arriveraient avant le matin au grand aéroport du Wiltshire. Là, ils prendraient une voiture. Non, ça serait encore mieux de prendre le train. Et de retourner là-bas, dans le Devon, dans ce cottage. Alors, au fond du jardin, les poneys sauvages viendraient regarder par-dessus le mur...

Ralph se tournait et se retournait dans son lit de feuilles. Il avait aimé l'aspect sauvage de Dartmoor et de ses poneys, mais rien de ce qui était sauvage ne l'attirait plus.

Son imagination glissa vers les villes et leur vie civilisée où la sauvagerie ne pouvait s'infiltrer. Où serait-il plus en sécurité que dans une station centrale d'autobus avec ses lumières et ses roues ?

Tout à coup, Ralph se trouva en train de danser autour d'une torchère. Un autobus sortait lentement de la station, un curieux autobus...

— Ralph ! Ralph !
— Quoi ? Qu'est-ce qu'il y a ?
— Fais pas ce bruit-là...
— Pardon.

Dans les ténèbres leur parvint un affreux gémissement et la peur les fit ruer dans les feuilles. Serrés dans les bras l'un de l'autre, Erik-et-Sam se battaient.

— Sam ! Sam !

— Hé ! Erik...

Le calme revint.

Piggy souffla à l'oreille de Ralph :

— Il faut absolument sortir de là.

— Qu'est-ce que tu veux dire ?

— Il faut nous faire secourir.

Pour la première fois ce jour-là et en dépit des ténèbres épaisses, Ralph ricana.

— C'est sérieux, appuya Piggy. Si on revient pas bientôt chez nous, on finira toqués.

— Sinoques.

— Timbrés.

— Loufoques.

Ralph repoussa les boucles humides qui tombaient dans ses yeux.

— Ecris donc une lettre à ta tante.

Piggy le prit au sérieux.

— Je ne sais pas où elle est maintenant. D'ailleurs, j'ai pas de timbre, ni d'enveloppe. Et puis il y a pas de boîte aux lettres ici, et pas de facteur.

Le succès de son innocente plaisanterie remplit Ralph de joie. Son corps fut secoué par les soubresauts du fou rire.

Piggy le reprit avec dignité.

— J'ai rien dit de drôle...

Ralph ne pouvait plus s'arrêter de rire, bien que ses muscles lui fissent mal. Enfin, épuisé, hors d'haleine, il se calma et s'étendit dans l'appréhension d'une nouvelle crise. Le sommeil le prit sur ces entrefaites.

— Ralph ! Tu recommences ce bruit. Tais-toi, Ralph, parce que...

Ralph se retourna dans les feuilles. Il était content que son rêve fût interrompu, car l'autobus se rapprochait trop de lui.

— Parce que quoi ?

— Tais-toi et écoute.

Ralph se recoucha avec précaution, non sans faire bruire longuement les feuilles. Erik gémit et se tut. L'obscurité était totale, à l'exception de cette fente inutile où s'inscrivaient les étoiles.

— Je n'entends rien.

— Quelque chose remue dehors.

Ralph sentit des picotements sur son crâne ; le grondement de son sang à ses oreilles domina tout le reste, puis s'apaisa.

— Je n'entends toujours rien.

— Ecoute. Ecoute longtemps.

Derrière la cabane, à moins d'un mètre, une branche craqua avec un bruit net et significatif. De nouveau, le sang gronda aux oreilles de Ralph et des images confuses envahirent son cerveau. La chose qui rôdait autour des cabanes était un composé de ces images. Ralph sentait contre son épaule la tête de Piggy et l'étreinte convulsive de ses doigts.

— Ralph ! Ralph !

— Ferme ça et écoute.

Ralph pria le ciel que la bête eût une préférence pour les petits.

Dehors, une voix souffla dans un horrible murmure :

— Piggy... Piggy...

— Ça y est, haleta Piggy. C'est pour de vrai !

Il s'accrocha à Ralph et s'efforça de retrouver son souffle.

— Piggy, viens dehors. Piggy, c'est toi que je veux.

Ralph colla sa bouche à l'oreille de Piggy.

— Ne dis rien.

— Piggy... où es-tu, Piggy ?

Quelque chose frôla le fond de la cabane. Piggy se

raidit et commença une crise d'asthme. Il s'écroula dans les feuilles et Ralph s'écarta de lui.

Un grognement sinistre résonna à l'entrée de la cabane soudain envahie par une masse vivante et mouvante. Quelqu'un culbuta sur les jambes de Ralph et son coin devint un chaos de membres épars et de chutes bruyantes ponctuées de grincements de dents. Ralph lança son poing au hasard et il lui sembla qu'il se trouvait aux prises avec une douzaine d'ennemis, mordant, griffant, frappant, dans une indescriptible mêlée. Bousculé, égratigné, il sentit soudain des doigts dans sa bouche et il mordit. Un poing s'éleva et s'abaissa comme un piston et Ralph en vit trente-six chandelles. Il tomba en se tordant de douleur sur un corps qui se débattait. Un souffle chaud frôla sa joue. Ralph se mit à marteler une bouche de son poing fermé ; le visage devenait glissant, mais la rage de Ralph ne faisait qu'augmenter. Un genou vint le frapper entre les jambes et il s'écroula sur le côté, ne pensant plus qu'à sa souffrance. La bataille continuait par-dessus lui. Enfin, la cabane s'effondra, étouffant les combattants dont les silhouettes méconnaissables se dégageaient à grand-peine des décombres. Quand tous furent dispersés, on n'entendit plus que les hurlements des petits et le souffle laborieux de Piggy.

D'une voix tremblante, Ralph cria :

– Les petits, vous n'avez qu'à dormir. Nous nous sommes battus avec les autres. Allez dormir.

Erik-et-Sam s'approchèrent pour regarder Ralph.

– Ça va, vous deux ?

– Je crois...

– ... J'en ai pris un coup.

– Moi aussi. Comment va Piggy ?

Ils hissèrent Piggy hors des débris et l'adossèrent à un arbre. La nuit était fraîche et débarrassée de ses dangers les plus immédiats. Piggy respirait mieux.

- Ralph... qu'est-ce que je vais devenir ?

— Es-tu blessé, Piggy ?
— Pas trop.
— C'était Jack et ses chasseurs, constata Ralph amèrement. Pourquoi ne peuvent-ils nous laisser tranquilles ?
— En tout cas, on leur en a fichu pour leur grade, dit Sam.
L'honnêteté l'obligea à corriger :
— Ou, du moins, toi tu l'as fait. Moi, j'étais tout embarbouillé dans un coin.
— Oui, il y en a un à qui j'ai fichu une bonne raclée, reconnut Ralph. Je l'ai bien écrabouillé. Il y réfléchira à deux fois avant de s'en reprendre à nous.
— Moi aussi j'en ai eu un, se vanta Erik. Il m'a réveillé en me tapant sur la figure. Je crois que j'ai la tête en sang, Ralph. Mais je l'ai eu en fin de compte, le type.
— Qu'est-ce que tu lui as fait ?
— J'ai levé le genou, expliqua Erik avec fierté, et je le lui ai flanqué dans les roulettes. T'aurais dû l'entendre gueuler. Celui-là non plus s'y frottera plus. Alors, on s'en est pas trop mal tirés.
Ralph fit un mouvement brusque dans le noir, mais il entendit Erik toucher à ses dents.
— Qu'est-ce qu'il y a ?
— Oh ! rien, une dent qui va tomber.
Piggy ramassa ses jambes contre lui.
— Ça va, Piggy ?
— Je croyais qu'ils en voulaient à la conque, dit Sam.

Ralph courut sur le sable clair et bondit sur le plateau. Près du siège du chef se distinguait toujours l'éclat de la conque. Ralph la contempla un moment, puis il retourna auprès de Piggy.
— Ils n'ont pas pris la conque.

– Je sais. Ils sont pas venus pour ça. Ils sont venus pour autre chose. Ralph... qu'est-ce que je vais devenir ?

Au loin, suivant la courbure de la plage, trois silhouettes filaient vers la Forteresse des Roches. Les trois garçons évitaient la forêt et ne s'écartaient pas du bord de l'eau. De temps à autre, ils chantaient à mi-voix, ou bien ils faisaient des cabrioles près de la ligne phosphorescente des vagues. Le chef les précédait. Enivré par son succès, il se sentait un vrai chef maintenant et il brandissait son javelot. Dans sa main gauche pendaient les lunettes cassées de Piggy.

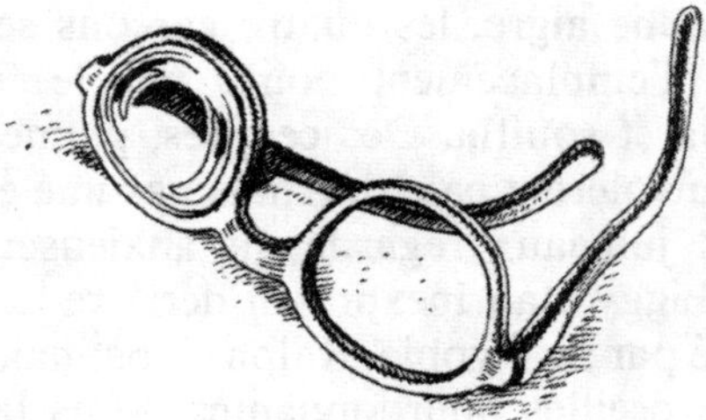

XI
Forteresse des Roches

Dans l'aube aigre, les quatre garçons se réunirent autour de l'emplacement noirci par le feu. Ralph s'agenouilla et souffla. Des cendres, plumes grises et légères, s'envolèrent çà et là, mais pas une étincelle ne jaillit. Les jumeaux regardaient anxieusement et le visage de Piggy était inexpressif derrière le mur lumineux formé par sa myopie. Ralph s'obstinait à souffler malgré ses oreilles bourdonnantes. Mais la première brise du matin le relaya brusquement et l'aveugla sous une volée de cendres. Il s'accroupit sur ses talons, jura et essuya ses yeux larmoyants.

– Rien à faire.

Les yeux d'Erik le regardaient dans son visage couvert d'une croûte de sang. Piggy clignait des paupières dans sa direction.

– Bien sûr qu'il n'y a rien à faire, Ralph. Maintenant, on n'a plus de feu.

Ralph approcha son visage de celui de Piggy.

— Tu me vois ?

— Un peu.

Ralph referma son œil que recouvrit un pli de sa joue bouffie.

— Ils ont notre feu.

La rage rendait sa voix aiguë :

— Ils l'ont volé.

— C'est bien d'eux, renchérit Piggy. Moi, ils m'ont aveuglé. Tu vois ? Ça c'est du Jack Merridew tout craché. Il faut convoquer un meeting, Ralph, pour décider ce qu'on va faire.

— Un meeting pour nous seulement ?

— C'est tout ce qui nous reste. Sam, je m'appuie sur toi.

Ils se dirigèrent vers le plateau.

— Souffle dans la conque, conseilla Piggy. Le plus fort possible.

La forêt renvoya l'écho ; des oiseaux s'envolèrent en criant, comme en ce premier matin qui remontait dans la nuit des temps. La plage resta déserte. Seuls quelques petits sortirent des cabanes. Ralph s'assit sur le tronc poli et les trois autres restèrent debout devant lui. Sur un signe de tête, Erik-et-Sam s'assirent à sa droite. Ralph posa la conque dans les mains de Piggy. Celui-ci prit avec précaution le bel objet brillant et fixa ses paupières clignotantes dans la direction de Ralph.

— Eh bien ! vas-y.

— Je prends la conque pour dire ceci. J'y vois plus et il faut qu'on me rende mes lunettes. Il s'est passé des choses horribles dans cette île. Moi j'ai voté pour Ralph. C'est le seul qui ait fait quelque chose. A toi de parler, Ralph ; dis-nous ce que... ou bien...

Il s'interrompit en pleurnichant et Ralph lui reprit la conque tandis qu'il s'asseyait.

— Faire rien qu'un feu ordinaire. On devrait être capables de ça quand même, hein ? Rien qu'une colonne de fumée pour alerter et qu'on envoie des secours. Sommes-nous des sauvages, ou quoi ? Mais nous n'avons plus de signal. Des bateaux peuvent passer. Vous vous rappelez le jour où il est allé à la chasse, que le feu s'est éteint et qu'un bateau est passé ? Et ils croient tous qu'il vaut mieux comme chef. Puis il y a eu le... la... et c'est sa faute aussi. Sans lui, ça ne serait jamais arrivé. Maintenant Piggy n'y voit plus et ils ont volé...

La voix de Ralph se fit plus aiguë :

— ... la nuit, dans le noir, ils sont venus voler notre feu. Le voler. On leur aurait donné du feu s'ils l'avaient demandé. Mais ils l'ont volé et nous n'avons plus de fumée et jamais nous n'obtiendrons de secours. Vous comprenez ce que tout ça veut dire ? On leur aurait bien donné du feu, mais il a fallu qu'ils le volent. Je...

Il s'interrompit brusquement, car le volet venait de se refermer dans son cerveau. Piggy tendit les mains vers la conque.

— Qu'est-ce que tu vas faire, Ralph ? Ça c'est des mots, mais pas des décisions. Il me faut mes lunettes.

— J'essaye de réfléchir. Si on y allait, bien arrangés comme autrefois : lavés, les cheveux brossés... Après tout, nous ne sommes pas de vrais sauvages et chercher des secours n'est pas un jeu...

Il réussit à ouvrir son œil bouffi et regarda les jumeaux.

— On pourrait s'arranger avant d'y aller...

— Il vaudrait mieux prendre des armes, conseilla Sam. Même Piggy, ajouta-t-il.

— Parce qu'on pourrait en avoir besoin.

— Tu n'as pas la conque.

Piggy tendit la conque à bout de bras.

— Vous pouvez prendre vos armes si vous voulez ; moi pas. Pour quoi faire ? Il faudra qu'on me conduise comme un chien de toute façon. Ah ! vous pouvez rire ! Riez ! Il y en a ici qui rient de tout. Et qu'est-ce qui nous arrive ? Et qu'est-ce que les grandes personnes vont penser de nous ? Le petit Simon, on l'a assassiné. Et cet autre gosse, ç'ui qu'avait le visage marqué... Qui l'a vu depuis le jour de notre arrivée ici ?

— Piggy ! Tais-toi un peu !

— C'est moi qu'ai la conque. Je vais aller le trouver, moi, ce Jack Merridew, et je lui dirai, oui, parfaitement.

— Il te fera du mal.

— Qu'est-ce qu'il peut faire de pire ? Je lui dirai ma façon de penser. Laisse-moi porter la conque, Ralph, et je lui montrerai la seule chose qu'il a pas encore.

Piggy s'interrompit pour observer les contours flous de ses camarades. Tout l'écoutait dans cette enceinte dont l'herbe foulée gardait les traces des meetings d'autrefois.

— Je vais aller le trouver avec cette conque à la main. Je la lèverai vers lui. Ecoute, que je lui dirai, écoute, t'es plus fort que moi et t'as pas d'asthme. Tu peux voir, que je lui dirai, et des deux yeux. Mais si je te demande de me rendre mes lunettes, c'est pas une grâce que je te demande. Je te demande pas d'être chic, que je lui dirai, et c'est pas parce que t'es fort, mais parce que ce qu'est juste, c'est juste. Rends-moi mes lunettes, que je lui dirai, parce que tu le dois !

Piggy se tut, tout rouge et tremblant. Il remit promptement la conque à Ralph, comme pour s'en débarrasser au plus vite, et il s'essuya les yeux. La lumière verte nimbait doucement les garçons et la conque reposait aux pieds de Ralph, blanche et fragile. Une larme échappée à Piggy brillait sur sa courbure délicate, telle une étoile.

Enfin, Ralph se redressa et repoussa ses cheveux.

– Bon ! Tu peux essayer si tu veux. On ira avec toi.

– Il sera peint, objecta Sam timidement. Tu sais bien comment il sera...

– ... il n'aura pas bien peur de nous...

– ... s'il se met en rogne, on est refaits...

Ralph regarda Sam en fronçant les sourcils. Il se rappela obscurément une phrase que Simon lui avait dite sur les rochers, un jour.

– Ne dis pas de bêtises ! protesta-t-il.

Et il ajouta vite :

– Allons-y !

Il tendit la conque à Piggy qui rougit, mais d'orgueil cette fois.

– C'est toi qui vas la porter.

– Je la prendrai quand on sera prêts...

Piggy chercha dans son esprit des mots pour exprimer son désir passionné de porter la conque en dépit de tout.

– ... Je veux bien, tu sais, Ralph, ça me fera plaisir. Seulement, il faudra me conduire.

Ralph posa la conque sur le tronc poli.

– Eh bien ! on va manger et se préparer.

Ils se dirigèrent vers les arbres fruitiers, déjà pillés. Piggy trouva quelques fruits en tâtonnant et ses camarades lui en donnèrent d'autres. Tandis qu'ils mangeaient, Ralph pensait à l'après-midi à venir.

– On sera comme autrefois. On se lavera...

Sam avala une bouchée et protesta :

– Mais on se baigne tous les jours !

Ralph regarda la crasse qui les couvrait et soupira.

– Il faudrait se peigner, mais on a les cheveux trop longs.

— Il me reste mes chaussettes dans la cabane, proposa Erik, on pourrait s'en coiffer comme de casquettes.

— Ou bien trouver quelque chose pour s'attacher les cheveux, renchérit Piggy.

— Comme des filles !

— Mais non, bien sûr !

— Tant pis, allons-y comme nous sommes, repartit Ralph résigné. Ils sont logés à la même enseigne.

Erik fit un geste pour le retenir.

— Mais ils seront peints. Tu sais bien...

Les autres approuvèrent d'un signe de tête. Ils ne comprenaient que trop bien : affranchis par l'anonymat du masque de peinture, rien n'empêchait les garçons de devenir des sauvages.

— Eh, bien ! nous ne serons pas peints, décréta Ralph, parce que nous ne sommes pas des sauvages.

Erik-et-Sam échangèrent un regard.

— Pourtant...

— Pas de peinture ! hurla Ralph.

Il essaya de se rappeler quelque chose.

— De la fumée, dit-il, voilà ce qu'il nous faut.

Il fit un pas menaçant vers les jumeaux.

— J'ai dit de la fumée. Il nous faut de la fumée.

Dans le silence, on entendait bourdonner une multitude d'abeilles. Piggy le calma gentiment.

— Mais naturellement. Parce que la fumée c'est notre signal et sans fumée, pas de secours.

— Je le sais bien, hurla encore Ralph.

Il retira son bras de sous celui de Piggy.

— Est-ce que tu prétends que...

— Mais je ne fais que répéter ce que tu dis toujours, se hâta de protester Piggy. J'avais cru un moment que...

— Eh bien ! ce n'était pas vrai, affirma Ralph d'une voix forte. Je le savais bien. Je n'avais rien oublié.

Piggy acquiesça pour l'apaiser :
— C'est toi le chef, Ralph. Tu n'oublies rien !
— Je n'avais pas oublié.
— Bien sûr que non.

Les jumeaux observaient Ralph d'un air intéressé, comme s'ils le voyaient pour la première fois.

Ils partirent, en rangs, par la plage. Ralph marchait en tête, boitillant un peu, son javelot posé sur l'épaule. Il envisageait les choses sous un aspect assez personnel, troublé par la brume de chaleur sur le sable aveuglant, par ses blessures et par les longues mèches qui lui tombaient dans les yeux. Derrière lui venaient les jumeaux, légèrement soucieux pour l'instant, mais débordants d'une indomptable vitalité. Ils parlaient peu et traînaient à leur suite le manche de leurs javelots de bois. En effet, Piggy s'était aperçu que, les yeux baissés, ses paupières abritant du soleil sa vue fatiguée, il parvenait à distinguer ce mouvement sur le sable. Il marchait entre les deux javelots et tenait soigneusement la conque dans ses deux mains. Les garçons formaient un petit groupe compact sur la plage où leurs ombres laminées se mêlaient en dansant sous leurs pas. Il ne restait aucune trace de l'orage et la plage était nette comme une lame bien nettoyée. Moirés par la chaleur, la montagne et le ciel s'effaçaient dans le lointain ; sous l'effet du mirage, l'atoll flottait dans une sorte de lac d'argent, entre ciel et terre.

Ils passèrent devant l'endroit du festin. Des morceaux de bois calciné traînaient encore sur le rocher, là où la pluie les avait éteints, mais le sable, au bord de l'eau, montrait une surface lisse. Ils passèrent en silence. Aucun d'eux ne doutait que la tribu ne se trouvât à la Forteresse des Roches, et lorsqu'ils parvinrent en vue de la falaise, ils s'arrêtèrent d'un commun accord. La portion de jungle la plus impénétrable

Un mince filet de fumée montait de l'autre côté de la falaise.

— un fouillis de tiges tordues, noires et vertes, inextricables — s'étendait à leur gauche ; devant eux, ondulaient des herbes hautes. Ralph avança.

Il reconnut l'herbe piétinée où tous l'avaient attendu, couchés, pendant qu'il partait en reconnaissance. Là, c'était le rebord côtoyant le mur rocheux, et là-haut les sommets de roches roses.

Sam lui toucha le bras.

— De la fumée.

Un mince filet de fumée montait de l'autre côté de la falaise.

— Tu parles d'un feu de rien du tout !

Ralph se retourna.

— Pourquoi on se cache ?

Il traversa les herbes et sortit, à découvert, pour s'engager sur l'étroit pont rocheux.

— Vous deux, vous ferez l'arrière-garde. J'irai le premier, Piggy un pas derrière moi. Ayez vos armes prêtes.

Piggy scrutait d'un regard anxieux le voile lumineux qui lui cachait le monde.

— Il n'y a pas de danger ? Doit y avoir une falaise. J'entends la mer.

— Reste tout près de moi.

Ralph s'avança. Du pied, il écarta une pierre qui tomba dans l'eau. A une quinzaine de mètres sous lui, sur sa gauche, le reflux révéla un espace rougeâtre, couvert d'algues.

— Tu es sûr que je risque rien ? chevrota Piggy. J'suis pas rassuré.

Du haut des pitons rocheux leur parvint un appel soudain suivi d'une imitation de cri de guerre auquel répondirent une douzaine de voix derrière les rochers.

— Donne-moi la conque et ne bouge pas.

— Halte ! Qui va là ?

Ralph renversa la tête en arrière et aperçut le visage basané de Roger au sommet.

– Tu vois très bien que c'est moi ! cria-t-il. Ne fais pas l'imbécile !

Il porta la conque à ses lèvres et se mit à souffler. Des sauvages apparurent, méconnaissables sous leurs barbouillages de peinture. Se glissant vers le pont de roches, ils portaient des javelots et se disposaient à défendre l'entrée de leur camp. Ralph continuait de souffler sans faire attention à la terreur de Piggy.

Roger hurla :

– Fais attention, tu sais !

Enfin, Ralph s'arrêta pour reprendre son souffle. D'une voix haletante, il prononça :

– ... vous convoquer au meeting.

Les sauvages de garde à l'entrée marmonnèrent entre eux, sans bouger. Ralph fit quelques pas en avant. Derrière lui, une voix pressante murmura :

– Ne me laisse pas, Ralph.

– Mets-toi à genoux, dit Ralph sans retourner la tête, et attends que je revienne.

A mi-chemin de l'entrée du camp, il regarda les sauvages avec attention. Affranchis par leur masque de peinture, ils avaient attaché leurs cheveux en arrière et se trouvaient plus à l'aise que lui. Ralph se promit de les imiter par la suite. Il eut presque envie de le faire sur-le-champ, mais c'était impossible. Les sauvages ricanaient et l'un d'eux fit même des moulinets de son arme en direction de Ralph. Là-haut, Roger lâcha son levier et se pencha pour voir ce qui se passait. Les garçons lui apparaissaient noyés dans leur ombre, tassés et réduits à des chevelures ébouriffées. Piggy était pelotonné sur lui-même, en une masse informe comme un sac.

– Je vous convoque au meeting.

Silence.

Roger lança une petite pierre entre les deux jumeaux, sans les viser. Ils tressaillirent et Sam faillit perdre l'équilibre. Une sensation de puissance fit palpiter le corps de Roger.

Ralph répéta plus fort :

— Je vous convoque au meeting.

Il les détailla du regard.

— Où est Jack ?

Les garçons eurent une brève discussion. Un visage peint parla avec la voix de Robert.

— Il est à la chasse. Et il ne veut pas que vous entriez.

— Je suis venu au sujet du feu, déclara Ralph, et des lunettes de Piggy.

Il se produisit un flottement dans le groupe et les grands rochers renvoyèrent en écho des rires nerveux.

Une voix résonna derrière Ralph :

— Qu'est-ce que tu veux ?

Les jumeaux se précipitèrent devant Ralph et s'arrêtèrent entre lui et l'entrée du camp. Il se retourna d'un mouvement brusque.

Jack, reconnaissable à sa chevelure rousse et à son allure, sortait de la forêt, encadré par deux chasseurs prêts à bondir. Tous trois portaient un masque de peinture verte et noire. Derrière eux, ils avaient laissé dans l'herbe le corps sans tête d'une grosse truie.

Piggy gémit :

— Ralph ! Ne me laisse pas !

Il étreignait le rocher dans un geste grotesque et tournait le dos à la mer et à son bruit de succion. Le ricanement des sauvages se changea en huées.

Jack cria pour dominer le vacarme :

— Va-t'en, Ralph, reste dans ton coin. Ici c'est mon territoire et ma tribu. Laisse-moi tranquille.

Les huées se turent.

– Tu as chipé les lunettes de Piggy, haleta Ralph. Tu dois les rendre.

– Je *dois*. Et qui me l'ordonne ?

La colère s'empara de Ralph.

– Moi ! Vous m'avez tous élu chef. Vous n'avez pas entendu la conque ? Vous nous avez joué un sale tour... on vous aurait donné du feu si vous l'aviez demandé...

Le sang lui montait aux joues et palpitait dans son œil poché.

– Du feu, tu aurais pu en avoir quand tu voulais. Mais tu ne l'as pas demandé. Tu t'es glissé comme un malfaiteur et tu as volé les lunettes de Piggy.

– Répète-le !

– Voleur ! Voleur !

Piggy poussa des cris.

– Ralph ! Attention à moi !

Jack se rua sur Ralph, le visant à la poitrine avec son javelot. D'un coup d'œil, Ralph devina son objectif et para le coup avec le manche de son arme ; puis, la retournant brusquement, il en cingla l'oreille de son adversaire. Nez à nez, ils se bousculaient, le souffle court et le regard étincelant.

– Répète-le, qui est un voleur ?

– Toi !

Jack se dégagea et frappa Ralph de son javelot. D'un accord tacite, ils maniaient leurs armes comme des sabres maintenant, n'osant pas utiliser les pointes dangereuses. Le coup glissa sur l'arme de Ralph et vint lui meurtrir les doigts. Ils se trouvaient de nouveau séparés, et leurs positions inversées, Jack du côté de sa forteresse, et Ralph en dehors, vers l'île.

Les deux garçons se défiaient, la respiration bruyante.

— Eh bien ! vas-y...

— Vas-y, toi...

Ils se mirent en posture de combat, mais sans se rapprocher.

— Allez, viens voir ce qui t'attend !

— Viens-y, toi.

Piggy, plaqué contre sa roche, essayait d'attirer l'attention de Ralph. Celui-ci se baissa, sans quitter Jack des yeux.

— Ralph... rappelle-toi pourquoi nous sommes venus. Le feu. Mes lunettes.

Ralph acquiesça. Ses muscles se détendirent, il reprit une attitude normale et planta en terre le manche de son javelot. Jack le regardait, son expression indéchiffrable sous les bariolages. Ralph leva la tête vers les pitons rocheux, puis il inspecta les sauvages.

— Ecoutez. Voilà ce que nous sommes venus vous dire. D'abord, il faut rendre les lunettes de Piggy. Il ne peut rien voir sans ça. Vous ne jouez pas le jeu...

Le fou rire secoua la tribu et Ralph perdit le fil de son discours. Il repoussa ses cheveux et regarda le masque vert et noir en essayant de se rappeler les traits de Jack.

Piggy lui souffla :

— Et le feu !

— Ah ! oui. Et le feu. Je vais vous répéter ce que je vous dis tout le temps depuis le début.

Il pointa sa lance sur les sauvages.

— Votre seul espoir est d'entretenir un feu qui serve de signal tant qu'il fait jour. Alors, il se peut qu'un bateau remarque la fumée et nous tire de là pour nous ramener à la maison. Mais sans ça, il faudra attendre un hasard. Ça peut durer des années... Jusqu'à notre vieillesse...

Le rire grêle, argentin, irréel des sauvage retentit, doublé par l'écho. La colère secoua Ralph. Sa voix se fêla.

— Vous n'y comprenez donc rien, imbéciles barbouillés ? Erik, Sam, Piggy et moi, nous ne sommes pas assez nombreux. On n'arrive pas à entretenir le feu. Pendant ce temps, vous jouez à chasser.

Il désigna le filet de fumée dans l'air nacré.

— Regardez-moi ça ! Vous appelez ça un feu qui se voit ? C'est tout juste bon pour faire la cuisine. Et quand vous aurez mangé, il n'y aura plus de fumée. Alors, pas moyen de vous faire comprendre ? Il peut passer un bateau...

Il se tut, vaincu par le silence et l'anonymat silencieux du groupe de gardiens. Le chef ouvrit sa bouche rose et s'adressa à Erik-et-Sam qui se trouvaient entre lui et sa tribu.

— Vous deux. Reculez.

Personne ne lui répondit. Les jumeaux échangèrent un regard déconcerté. Piggy, rassuré par la suspension des hostilités, se leva avec précaution. Jack regarda Ralph, puis les jumeaux.

— Attrapez-les !

Nul ne bougeait. Furieux, Jack répéta son ordre :

— Attrapez-les, je vous dis.

Le groupe peinturluré encadra Erik-et-Sam d'un mouvement gauche et nerveux. De nouveau l'écho répéta un rire argenté. Dans un réflexe de civilisés, Erik-et-Sam se récrièrent :

— Oh ! dites donc !

— ... Franchement !

On les désarma.

— Ligotez-les.

Ralph poussa un cri de protestation inefficace devant le masque vert et noir :

— Jack !

— Allez-y, ligotez-les !

Soudain conscients de leur propre puissance et sentant des étrangers en Erik-et-Sam, les sauvages excités se précipitèrent en désordre sur les jumeaux. Jack eut l'intuition que Ralph allait se porter à leur secours. Il se mit à tourner autour de lui et lui porta un coup que Ralph évita de justesse. La tribu et les jumeaux se battaient masse compacte, agitée de soubresauts. Piggy se tassa de nouveau sur lui-même. Les jumeaux éperdus se retrouvèrent couchés, encerclés par la tribu. Jack se tourna vers Ralph et siffla entre ses dents :

— Tu vois ? Ils m'obéissent.

Le silence retomba. Maladroitement ligotés, les jumeaux gisaient au sol et la tribu attendait pour voir ce que ferait Ralph. Il la dénombra à travers ses mèches et observa la fumée inutile.

La fureur l'emporta et il hurla, tourné vers Jack :

— Tu n'es qu'une brute, un salaud et un sale voleur !

Il fonça sur lui.

Sachant que c'était la crise, Jack fonça également. Le choc fut si violent qu'il les sépara. Ralph reçut un coup de poing sur l'oreille et en rendit un qui atteignit Jack à l'estomac et le fit gémir. De nouveau face à face, haletants et furieux, ils s'effrayaient de leur violence réciproque. Les bravos nourris qui ponctuaient leur lutte leur parvinrent enfin aux oreilles et Ralph entendit la voix de Piggy.

— Laissez-moi parler !

Il se tenait dressé dans le nuage de poussière soulevé par la bataille. Quand la tribu comprit son intention, les bravos se changèrent en huées ininterrompues.

Piggy brandit la conque et les huées faiblirent un peu pour reprendre, aussi fortes.

— J'ai la conque !

Il répéta en criant :

– Je vous dis que j'ai la conque !

Chose étonnante, le silence se fit. La tribu se demandait ce qu'il allait dire d'amusant.

Silence et pause ; mais dans ce silence, un bruit curieux, comme un sifflement, se produisit tout près de la tête de Ralph. Il n'y prêta qu'une attention distraite, mais le bruit reprit : un « zup ! » à peine perceptible. On lançait des pierres... C'était Roger, qui ne lâchait pas pour cela son levier. D'en haut, il voyait de Ralph une tignasse en désordre et de Piggy une masse bouffie.

– J'ai une chose à dire. Vous vous conduisez comme des gosses.

Les huées s'enflèrent et s'apaisèrent tandis que Piggy levait en l'air la conque magique.

– Qu'est-ce qui vaut mieux... se conduire comme une bande de nègres peints que vous êtes, ou se montrer raisonnables comme Ralph ?

Une grande clameur s'éleva au sein du groupe. Piggy cria :

– Qu'est-ce qui vaut mieux : avoir des lois et leur obéir, ou chasser et tuer ?

De nouveau la clameur et le même « zup ! ».

Ralph essaya de dominer le vacarme.

– Qu'est-ce qui vaut mieux : la discipline et le salut, ou la chasse et le désordre ?

Mais Jack s'était mis à crier aussi fort et couvrait la voix de Ralph. Il s'était joint à la tribu et le groupe formait un bloc menaçant, hérissé de javelots. Ils se préparaient confusément à l'assaut, ou du moins l'intention semblait se dessiner dans la masse de nettoyer le pont rocheux. Ralph se tenait face à la tribu, un peu sur le côté, l'arme prête. Piggy était près de lui qui ne lâchait pas le talisman, le coquillage à la beauté fragile. L'orage de hurlements venait se briser contre eux, comme une incantation de haine. Là-haut, cédant avec délices à ses instincts, Roger pesa de tout son poids sur le levier.

Ralph entendit le gros rocher avant de le voir. Il sentit une secousse à travers les semelles de ses chaussures et le déchirement de la rocaille au sommet de la falaise. Alors, la monstrueuse masse rouge bondit sur le pont rocheux et Ralph se jeta à plat ventre tandis que la tribu poussait des cris.

La roche frappa Piggy de plein fouet, du menton aux genoux ; la conque explosa de mille morceaux et disparut. Sans avoir le temps de pousser le moindre soupir, Piggy fut projeté de côté dans le vide et se retourna dans sa chute. La roche rebondit deux fois et se perdit dans la forêt. Piggy s'écrasa sur le dos, quinze mètres plus bas, sur une dalle rocheuse entourée d'eau. Sa tête se fendit et il en sortit une matière qui rougit aussitôt. Ses membres eurent un soubresaut, comme les pattes d'un cochon égorgé. Puis la mer poussa un soupir prolongé ; l'eau bouillonna, rouge et blanche, en recouvrant le rocher, et lorsqu'elle se retira dans un bruit d'aspiration, le corps de Piggy avait disparu.

Cette fois-ci, le silence était total. Les lèvres de Ralph formèrent un mot, mais il n'en sortit pas un son.

Soudain Jack se détacha de la masse en poussant des cris sauvages.

– Tu vois ? Tu vois ? Voilà ce qui t'attend ! Voilà ce que j'ai ordonné ! Tu n'as plus de tribu ! Et plus de conque...

Il se précipita, courbé en avant.

– Le chef, c'est moi !

Alors la monstrueuse masse bondit sur le pont rocheux.

Férocement, délibérément, il frappa Ralph de son javelot. La pointe lui déchira le côté et tomba dans la mer. Ralph trébucha, l'affolement effaçant la douleur. Poussant des hurlements avec son chef, la tribu s'avança. Un autre projectile, mal fait et qui ne volait pas droit, frôla le visage de Ralph et un autre tomba des hauteurs où se tenait Roger. Les jumeaux étaient relégués derrière la tribu et les visages anonymes des démons bariolés se multipliaient sur l'étroit rebord. Ralph tourna les talons et s'enfuit. Derrière lui s'éleva un grand bruit, comme un envol de mouettes. Obéissant à un instinct qu'il ignorait, il fit un brusque écart pour esquiver les javelots. Il aperçut le corps sans tête de la truie, juste à temps pour l'éviter d'un bond. Puis il plongea dans les buissons et la forêt l'engloutit.

Le chef s'arrêta près du cochon abattu, se retourna et leva les bras.

– En arrière ! Retournez au fort !

La tribu se retira à grand bruit sur le pont où Roger la rejoignit.

Le chef le prit violemment à partie.

– Tu as quitté ton poste de garde...

Roger le considéra gravement.

– Je viens de descendre pour...

Il émanait de lui cette horreur qu'inspire le bourreau. Le chef ne lui dit rien de plus. Il baissa les yeux sur Erik-et-Sam.

– Vous deux, vous ferez partie de la tribu.

– Laisse-moi partir...

– Moi aussi...

Le chef prit un des rares javelots qui restaient et en chatouilla les côtes de Sam.

– Qu'est-ce que ça veut dire, hein ? gronda-t-il méchamment. Vous arrivez armés et vous ne voulez pas vous joindre à ma tribu ? Qu'est-ce que c'est, hein ?

Les coups se succédaient et Sam hurla :

– Ça c'est pas le bon moyen !

Roger se glissa vers les jumeaux et faillit bousculer le chef. Les cris cessèrent. Erik-et-Sam restaient étendus, paralysés de terreur. Roger marchait sur eux, comme imbu d'une mystérieuse autorité.

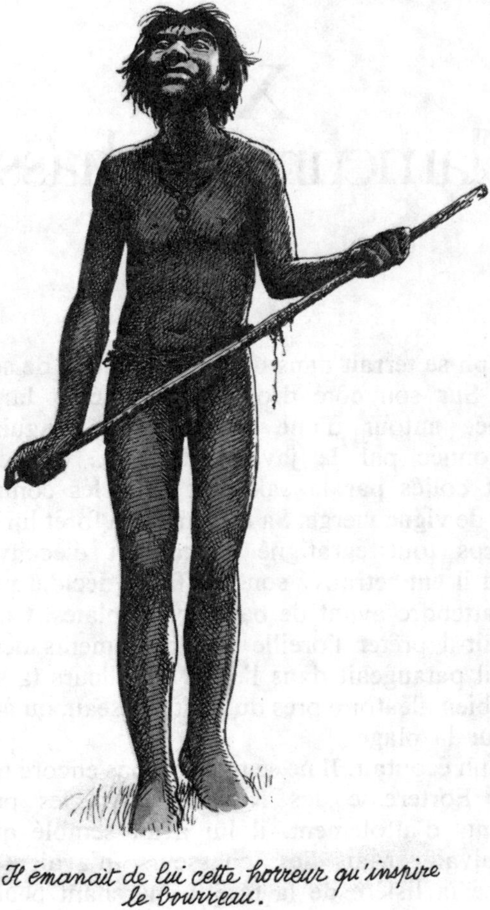

Il émanait de lui cette horreur qu'inspire le bourreau.

XII
Clameurs de chasse

Ralph se terrait dans un fourré, inquiet de ses blessures. Sur son côté droit, la chair était largement tuméfiée autour d'une vilaine plaie sanguinolente occasionnée par le javelot de Jack. Ses cheveux étaient collés par la saleté et emmêlés comme des vrilles de vigne vierge. Sa fuite dans la forêt lui laissait le corps tout égratigné et couvert d'ecchymoses. Quand il eut retrouvé son souffle, il décida qu'il faudrait attendre avant de baigner ses plaies. Comment pourrait-il prêter l'oreille aux glissements des pieds nus s'il pataugeait dans l'eau ? D'ailleurs la sécurité serait bien aléatoire près du petit ruisseau, ou à découvert sur la plage.

Ralph écoutait. Il ne se trouvait pas encore très loin de la Forteresse des Roches. Dans les premiers moments d'affolement, il lui avait semblé qu'on le poursuivait. Mais les chasseurs n'avaient guère dépassé la lisière de la forêt ; cherchant peut-être à récupérer simplement leurs javelots, ils s'étaient hâtés de retourner aux rochers ensoleillés, comme si l'obscurité du sous-bois les épouvantait. Ralph en avait aperçu un, bariolé de peinture brune, noire et rouge : Bill probablement. Mais en réalité, se dit Ralph, ce n'était plus Bill, c'était un sauvage dont l'aspect ne concordait plus avec l'image d'un garçon en culotte et chemise.

L'après-midi passa ; les taches rondes de lumière se déplaçaient graduellement sur les frondaisons vertes et les troncs bruns. Du rocher ne parvenait aucun bruit. Ralph se coula hors des fougères et rampa jusqu'à l'orée de cet impénétrable amas de broussailles qui bordait sur un côté le pont rocheux. Il jeta un coup d'œil prudent entre les branches et aperçut Robert montant la garde au sommet de la falaise. De la main gauche, il tenait son javelot et de la droite il s'amusait à lancer un caillou en l'air et à le rattraper. Derrière lui s'élevait une épaisse colonne de fumée qui fit palpiter les narines de Ralph et lui mit l'eau à la bouche. Il s'essuya le nez et la bouche d'un revers de main et, pour la première fois de la journée, il sentit la faim. La tribu devait être très occupée à regarder cuire le cochon dont la graisse perlait en grésillant dans le feu.

Un sauvage qu'il ne reconnut pas s'approcha de Robert et lui donna quelque chose, puis s'en retourna derrière les rochers.

Robert déposa son arme à ses côtés et, portant ses deux mains à sa bouche, se mit à manger. Le festin commençait donc et la sentinelle venait de recevoir sa part.

Sûr d'un répit, Ralph s'éloigna en boitillant parmi les arbres fruitiers, forcé de se contenter de cette nourriture frugale, évoquant avec amertume le festin des autres. Aujourd'hui le festin, et demain...

Il essaya de se persuader qu'ils le laisseraient tranquille, le traiteraient comme un hors-la-loi. Mais une certitude fatale, échappant à tous les raisonnements, l'envahit. La destruction de la conque, la mort de Simon et de Piggy pesaient sur l'île comme un brouillard. Ces sauvages peinturlurés ne s'arrêteraient pas là. Et puis, il y avait ce lien indéfinissable entre Jack et lui ; à cause de cela, Jack ne le laisserait jamais tranquille, jamais.

Il s'immobilisa, le corps ocellé de soleil, la main crispée sur une branche, prêt à se dissimuler dessous. Un spasme d'épouvante le secoua et il s'écria :

— Non. Ils ne sont quand même pas comme ça. C'était un accident !

Il plongea sous les branches, courut un peu, maladroitement, puis il s'arrêta de nouveau pour écouter.

Arrivé aux arbres fruitiers déjà bien dépouillés, il mangea goulûment. Il aperçut deux petits et, ne se doutant pas de son propre aspect, il se demanda pourquoi ils s'enfuyaient en hurlant.

Une fois rassasié, il se dirigea vers la plage. Les rayons du soleil, obliques maintenant, tombaient à travers les palmiers proches de la cabane en ruine. Voilà le plateau, et la piscine. Le plus sage était d'oublier cette lourdeur de plomb au cœur et de s'appuyer sur la saine réalité de ces lieux quotidiens baignés de lumière. Maintenant que le festin était terminé, il voulait faire une nouvelle tentative. D'ailleurs, il ne pouvait pas passer une nuit entière dans une cabane vide, près du plateau désert ; l'idée lui en donnait la chair de poule. Le soir tombait. Pas de feu ; pas de fumée ; pas d'espoir de secours. Il tourna les talons et reprit son chemin en boitillant dans la forêt pour revenir au territoire de Jack.

Le soleil baissait ; ses rayons se perdaient entre les branches. Ralph parvint à une clairière où les rochers décourageaient toute végétation. Dans l'ombre envahissante, Ralph crut voir quelque chose au centre de la clairière et faillit se jeter derrière un arbre. Mais ce qu'il avait pris pour un visage blanc était un crâne de cochon qui grimaçait un sourire sur un piquet. Ralph s'approcha à pas lents et regarda de près le crâne dont la luminosité rappelait celle de la conque et qui semblait se moquer de lui cyniquement. A part une fourmi curieuse qui s'affairait dans une orbite, la tête était inerte.

Vraiment inerte ?

Un frisson lui parcourut l'échine. Il releva ses cheveux à deux mains. Son visage se trouvait à peu près à la hauteur du crâne. Les dents grimaçaient, les orbites vides soutenaient énergiquement son regard.

Qu'était-ce donc ?

Le crâne considérait Ralph avec l'air de quelqu'un qui en sait long, mais ne veut rien dire. Saisi de rage et de panique, Ralph lança son poing sur cet objet répugnant qui rebondit comme un jouet et reprit sa position avec le même rictus moqueur. Ralph s'acharna sur lui en lui criant son dégoût. Il se retrouva en train de lécher ses poings meurtris devant un piquet dégarni tandis que le crâne gisait à quelques mètres de là, brisé en deux, mais toujours grimaçant. Ralph arracha de la fente du rocher le piquet encore frémissant et l'interposa comme une lance entre lui et les débris blanchâtres. Il s'éloigna à reculons, le regard fixé sur le crâne dont le rictus béait au ciel.

Quand la lueur verte eut déserté l'horizon et que la nuit fut complète, Ralph revint à la jungle proche de la Forteresse des Roches. Risquant un œil entre les branches, il vit que la hauteur était toujours occupée et que la sentinelle – quelle qu'elle fût – tenait son javelot en position.

Agenouillé dans l'ombre, Ralph souffrait cruellement de sa solitude. Les autres étaient des sauvages, il est vrai, mais des êtres humains quand même. Or la nuit s'avançait avec son cortège de terreurs.

Ralph gémit doucement. Malgré sa fatigue, la peur inspirée par la tribu l'empêchait de dormir. N'aurait-il pu pénétrer hardiment dans le fort, dire en riant : « Pouce ! » et s'endormir au milieu des autres en prétendant qu'ils étaient encore des enfants, des collégiens à casquette, habitués à répondre : « Oui, monsieur ; non, monsieur » ? Le jour aurait pu répondre oui, mais les ténèbres et les épouvantes de la mort répondaient non. Etendu dans la nuit, Ralph comprit qu'il était devenu un paria.

– Tout ça parce que j'étais un peu raisonnable.

Il se frotta la joue contre son bras et sentit une odeur âcre de sel, de sueur et de saleté. A sa gauche, il entendait le souffle de l'Océan, son aspiration goulue, puis son bouillonnement sur les rochers.

Des bruits lui parvinrent de la Forteresse. Ralph essaya de les discerner malgré le bruit des vagues et il reconnut un rythme familier.

– A mort la bête ! Qu'on l'égorge ! Qu'on la saigne !

La tribu se livrait à sa danse. De l'autre côté de ce mur rocheux, un bon feu trouait la nuit. Dans le confort et la sécurité, les autres devaient se régaler de viande.

Un son plus proche de lui le fit frémir. Des sauvages grimpaient au sommet du piton rocheux et il entendit leurs voix. Il se coula de quelques mètres en avant et vit la silhouette de la sentinelle changer et devenir plus large. Il n'y avait que deux garçons dans l'île avec ces intonations et ces gestes.

Ralph posa sa tête sur ses bras pour recevoir cette nouvelle blessure : Erik-et-Sam faisaient désormais partie de la tribu. Ils gardaient la Forteresse contre lui. Il ne restait plus aucune chance de les libérer et de constituer une équipe de parias à l'autre extrémité de l'île. Erik-et-Sam étaient devenus des sauvages comme les autres. Piggy était mort et la conque réduite en poussière.

La sentinelle relevée s'éloigna. Les deux qui restaient à leur poste formaient une masse noire impossible à distinguer du bloc de rochers. Une étoile se leva derrière eux et subit une éclipse momentanée quand ils bougèrent.

Ralph se faufila en avant, à tâtons comme un aveugle sur le terrain inégal. Des kilomètres de vague étendue liquide sur sa droite, et à gauche l'Océan agité, aussi effrayant qu'un puits sans fond. Régulièrement, l'eau encerclait la roche macabre et s'épanouissait en une nappe de floraison blanche. Ralph rampa jusqu'à l'entrée du rebord rocheux qu'il reconnut sous sa main. Les sentinelles se trouvaient juste au-dessus de lui et il voyait l'extrémité d'un javelot dépasser le rocher.

Il appela très doucement :

– Erik-et-Sam...

Pas de réponse. Pour que sa voix portât, il fallait hausser le ton, mais il risquait d'éveiller l'attention de ses ennemis bariolés festoyant devant leur feu. Il serra les dents et entreprit l'ascension, ses mains seules trouvant les prises. Le piquet soustrait au crâne le gênait dans ses mouvements, mais il ne voulait pas lâcher son unique arme. Il était presque à la hauteur des jumeaux quand il reprit :

– Erik-et-Sam...

Il entendit un cri et un mouvement brusque sur le rocher. Les jumeaux, agrippés l'un à l'autre, bégayaient des sons inarticulés.

– C'est moi. Ralph.

Affolé à l'idée qu'ils pourraient donner l'alarme, il hissa son buste au-dessus du bord. En bas, très loin, il vit le rocher se couvrir de sa floraison blanche.

– Ce n'est que moi. Ralph.

Ils se penchèrent enfin en avant pour scruter son visage.

– On a cru que c'était...

– ... On a pensé...

Le souvenir de leur honteuse et récente soumission leur revint tout à coup. Erik se taisait, mais Sam essaya de faire son devoir.

– Il faut que tu partes, Ralph. Tout de suite...

Il brandit son javelot dans un essai d'intimidation.

– Allez, file. Compris ?

Erik l'approuva d'un signe de tête et pourfendit l'air de son arme. Ralph ne bougeait pas, appuyé sur ses avant-bras.

– Je suis venu vous voir, vous deux.

Il parlait d'une voix épaisse et sa gorge lui faisait mal, bien qu'elle n'eût reçu aucune blessure.

– C'est vous deux que je suis venu voir...

Les mots ne suffisaient pas pour exprimer sa peine profonde. Il se tut, tandis que les étoiles brillantes paraissaient toutes ensemble dans le ciel et dansaient en tous sens.

Sam s'agita, mal à l'aise.

– Je t'assure, Ralph, tu ferais mieux de partir.

Ralph releva la tête.

— Vous ne portez aucun bariolage, vous deux. Comment pouvez-vous... S'il faisait jour...

S'il faisait jour, la honte les brûlerait en reconnaissant certaines choses. Mais il faisait noir. Erik reprit la parole et les jumeaux recommencèrent leur antienne.

— Il faut que tu partes, parce que c'est dangereux...

— ... ils nous ont forcés. Ils nous ont fait mal...

— Qui, Jack ?

— Oh ! non...

Ils se penchèrent vers lui et baissèrent la voix.

— File d'ici, Ralph...

— ... c'est une tribu...

— ... ils nous ont forcés...

— ... on n'a pas pu résister...

Quand Ralph reprit la parole, ce fut d'une voix basse, oppressée.

— Qu'est-ce que j'ai fait ? Je l'aimais bien... et je voulais organiser notre sauvetage...

De nouveau les étoiles dansèrent dans le ciel. Erik secoua gravement la tête.

— Ecoute, Ralph. Ne cherche pas la logique. Ça n'existe plus...

— Ne pense plus à qui est le chef...

— ... pour ton propre bien, il faut que tu files...

— Le chef et Roger...

— Oui, Roger...

— Ils te détestent, Ralph. Ils veulent ta peau.

— Demain, ils feront une battue pour t'avoir.

— Mais pourquoi ?

— J'sais pas. Et puis, écoute, Jack, le chef, il dit que ce sera dangereux...

— ... et qu'on devra faire attention et lancer nos javelots comme sur un cochon.

— On s'avancera en cordon pour barrer l'île...

— ... en partant d'ici...
— ... jusqu'à ce qu'on te trouve.
— On aura un cri de reconnaissance, comme ça.
Erik leva la tête et imita un hululement en sourdine, en frappant de sa paume sa bouche ouverte. Puis il lança un regard inquiet derrière lui.
— Comme ça...
— ... mais plus fort, naturellement.
— Mais je n'ai rien fait ! protesta Ralph avec ardeur. Tout ce que je voulais, c'était entretenir le feu !
L'inquiétude le prit à la pensée du lendemain. Une question d'une importance primordiale se présenta à son esprit.
— Qu'est-ce que vous ?...
Il avait du mal à s'expliquer ; mais la peur et la solitude l'aiguillonnaient.
— Quand ils me trouveront, qu'est-ce qu'ils me feront ?
Les jumeaux se taisaient. En dessous de lui, la roche macabre fleurit de nouveau.
— Qu'est-ce qu'ils... oh ! mon Dieu, que j'ai faim !...
Le piton rocheux semblait osciller sous lui.
— Eh bien ! qu'est-ce que...
Les jumeaux répondirent indirectement à sa question.
— Il faut partir maintenant, Ralph.
— Dans ton propre intérêt.
— Reste à l'écart. Aussi loin que tu pourras.
— Vous ne voulez pas venir avec moi, vous deux ? A trois, on aurait plus de chances...
Après un moment de silence, Sam répliqua d'une voix étranglée :
— Tu ne connais pas Roger. Il est terrible.
— Et le chef... tous les deux, ils sont...
— ... terribles...

— ... surtout Roger...

Les deux garçons se figèrent sur place. Quelqu'un grimpait vers eux.

— Il vient vérifier qu'on monte bien la garde. Vite, Ralph !

Comme il se préparait à redescendre, Ralph voulut tirer avantage au maximum de cette rencontre.

— Je vais me cacher tout près ; là, en bas dans ce fourré, chuchota-t-il, alors éloignez-les de là. Jamais ils ne penseront à chercher si près...

Les pas étaient encore lointains.

— Sam, je ne risque rien, n'est-ce pas ?

Les jumeaux se turent de nouveau.

— Tiens, dit Sam soudain... Prends ça...

Ralph sentit qu'on lui passait un morceau de viande et il s'en saisit.

— Mais qu'est-ce que vous ferez si vous m'attrapez ?

Silence. Ralph se trouva stupide. Il se laissa descendre un peu sur les rochers.

— Qu'est-ce que vous allez faire ?

Du sommet lui parvint une réponse incompréhensible :

— Roger a aiguisé un bâton aux deux bouts.

Roger a aiguisé un bâton aux deux bouts. Ralph essayait vainement de trouver un sens à cette phrase. Il égrena tout son bagage de grossièretés dans une crise de colère qui se termina en bâillements. Combien de temps pouvait-on tenir sans sommeil ? Oh ! comme il désirait un lit garni de draps... mais la seule blancheur se trouvait répandue en un lait écumeux sur la roche où Piggy était tombé, à quinze mètres plus bas. Piggy était partout, il était sur cet étroit rebord ; la mort et les ténèbres l'enveloppaient d'horreur. Si Piggy sortait de la mer avec sa tête ouverte... Ralph gémit et bâilla

Roger a aiguisé un bâton aux deux bouts

comme un petit. Il s'appuya sur son épieu comme sur une béquille et chancela.

Mais il se ressaisit. Des voix s'élevaient au sommet du piton rocheux. Erik-et-Sam discutaient avec quelqu'un. Les fougères et l'herbe n'étaient plus loin. C'est là qu'il fallait se cacher, tout près du fourré qui lui servirait de retraite le lendemain. Là – ses mains touchaient l'herbe – c'était un bon endroit pour la nuit : pas trop loin de la tribu, de sorte qu'en cas de manifestations surnaturelles, il serait bon de se réfugier provisoirement au milieu de ses semblables, même si...

Si quoi ? Un bâton aiguisé aux deux bouts. Qu'est-ce que cela signifiait ? Ils lui avaient lancé des javelots, mais tous sauf un avaient manqué leur but. Ils pourraient bien le manquer la prochaine fois.

Il s'accroupit dans l'herbe haute, et se rappelant la viande donnée par Sam, il y mordit avidement.

Pendant qu'il mangeait, il entendit des bruits nouveaux : cris de douleur poussés par Erik-et-Sam, cris de panique, voix furieuses. Que cela signifiait-il ? Il n'était pas le seul à souffrir, car un des jumeaux recevait une volée. Quand les voix s'éteignirent derrière le rocher, il n'y pensa plus. Ses mains tâtonnantes rencontrèrent de fines fougères au contact frais qui poussaient le long du fourré. Elles lui fourniraient un repaire pour la nuit. Dès les premières lueurs de l'aube, il se glisserait dans le fourré, se frayerait un passage entre les tiges entremêlées pour s'y blottir si profondément que pour l'atteindre il faudrait ramper comme lui, c'est-à-dire se rendre vulnérable. Il y resterait tapi et les chasseurs passeraient près de lui en hululant ; après il serait libre.

Il s'introduisit entre les fougères, s'y creusa un tunnel, et se pelotonna dans le noir, le bâton près de lui, résolu à s'éveiller aux premières lueurs de l'aube pour rouler les sauvages... Mais le sommeil s'empara de lui immédiatement et le précipita dans un abîme obscur.

Un bruit tout proche lui mit les sens en alerte avant même qu'il s'éveillât. Il ouvrit un œil, trouva le terreau sous sa joue et y enfonça les doigts. La lumière filtrait à travers les fougères. Il eut juste le temps de comprendre que les éternels cauchemars de chute et de mort étaient passés et que le matin était là quand le son se répéta. Le rideau de cris se déplaça comme un vol d'oiseaux au-dessus de Ralph, couvrant l'étroite extrémité de l'île depuis la mer jusqu'au lagon. Sans perdre de temps à réfléchir, Ralph saisit son épieu et s'enfonça dans les fougères. Quelques secondes plus tard, il se coulait dans le fourré non sans apercevoir du coin de l'œil les jambes d'un sauvage qui se dirigeait vers sa cachette. Les fougères furent piétinées et battues et Ralph entendit le sauvage marcher dans l'herbe haute et hululer deux fois dans les deux directions. Ralph ne bougeait pas, engagé au milieu des broussailles. Il y eut un silence.

Enfin Ralph inspecta sa retraite. Personne ne pourrait l'attaquer ici et puis la chance le servait : la grosse roche qui avait tué Piggy en rebondissant au beau milieu du fourré y avait creusé une sorte de nid. Ralph s'y glissa, soulagé et content de lui. Il s'installa prudemment sur les tiges brisées pour attendre la fin du danger. En levant la tête, il apercevait à travers la végétation quelque chose de rouge qui devait être la Forteresse des Roches, lointaine et benoîte. Avec un sentiment de triomphe, il se disposa à écouter décroître les cris des chasseurs.

Mais pas un cri ne résonnait ; les minutes passaient dans l'ombre verte et son sentiment de triomphe faiblissait.

Soudain, il entendit une voix assourdie, mais reconnaissable : celle de Jack.

— En es-tu sûr ?

Le sauvage auquel il s'adressait ne répondit rien. Peut-être se contenta-t-il d'un geste.

Ce fut le tour de Roger.

— Si tu nous racontes des blagues...

Aussitôt, il y eut un hoquet et un cri de douleur. Instinctivement, Ralph rentra la tête dans les épaules. Un des jumeaux se trouvait là, devant le fourré, avec Jack et Roger.

— Tu es sûr que c'était là qu'il voulait se cacher ?

Le garçon gémit faiblement, puis cria de nouveau.

— Il voulait se cacher là ?

— Oui... oui... aïe !...

Un rire argentin s'égrena entre les arbres.

Ainsi, ils savaient.

Ralph empoigna son bâton et se prépara à lutter. Mais que pouvaient-ils ? Tracer un sentier à travers la broussaille leur prendrait une semaine ; et s'ils s'y risquaient en rampant, ils étaient trop vulnérables. Du doigt il tâta la pointe de son épieu et eut un sourire morne. Celui qui tenterait cette approche serait coincé et crierait comme un cochon.

Ils s'éloignaient vers la Forteresse. Ralph entendit des bruits de pas et des ricanements. De nouveau ce cri aigu, semblable à celui d'un oiseau, courut le long du cordon. Il en restait donc quelques-uns occupés à le surveiller ; mais qui...

Un long silence pesant... Ralph s'aperçut que ses dents déchiquetaient l'écorce de son épieu. Il se leva et inspecta de loin la Forteresse.

C'est alors qu'il entendit, au sommet, la voix de Jack.

— Poussez ! Poussez ! Poussez !

Le rocher rouge qui coiffait le piton s'effaça comme un rideau et Ralph vit à sa place des silhouettes se découpant sur le ciel bleu. Une seconde plus tard, la terre trembla, un sifflement déchira l'air et la broussaille reçut la gifle d'une main gigantesque. Le rocher poursuivit sa course bondissante vers la plage, écrasant tout sur son passage. Une pluie de branchages et de feuilles tomba sur Ralph. La tribu poussa des hourras.

Le silence de nouveau.

Ralph mordit son poing. Il ne restait plus là-haut qu'une seule roche possible à ébranler : grosse comme la moitié d'une maison, comme une voiture, un tank. Ralph imagina sa chute avec une effroyable lucidité : elle prendrait un lent départ, rebondirait de degré en degré et passerait sur la langue de terre comme un énorme rouleau compresseur.

– Poussez ! Poussez ! Poussez !

Ralph posa son épieu, pour le reprendre aussitôt. D'un geste agacé, il repoussa ses cheveux, fit deux pas rapides dans son nid étroit, puis retourna à sa place. Il restait debout et contemplait les branches étêtées.

Toujours le silence.

Baissant les yeux sur son estomac, il fut surpris de voir ses côtes se soulever à un rythme si rapide. Il voyait battre son cœur. Il posa l'épieu.

– Poussez ! Poussez ! Poussez !

Des hourras aigus, prolongés.

Un coup de tonnerre ébranla la falaise rouge, la terre fut secouée de convulsions accompagnées d'un vacarme croissant. Projeté en l'air, Ralph retomba violemment dans les branchages. Sur sa droite, et à quelques mètres seulement, tout le fourré ploya et les racines gémirent, arrachées ensemble à la terre. Ralph vit une sorte de meule rouge qui tournoyait lentement et se déplaçait avec une pesanteur d'éléphant pour disparaître du côté de la mer.

Agenouillé sur le sol labouré, Ralph attendait que le monde reprît son équilibre. Enfin sa vue, redevenue normale, enregistra les tiges brisées, les branches fendues et la masse des broussailles. Là où il avait vu battre son cœur, quelque chose pesait dans sa poitrine.

Le silence.

Non, pas tout à fait. On murmurait non loin de lui. Une secousse soudaine ébranla violemment les branches en deux endroits, à la droite de Ralph. La pointe d'un javelot apparut. Pris de panique, Ralph la contra avec son épieu et frappa de toutes ses forces.

– Aïe !...

Il sentit une résistance au bout de son arme et la ramena à lui.

– Oh... ooh !...

Un gémissement s'éleva hors du fourré, bientôt suivi d'éclats de voix excités. Une discussion animée mettait aux prises les sauvages, tandis que le blessé continuait à gémir. Dans le silence qui suivit, Ralph entendit : « Vous voyez ? Je vous l'avais dit qu'il était dangereux ! » Mais ce n'était pas la voix de Jack.

Et maintenant ? Qu'allait-il se passer ?

Les mains de Ralph se crispèrent autour du bois grignoté de son épieu et ses cheveux retombèrent sur son visage. Il perçut un murmure à quelques mètres entre la Forteresse et lui, puis le « non ! » scandalisé d'un sauvage, suivi de rires étouffés. Il s'assit sur ses talons et montra les dents au mur de branches. L'arme levée, il attendait en grondant.

De nouveau un rire de dérision dans le groupe invisible. Un bruit perlé inexplicable, puis un crépitement comme si l'on froissait de grandes feuilles de cellophane. Une brindille craqua et Ralph étouffa une envie de tousser. Des lambeaux de fumée blanche et jaune s'infiltraient entre les branches ; le morceau de ciel bleu que voyait Ralph devint couleur d'orage et la fumée ne tarda pas à s'épaissir autour de lui.

Quelqu'un eut un rire nerveux et une voix cria :

– De la fumée !

Ralph se fraya un chemin à travers les broussailles en direction de la forêt, en essayant de se maintenir sous la nappe de fumée. Enfin une trouée se présenta : c'était l'orée du fourré ; mais un sauvage s'y tenait. D'assez petite taille, bariolé de rouge et de blanc, armé d'un javelot, il toussait et barbouillait du dos de la main la peinture qui entourait ses yeux tandis qu'il essayait de percer du regard l'écran de fumée. Ralph bondit comme un chat et frappa dans un grondement. Le sauvage s'écroula. Un hurlement s'éleva de l'autre côté du fourré et, poussé par la peur, Ralph détala à toutes jambes dans les taillis. Il tomba sur une coulée de cochon, la suivit sur une centaine de mètres, puis la quitta brusquement. Derrière lui, les hululements se répandirent sur toute la largeur de l'île et une voix cria trois fois. Il devina que ce devait être le signal d'avance et il redoubla de vitesse. Enfin, la poitrine en feu, il s'abattit sous un buisson pour reprendre son souffle. Il se passa la langue sur les lèvres et entendit au loin les hululements de ses poursuivants.

Il lui restait plusieurs solutions. Grimper au sommet d'un arbre... mais c'était mettre tous ses œufs dans le même panier. S'ils le découvraient, il ne leur resterait rien de plus difficile à faire que d'attendre.

S'il avait seulement le temps de réfléchir !

Un autre double cri, à la même distance, lui fit entrevoir leur plan : tout sauvage en difficulté dans la forêt donnerait ce signal pour faire arrêter la progression du cordon en attendant qu'il se libère. Ils espéraient ainsi balayer l'île dans toute sa largeur sans morceler leur avance. Ralph pensa au sanglier qui avait forcé leur ligne si facilement. En cas d'urgence, si on l'acculait, il pourrait lui aussi foncer sur le cordon, encore peu fourni, le rompre et revenir en courant. Mais revenir où ? Le cordon se retournerait tout simplement et reprendrait sa poursuite. Le fugitif devrait satisfaire aux exigences de la faim et du sommeil... Et alors, il se réveillerait sous leurs griffes et la chasse deviendrait une curée.

Que faire ? Quelle que fût la solution adoptée, le choix était terrible. Un cri solitaire lui fit palpiter le cœur ; courbé en deux, il repartit comme un fou en direction de l'Océan, fendant la jungle épaisse jusqu'à ce qu'il fût retenu par des lianes ; il s'y arrêta un moment, les mollets frémissants, aspirant à la paix, à une longue trêve qui lui donnât le temps de réfléchir.

Mais l'inexorable hululement reprit sur le mode aigu et balaya toute l'île. Il rua comme un cheval dans les lianes et se remit à courir jusqu'à ce que le souffle lui manquât. Il se jeta sous des fougères. Grimper à l'arbre, ou foncer ? Il parvint à régulariser sa respiration, s'essuya la bouche et s'exhorta au calme. Erik-et-Sam devaient se trouver quelque part dans ce cordon, horrifiés par leur rôle. Horrifiés vraiment ? Et si au lieu de tomber sur eux, il rencontrait le chef, ou Roger qui portait la mort avec lui ?

Ralph repoussa ses cheveux et essuya la sueur qui obstruait son œil valide. A haute voix, il prononça :

— Réfléchis.

Quelle était la solution raisonnable ?

Piggy n'était plus là pour raisonner. Il n'y avait

plus de meeting solennel, ni de conque pour maintenir la dignité.

— Réfléchis !

Il craignait surtout ce volet qui obsturait son cerveau et pouvait lui masquer le danger en le réduisant à la stupidité.

Une troisième solution s'offrait : se cacher si bien que le cordon passât près de lui sans le découvrir.

Il releva la tête dans un sursaut et écouta. Il voulait identifier un bruit nouveau, un grondement sonore qui semblait provenir de la forêt en colère et sur le fond duquel les hululements grinçaient d'atroce façon comme sur une ardoise. Ce bruit... il l'avait déjà entendu... mais où ? Le temps lui manquait pour chercher dans ses souvenirs.

Forcer le cordon.

Grimper aux arbres.

Se cacher et les laisser passer.

Un cri tout proche le fit bondir et il reprit sa course à travers branches et épines. Et voilà que, soudain, il se retrouva dans une clairière, face à face avec le crâne grimaçant dont le rictus ne déparait plus un carré de ciel bleu, mais prenait des airs goguenards dans un rideau de fumée. Ralph se reprit à fuir entre les arbres. Il comprenait maintenant l'origine du bruit : les sauvages, en voulant l'enfumer, avaient mis le feu à la forêt.

Se cacher valait mieux que grimper à un arbre parce que, en cas de découverte, il lui restait toujours la possibilité de forcer le cordon.

Soit, il se cacherait.

Il se demanda si un cochon approuverait son choix et fit une vague grimace. Trouver le fourré le plus épais, le trou le plus noir de toute l'île et s'y glisser. Tout en courant, il cherchait l'endroit. Le soleil l'éclaboussait de zébrures et de plaques et la sueur traçait des traînées luisantes sur la saleté de son corps. Les cris s'éloignaient, faiblissaient.

Poussé par le désespoir, il s'arrêta enfin devant un fouillis de buissons et de lianes enchevêtrées dont le rideau arrêtait le soleil. En dessous, un creux d'un mètre à peine de hauteur, traversé de part en part par des tiges entrecroisées. En se glissant dans ce trou, il se trouverait à quelque cinq mètres en profondeur dans le fourré et bien caché, à moins qu'un sauvage ne s'avisât de se coucher pour le chercher ; mais de toute façon, il serait dans l'obscurité et si — en mettant les choses au pire — on le voyait quand même, il lui resterait la possibilité de charger, de semer le désordre dans la ligne et de fuir.

Prudemment, traînant son épieu derrière lui, Ralph se faufila entre les tiges montantes. Une fois au cœur de ce fouillis, il se coucha, l'oreille tendue.

L'incendie était de taille et le roulement de tambour qu'il croyait lointain se rapprochait. Ne disait-on pas qu'un incendie progressait plus vite qu'un cheval au galop ? Ralph regardait le sol éclaboussé de soleil de la clairière et il lui sembla tout à coup que chacune de ces taches lui faisait un clin d'œil. Le phénomène rappelait tellement celui produit par le volet de son cerveau qu'il crut un instant que ces jeux de lumière se produisaient dans sa tête. Mais les clins d'œil se succédaient de plus en plus vite et Ralph vit qu'une épaisse couche de fumée interceptait le soleil au-dessus de l'île.

Si quelqu'un regardait sous le buisson et apercevait un morceau de chair, ce pourrait bien être Erik-et-Sam, et eux se tairaient. Ralph posa sa joue contre le sol couleur chocolat, lécha ses lèvres desséchées et ferma les yeux. Il crut percevoir une faible vibration dans la terre, ou un bruit noyé sous le ronflement de l'incendie et les hululements aigus.

Quelqu'un poussa un cri d'alarme. D'une secousse, Ralph leva la tête, puis essaya de percer du regard l'air opaque. Ils devaient se rapprocher. Son cœur se mit à battre. Se cacher. Forcer le cordon. Grimper à un arbre. Quelle solution valait le mieux après tout ? Malheureusement on n'a qu'une chance...

L'incendie se rapprochait ; ce feu de salve, c'étaient les grosses branches, les troncs même qui éclataient. Les imbéciles, oh ! les imbéciles ! Le feu devait lécher les arbres fruitiers dès maintenant... que mangeraient-ils demain ?

Ralph s'agitait dans son espace restreint. On ne risquait rien. Que pourraient-ils lui faire ? Le battre ? Et après ? Le tuer ? Un bâton aiguisé aux deux bouts...

Les cris soudain proches le firent sursauter. Il vit un sauvage bariolé sortir en courant d'un fouillis de verdure et se diriger vers sa cachette. Le sauvage portait un bâton. Ralph enfonça ses ongles dans la terre. Se tenir prêt, en cas...

A tâtons, il dirigea son épieu vers le danger. C'est alors qu'il vit mieux le bâton : il était aiguisé aux deux bouts.

Le sauvage s'immobilisa à une quinzaine de mètres et poussa son cri.

Et s'il entendait les battements de mon cœur malgré le crépitement de l'incendie ? Ne pas crier. Me tenir prêt.

Le sauvage avança. D'en bas, on ne voyait plus que ses jambes. Son épieu. Ses genoux. Ne pas crier.

Un troupeau de cochons déboucha des buissons en poussant des cris aigus et disparut dans la forêt. Les oiseaux s'égosillaient, d'autres bêtes piaillaient et une petite créature bondissante vint se cacher près de Ralph.

A cinq mètres, le sauvage s'arrêta et lança son appel. Ralph ramena ses genoux sous son menton. Le bâton. Le bâton aiguisé aux deux bouts. Le bâton qui vibrait férocement. Qui devenait plus long, plus court, léger, lourd, court, et léger de nouveau.

D'un rivage à l'autre, le hululement balaya l'île. Le sauvage s'agenouilla au bord du fourré ; des lumières clignotaient derrière lui, dans la forêt. Un genou s'imprima dans la terre meuble. Puis l'autre. Deux mains. Un javelot.

Un visage.

Le regard du sauvage fouillait l'ombre du fourré. On devinait qu'il y voyait clair d'un côté et de l'autre, mais pas au milieu. Au milieu s'étalait une flaque obscure et le sauvage plissait les yeux pour essayer d'en distinguer l'intérieur.

Les secondes s'étiraient. Le regard de Ralph rencontra celui du sauvage.

Ne pas crier.

Je reviendrai à la maison.

Maintenant il m'a vu. Il s'en assure. Un bâton aiguisé.

Ralph hurla. Un hurlement de terreur, de colère et de désespoir. Ses jambes se redressèrent ; ses hurlements devenaient saccadés ; il écumait. D'un seul élan, il jaillit hors du fourré et se trouva à découvert, toujours hurlant, les lèvres retroussées, couvert de sang. Il frappa au hasard et le sauvage s'écroula ; mais d'autres s'avançaient en poussant leur cri de ralliement. Il fit un crochet et un javelot siffla à ses oreilles. En silence, il se mit à courir. Tout à coup, les lumières clignotantes de la forêt se fondirent en une grande tache et le grondement continu se changea en tonnerre ; devant lui, un buisson prit feu spontanément et devint un éventail de flammes. Ralph obliqua sur sa droite ; le désespoir lui donnait des ailes ; la chaleur le gagnait sur sa gauche et l'incendie galopait comme la marée montante. Le hululement s'éleva derrière lui et gagna de proche en proche. Cette fois c'était le signal de dépistage : une série de cris brefs et aigus. Une silhouette brune parut à droite de Ralph et se laissa distancer. Ils couraient tous et poussaient des cris de fous. Ralph les entendait foncer dans les buissons. A gauche l'incendie ronflait, brûlant et aveuglant. Ralph oublia ses blessures, sa faim et sa soif. Tout cédait à la terreur, la terreur qui le poussait à travers la forêt vers les espaces dégagés de la plage. Des taches jaillirent devant sa rétine et se transformèrent en cercles rouges qui s'étalaient pour sortir de son rayon visuel. En dessous de lui, les jambes de quelqu'un qui courait se fatiguaient de plus en plus et les hululements déchaînés montaient comme une lame menaçante, ébréchée, qui déjà se trouvait presque au-dessus de sa tête.

Il trébucha sur une racine et la clameur atteignit son paroxysme. Une cabane prit feu, une langue de feu lui lécha l'épaule droite et il aperçut le miroitement de l'eau. Alors, il tomba et roula, roula dans le sable chaud, ramassé en boule, les bras levés pour se protéger, essayant de crier miséricorde.

Il se redressa en chancelant, tendu dans l'attente d'autres épouvantes et leva les yeux sur une grande casquette à visière. Une casquette à fond blanc ; au-dessus de la visière, une couronne, une ancre, un feuillage doré. Alors il vit l'uniforme blanc, les épaulettes, le revolver, la rangée de boutons dorés sur la vareuse.

Un officier de marine se tenait sur le sable et baissait sur Ralph des yeux stupéfaits et méfiants. Derrière lui, deux marins tenaient la proue d'un canot tiré sur la plage. A l'arrière, un autre marin pointait une mitraillette.

Le hululement vacilla et se tut.

L'officier considéra Ralph d'un air perplexe avant de lâcher son revolver.

– Bonjour.

Conscient de son état repoussant, Ralph répondit, tout gêné :

– Bonjour.

L'officier eut un signe de tête approbateur, comme s'il recevait la réponse à une question.

– Y a-t-il des adultes... des grandes personnes avec vous ?

Ralph secoua la tête sans mot dire. Il se détourna légèrement. En demi-cercle, des petits garçons au corps bariolé d'argile teintée, des bâtons aiguisés à la main, se tenaient en silence sur le sable.

– On s'amuse... dit l'officier.

Les flammes atteignirent les cocotiers proches de la plage et les engloutirent à grand bruit. Une langue de feu, détachée du reste, s'élança avec une audace acrobatique et s'abattit sur les palmiers du plateau. Le ciel était noir.

L'officier eut un sourire encourageant.

– Nous avons vu votre fumée, dit-il à Ralph. Que faisiez-vous ? Vous jouiez à la guerre ?

Ralph fit oui de la tête.

Le regard de l'officier détaillait ce petit épouvantail. Le gosse avait besoin d'un bain, d'une coupe de cheveux, d'un mouchoir et de beaucoup de pommade sur tout le corps.

– Pas de victimes, j'espère ? Pas de cadavres ?

– Deux seulement. Mais ils ne sont plus là.

L'officier se pencha et plongea son regard dans celui de Ralph.

– Deux ? Tués ?

De nouveau, Ralph baissa la tête en silence. Derrière lui, l'île tout entière vibrait sous les flammes.

L'officier ne s'y trompait pas en général ; ce garçon disait la vérité. Il eut un petit sifflement.

D'autres garçons arrivaient ; il y en avait de tout petits, bronzés, le ventre ballonné comme de jeunes sauvages. L'un d'eux s'approcha de l'officier et leva la tête vers lui.

— Je m'appelle... je m'appelle...

Mais le reste ne voulait pas venir. Percival Wemys Madison se creusait la tête, à la recherche de sa formule magique oubliée.

L'officier revint à Ralph.

— On va vous emmener. Combien êtes-vous ?

Ralph secoua la tête en signe d'ignorance. Le regard de l'officier se dirigea par-dessus sa tête vers le groupe de garçons bariolés.

— Qui est le chef ?

— C'est moi, affirma Ralph à haute voix.

Un petit garçon roux, coiffé d'un extraordinaire lambeau de casquette noire, une paire de lunettes cassées accrochées à son ceinturon, fit un pas en avant, puis se ravisa et demeura immobile.

— C'est votre fumée qui nous a signalé votre présence. Mais vous ne savez pas combien vous êtes ici ?

— Non, monsieur.

— Il m'aurait semblé, commença l'officier que n'enchantait pas la perspective d'une fouille dans cette île, il m'aurait semblé qu'un groupe de garçons britanniques — car vous êtes tous britanniques, n'est-ce pas ? — aurait réagi de façon plus énergique, enfin je veux dire...

— Oui, c'était comme ça au début, répliqua Ralph, avant que les choses...

Il s'interrompit.

— Au début, on s'entendait...

L'officier l'encouragea du menton.

— Oui, je comprends. La belle aventure. Les Robinsons...

Ralph fixa sur lui des yeux vides. Il se remémora dans un éclair l'éclat prestigieux qui avait autrefois baigné cette plage. Mais l'île n'était plus qu'un amas de bois mort, calciné. Simon était mort... et Jack avait... Les larmes lui jaillirent des yeux et des sanglots le secouèrent. Pour la première fois depuis leur arrivée dans l'île, il s'abandonnait au chagrin et des spasmes déchirants le secouaient des pieds à la tête. Il exhalait son désarroi sous la nappe de fumée noire qui recouvrait les ruines fumantes de l'île. Pris de contagion, les autres petits garçons commencèrent à trembler et à sangloter. Au milieu d'eux, couvert de crasse, la chevelure emmêlée et le nez sale, Ralph pleurait sur la fin de l'innocence, la noirceur du cœur humain et la chute dans l'espace de cet ami fidèle et avisé qu'on appelait Piggy.

Enveloppé de ces bruits de sanglots, l'officier se sentait ému et un peu gêné. Il se détourna pour donner aux enfants le temps de se ressaisir et attendit, le regard fixé sur le cuirassé aux lignes sobres, immobile au loin.

table

I – L'appel de la conque 9
II – Incendie sur la montagne 45
III – Cabanes sur la plage 67
IV – Visages peints et cheveux longs 81
V – Monstre marin 106
VI – Monstre de l'air 134
VII – Ombres furtives et grandes futaies 155
VIII – Offrande aux puissances obscures 176
IX – Aspect d'une mort 206
X – La conque et les lunettes 220
XI – Forteresse des Roches 240
XII – Clameurs de chasse 260

Achevé d'imprimer
le 8 juillet 1985
sur les presses de
l'Imprimerie Hérissey
à Évreux (Eure)

N° d'imprimeur : 37721
Dépôt légal : juillet 1985
1er dépôt légal dans la même collection : février 1982
ISBN 2-07-033222-5

Imprimé en France